MINGUO TONGSU XIAOSHUO
DIANCANG WENKU

民国通俗小说典藏文库·冯玉奇卷

花溅泪·情天劫

冯玉奇◎著

中国文史出版社

目　录

花　溅　泪

情　天　劫

花溅泪

第一回

名园惜别离　情意缠绵

　　虽然是秋天的季节，但天气还十分炎热，寒暑表老是溜达在九十度左右上，人们一天到晚在摇着扇子中，还是不停地挥着汗水。这里是一个很大的院子，四面雪白的粉墙，墙上堆砌着乌黑的瓦片，在瓦片缝内时常有不少的麻雀飞进飞出，吱吱喳喳的，好像也在咒恨着天气太热的样子。沿墙脚一带摆着十多只水缸，水缸里的水已经是在缸底里了，所剩无几，显然这是因为少落雨的缘故。靠西的花坛内，那些花卉也都呈现着垂头丧气、十分委顿的样子。院子的四周是静悄悄的，只有那株高大银杏树的树蓬里，发出来一阵一阵的知了鸣声，这声音是更衬托得四周冷静得寂寞。

　　这已经是下午四点钟的时候了，太阳似乎还有余威，屋子前的窗门口还垂着湘帘，在防御着阳光的侵袭。偌大的一个院子，此刻却连一个人影子也不见，忽然屋子里有个女子的声音连叫着李妈。李妈是一个五十多岁的老仆妇了，她坐在屋檐下的小桌子旁，手里干着活针，大概是倦乏了，所以靠在桌子上竟是睡着了。现在被这一阵子急叫，她就不免惊醒了，惊慌伸手揉擦着眼皮，仔细一听，知道是小姐花明的唤声，这就忙站起身子，还伸了一个懒腰，有些不起劲的神气，说道：

　　"小姐，你叫我有什么事情吗?"

　　"你给我拿盆洗脸水来。"

3

李妈听了，口里虽然是答应着，但嘴里还暗暗地咕噜着说："真正是大小姐的架子，这个时候还洗什么脸呢？一点儿辛苦艰难也不知道，老天整整有两个多月不落雨了，水缸里连吃的水都要发生问题了，还要横一盆面水、竖一盆面水地糟蹋水，看明天没有水烧茶煮饭，她才知道苦了。"李妈一面咕噜着说，但一面却弯着腰肢，把水斗在水缸底里舀了一盆面水，噔噔地送到屋子里去了。

经过了十分钟之后，大门外丁零零地响着一阵自由车的铃声。李妈慌忙从屋子里出来，匆匆地前去开门，只见一个邮差伸手递进一封信来。李妈一面接过，一面关门，把信拿到屋子里的小姐房中。这时花明已梳洗完毕，见了李妈，便问是谁的信。李妈拿给她看，花明见信封上的具名是"梅志清"三字，心中倒是怦怦地一跳，暗想：奇怪了，一同住在宁波城里的人，怎么倒写起信来了？难道有什么事故发生了吗？一面想一面把信封急急拆开。抬头见李妈端了面水出去了，方才展开信笺，瞧着念道：

花明同学芳鉴：

那天晚上在民光大戏院分别之后，光阴匆匆，转眼之间不觉又有数日。你近来玉体一定安好，甚为挂念。自从胜利以还，至今已逾两载，然生活艰难，物价飞腾，却有增无减。想我幼丧父母，赖家叔抚育成人，孤苦伶仃，身世堪怜；况近来叔父环境困迫，日趋衰颓，故对于我之教育问题颇难维持。我也不忍累年老之叔父为我忧煎，所以我已决定弃学从商，兹定于星期六乘江静轮赴沪，就业于美丽百货公司。唯念我俩同窗数载，情好至笃，今日骤然别离，岂不令人黯然神伤？缘是奉函相约，明日午后五时同至中山公园一叙，以倾别情。倘蒙金诺，务希届时莅临，无任感盼。特此约请，顺颂妆安！

梅志清谨上
九月一日

花明瞧完了这封信，不觉双蛾紧蹙，那颗心顿时别别地像小鹿般地乱撞起来，暗自想道：志清的叔父在宁波也开着一家百货商店，无论如何生意不好，也总不至于会连志清的教育费都会负担不起。可见寄人篱下没有亲生父母的苦楚，真不是局外人所能知道的。花明想到这里，不但同情，而且也代为一阵难过，红了眼皮，几乎落下眼泪来。回头一看壁上日历，却已九月二日，再看手表，正指着五点相近。一时心慌意乱，忙着换了一双白麂皮皮鞋，拿着一只皮包，匆匆走出大门，坐了一辆人力车，拉到中山公园门口去了。

　　在公园门口，梅志清伸长了脖子，东张西望地早已着急地等候良久了。当下一见花明到来，好像哥伦布发现新大陆一般地欢喜，立刻抢步上前，和她紧紧地握了一阵手，含笑说道：

　　"花明，我的信你接到了吗？"

　　"没有接到我怎么会来呢？对不起，累你等久了。但这怪不了我，因为邮差把信还有刚送到我家里呢！"

　　"我也只有刚来不多一会儿，况且此刻五点还不到。花明，那么我们到里面去坐吧。"志清握着手还没有放下，他始终含了微笑，一面低低地说，一面拉了她向里面走。花明却迫不及待的神气，扬着粉脸望着志清，急急地问道：

　　"志清，你快告诉我，你叔父难道会穷到这个地步吗？我不相信他开设了一家百货商店，竟连你这一点点学费都会付不出吗？况且这学期是你高中毕业的一年，你没有高中的文凭，就是要经商，恐怕也找不到什么好的事情哩。所以我劝你这一年的书本无论如何总要想办法读下去的。"

　　"你这话虽然不错，但站在我的地位而言，自然也有说不出的苦楚，唉，你又怎么能知道呢？"

　　志清对于花明这两句话，心中自然激起了无限的悲哀，一面回答，一面忍不住轻轻地叹了一口气。花明知道他心里的痛苦和委屈，

5

一时默然了，跟着他走进茅亭，穿过石桥，在一丛树蓬下的石凳上坐下，花明方才攀着他的肩胛，低低地说道：

"志清，那么你到底有什么苦楚呢？你能不能告诉给我听听？我们是同学，也许我有办法可以解决你的困难。"

"唉，花明，这还用说吗？我是比不了你啊，你是父母双全，我是父母双亡，依赖叔父过生，他们要我长，我有能力短吗？所以我这苦楚，也就不问可知了。"

"照着你这么说来，当然是你叔父不许你再上学了是不是？"

"倒不是叔父，却是我的叔母。"

花明听他颓伤地回答，神情有些惨然，一时代为不平，鼓了粉腮子表示有些愤怒，冷笑道：

"想不到你的叔母竟这样可恶！"

"不，我倒并不恨他们，因为他们到底不是我的亲爹娘，今日能够把我抚养成人，确实我已经是很感激他们的了。况且他们的孩子也不少，每学期的教育费实在也太以惊人了。"

志清倒是个明白的人，他并不怨叔父母的偏心，他认为叔父母的负担深重，是该原谅他们的难处。花明听他这样说，一时倒弄得无话可答，呆呆地木然了一会儿，方才柔和地说道：

"志清，既然你叔父负担太重，那么你这学期的学费我来给你付好了。我希望我们两个人一同毕业，那时候我到上海去考大学，你再去经商，我们同在上海不是仍旧可以时常地见面吗？"

"谢谢你的好意，但事实恐怕有些办不到。"

"你这是什么话呢？"

"虽然你能给我付学费，但我总不能再住到你府上去吃饭哪。况且我叔父已经给我找到了生意，假使我拒绝了他，另打主意，叔父母不是要生气了吗？"

志清皱了眉尖，表示他的环境自有他的痛苦，说话的声音是相当低沉。花明却气鼓鼓地说道：

“我以为这话倒并不是这样说的，你的年纪还轻啦，你难道不替你自己的前途做打算吗？不是我离间你们叔侄的感情，他们对你既然无情，你又何必一定要服从他们的话呢？至于吃饭问题，你放心，我家里绝不会多你一个人的。”

“花明，你待我太好了，可是我不愿意这样做。”

花明见他两眼凝望着自己，显然表示无限感激的样子，但后面这一句话叫自己听了，心里却又不喜悦起来，遂怔怔地问道：

“你这是什么意思呢？莫非嫌我家地方太小吗？”

“并不是这个意思，你倒不要误会了。”

“那么你的意思是为了什么呢？”

“花明，你怎么如此糊涂呢？我是一个堂堂七尺之躯，我寄居在叔父家中已经感到惶恐，假使住到你的府上去，那我不但更觉可耻，而且被外界说起来，我的名誉也太难堪一点儿了。再说你父母心中，恐怕也会看轻我了。”

花明听他说到这里，一时心中更加不乐，遂噘了小嘴儿，秋波恨恨地逗给他一个娇嗔，说道：

“照你这么说来，我父母是个势利的赖小人吗？”

“不不，花明，你又误会了。我以为一个青年总要有一些志气，我不愿意这样苦读书，我以为经商也不是一件坏事情，在社会上奋斗，我觉得也很有意思的。只不过我们分别之后，千万请你要时常和我通信，那我心中就很欢喜了。”

志清见她有些不乐意的样子，才向她急急地辩白，说到后面，他似乎觉得有些凄凉，话声包含了颤抖的成分。花明心中也觉得难过，她慢慢地低下头来。两人沉默了一会儿，志清伸手去抬她的下巴，轻声问道：

“花明，你怎么啦？干吗一声也不响呢？难道我到上海经商去，你心中真有些怨恨我吗？”

“我如何会怨恨你？因为你的环境这样恶劣，我心中实在代你很难过。假使你有亲生父母的话，他们如何会叫你半途而辍学呢？"

花明这两句话，倒是勾引起志清的伤心来了，他深深地叹了一口气，眼皮也有些润湿了，很感喟地说道：

"这是我的命，我绝对不怨什么人的。"

"志清，你既然是个有志气的人，那么你也不用伤心，我希望你到了上海之后，在社会上多多地努力，能够从艰难之中达到成功的道路，那我就十分安慰了。"

志清见她拿出手帕来，按到自己的眼皮上去，似乎给自己拭泪的意思，一时心里十分感动，遂紧紧地握住她的纤手，说道：

"谢谢你这样期望我，我真不知如何感激你才好。可怜我志清一生孤苦伶仃，总算有你这样一个裙钗知己，那我就是到死也无遗憾的了……"

"志清，你疯了吗？好好的为什么偏要说死说活呢？我们这几年同学来，承蒙你处处地方都照顾我，把我当作妹妹一样，我的心坎上也早已把你认作我唯一的知音人了……"

花明听他说了一个"死"字，心中便有怨恨之意，遂急忙伸手按住他的嘴，秋波逗了他一个白眼，埋怨地说着。当她说到"知音人"三个字的时候，忽然觉得一个女孩儿家在一个男同学的面前说出这么一种坦白亲密的话来，那就不免有些难为情，粉脸上便笼上一层桃花的色彩了，以下的话却再也说不上来了。志清听了，自然是说不出的惊喜万分，遂含了兴奋的口吻，笑问道：

"花明，你这话可是真的吗？"

"难道这些日子来，你还不明白我的心吗？可见我是白用着一番心的了。唉……"

志清这一句问话，花明似乎感到有些失望，她黯然地回答，还哀怨地叹了一口气。志清连忙声辩着道：

"花明，我知道你对待我的一番心，不过我还不能十分肯定你对我这样真挚痴心，现在你明显地向我表白了，我心中实在是快活过了度。我的好妹妹，请你不要生气吧！"

"哼！谁和你涎脸……"

花明被他"好妹妹"这一声叫唤，一时倒又忍不住好笑起来了。但笑过了后却又觉得不好意思，遂故作娇嗔的表情，恨恨地逗给他一个白眼。然而这白眼在志清的眼里看起来，却觉得分外妩媚可爱，这就憨然地笑道：

"妹妹，请你再送给我几个媚眼吧，我真是越瞧越心爱了。你的美丽，真是全宁波也找不出第二个来了。"

"你不要肉麻当有趣，我是给你一个白眼，谁高兴跟你做媚眼？"

花明说到这里，自己也觉得有趣，这就抿着嘴儿咪咪地笑起来了。但她心中忽然又有一个感觉，立刻紧锁了柳眉，好像有无限心事的样子，轻轻地又叹了一声。志清倒觉得有些莫名其妙，拉了她的手怔怔地问道：

"花明，为什么你好好的又叹气了？"

"我觉得你到了上海之后，一定会把我忘记的。"

志清听她这样说，倒不禁为之愕然，"咦"了一声，也急急地问道：

"你这话太奇怪了，你打哪儿看出来我会把你忘了呢？"

"言为心之先声，凭你这一句话，我就知道你并没有真心地爱我。"

花明一面说，一面眼皮已经红了起来，大有盈盈泪下的样子。志清急得连连跺脚，指天画地地说道：

"花明，我若没有真心爱你，那我可以发誓给你听，我绝没有好死的，我到上海会被汽车撞死的。"

"志清，你……"

志清立下了这样重誓，把花明急得真的流下眼泪来了，说了一个"你"字，她别转身子，耸着两肩，大有抽抽噎噎的神气。志清连忙又低低地央求道：

9

"花明，好妹妹，你不要生气，你不要伤心，一切总是我不好，你瞧在我快要到上海去的人，你就千万原谅我吧！"

"……"

花明听他这样说，也不知她为什么缘故，却益发呜呜咽咽地哭泣起来。志清弄得束手无策，抓抓头皮，搓搓手，呆了半晌，忽然向前一指，说道：

"花明，你瞧，我们校长先生来了。"

志清这一句话，才把花明急急地收束了泪痕，回头望去，却并没一个人影子，这就情不自禁开口说道：

"好，你骗我！"

"你只管哭下去，叫我没有了法儿，不用一点儿计策来止住你的眼泪，看你不知要哭到什么时候才肯停止呢。"

志清这会子像得到胜利似的，忍不住嘻嘻地笑起来了。花明不说什么，却啐了他一口，又逗给他一个嗔恨的白眼。两人默然了一会儿，志清方才偎近了她的身子，温情蜜意地握了她的手，低低地说道：

"花明，你说我没有真心爱你，你又说我到了上海会把你忘记的，这些你都是从什么地方看出来的呢？我想你也不能凭空地冤枉我，你多少也得给我说出一个道理来。否则在我似乎也太受一点儿委屈了。"

"我所以这样猜想你，我当然也有一点儿根据的。"

花明还是余恨未消的样子，理直气壮地回答。志清听了，心中感到奇怪极了，遂呆呆地望着她的粉脸，问道：

"那么你根据哪一点而肯定的呢？"

"你自己说的话，难道你自己会忘记吗？"

"我说过了什么话？我实在想不起来了。况且我刚才对你说的话，其中也绝对没有说过我没有真心爱你的话呀！"

"要如你肯明明白白地向我当面说出来，那事情倒好办了。"

10

“依你说，我暗地里有不诚实的存心吗?”

“当然啰!”

花明噘了小嘴儿，怨恨地说了这三个字。志清笑道：

“你告诉我，我哪一句话使你心中起了疑窦呢?”

“你刚才不是说我的美丽在全宁波找不出第二个来吗?”

“是呀，这句话我说过，我绝不赖掉，那是我称赞你美丽容貌的意思，难道你认为我的存心有不良的地方吗?”

志清有些莫名其妙的样子，一面承认地解答，一面又不了解地反问。花明兀是鼓着小腮子，说道：

“在宁波你认为我是一个最美丽的人，那你自然只有爱上我了。不过你是一个将要去上海的青年，明儿到了上海之后，见了繁华都市中的上海小姐，觉得上海小姐比我更美丽的时候，我想你还不是把我压根儿都忘记了吗?”

“哦，原来你是根据这一点而疑心我的吗？那可真是天大的笑话了。想不到你有这样细心，还有这样多心。好妹妹，我现在重新再说一遍吧。在我眼睛里看起来，全宁波的姑娘固然及不上你的美丽，就是全上海全中国，甚至于全世界的姑娘，也没有一个可以和你相提并论，我觉得你像月里嫦娥，你像西子复生，你像王嫱再世，你像……”

“够了够了，我再不要听你这些胡说白道的话了。”

花明不等他再往下说，就急急地阻止他回答。此刻她的芳心里已经没有了怨恨，感到的是甜蜜和安慰，所以扬着眉毛，秋波斜乜了他一眼，由不得嫣然地媚笑起来了。志清也得意地笑道：

“花明，我说你刚才多心原是自寻烦恼，因为两性的恋爱绝不是纯粹求其外表的美丽为标准的。一个美丽的姑娘并非完全是理想中的妻子；反之说，一个漂亮的青年也绝不完全是理想中的丈夫。因为夫妇的生活，是需要互相合作，做丈夫的应该努力生产，做妻子的应该努力治理家务。而且彼此还要情投意合，和衷共济，肯刻苦耐劳。最要紧的还是注重于'情义'两个字。否则，任你是天仙化人，貌如潘郎，假使一旦偶然发生争吵，你便心如蛇蝎，我就毒像豺狼，你想这个家庭这对夫妇如何还会有美满的结局呢？花明，你说我这些话有理没有理呢？"

志清这一番话说得十分透彻，听在花明的耳朵里，心中暗暗地敬佩，觉得志清真是一个有思想有作为的好青年。假使我俩成了夫妇之后，那么将来一定有个幸福的家庭。所以她感到无限安慰，频频地点了点头，颊上的酒窝儿便深深地掀了起来，媚眼儿斜瞟着他，笑道：

"听了你这一番言论，你倒好像是已经讨过老婆似的。"

"好呀，你这可该罚了吧！我已经讨过老婆了，这是谁告诉你的呢？"

志清捉住了她的手臂，要到她肋下去胳肢。花明一面笑得弯了腰肢，一面连连地告饶，志清这才放了手，笑道：

"那么你以后还要胡说吗？"

"谁胡说来呢？你自己没有听清楚，我不是说好像吗？'好像'这两个字并没有说你真的呀。"

"被你这么一说，倒又是你的理由充足了。"

花明听了，忍不住扬着眉毛又得意地笑起来了。两人相倚相偎地坐了一会儿，这时黄昏已经降临了大地，四周笼上了一层轻罗纱那么的薄暮。到底是已经秋天的季节，晚风吹着翠绿色的柳丝，似烟似雾地飘荡着，好像是包含了一点儿凄怆的成分。尤其是那秋虫唧唧的鸣声，似泣似诉，听在这一对离人的耳中，不觉怅惘地若有所失，两人不约而同地叹了一口气。花明望了他一眼，低低地问道：

"你信中说星期六下午要动身到上海去了，那么离开今天还有两天日子，除了今天不算，是只有明天一天了。我们这次分离之后，也不知什么时候再能够碰面呢。"

"花明，你怎么说出这些话来？我们都是年轻人，怎么会没有时候碰面呢？再说上海离宁波也不算远，乘船一夜就可以到达，所以交通很为便利。况且你在高中毕业之后，不是也要到上海来考大学吗？到那时候，我们一定又可以常常地碰面了。"

志清见她这样忧愁着，遂向她低低地安慰。花明点了点头，方才不说什么了。但志清又接下去说道：

"这次我到上海去，别的倒不担心，只担心一件事情。"

"你担心什么事情呢？"

花明不了解地向他怔怔地问，志清沉吟了一会儿，方才徐徐地说道：

"我担心自己命运不好，两三年之后，还是郁郁不得志地做着一个小职员，那叫我在你面前如何交得了账呢？"

"那你也太忧愁了，一个人得意起来，这是想不到的。我相信像你这样有才干的青年，一定会得到上司的器重。就是你不能扬眉得意，我也绝不会改变我爱的方针，那你尽管放心是了。"

花明似乎懂得他所以忧愁的意思，遂用了真挚热诚的语气，向他低低地安慰。志清是感动得几乎流下泪来，紧握着花明的手，赤心地说道：

"花明，你待我这样真心真意，我是到死都忘不了你的。不过我和你的环境相差太远了。第一，你是一个有钱人家的小姐，在你虽然不会嫌我贫穷，但是做父母的心中总不愿自己的女儿嫁给一个穷小子的。第二，你高中毕业之后，还要读大学，那么一个大学生起码要嫁一个留学生，这才相配；现在我连高中都不能毕业，这样我在学问上也是高攀不上你。所以我仔细地想起来，觉得忧愁的问题实在是太多了。唉，我前生不知作了什么孽，所以今生才自幼儿死了父母哩。"

志清说完了这一篇话，他心中一阵感伤和羞愧，眼皮早又红了起来了。花明听了，待欲嗔他，但仔细一想，他忧虑的也未始不是没有道理，因此把嗔意倒反而变成同情他起来了，蹙了两条细长的眉毛，呆住了良久，方才低声儿说道：

"凭你这样恶劣的境遇，倒也怨不得你有这种忧虑。但你可以放心，我黄花明绝不是一个水性杨花、爱好虚荣的女子。假使你放心不下的话，我高中毕业之后，我可以不考大学，同时不管你的环境怎么样，我可以马上嫁给你。倘然你所赚的钱不够维持家庭的开销，那么我可以帮助你到社会上谋事做。我想我们两人赚来的钱，总可以维持一份小家庭的生活了吧？"

"花明，凭你这几句话，我心中的五脏六腑甚至于全身每个的细胞，实在是没有一处不感激你不疼爱你了。你为了我，情愿牺牲你自己，世界上这样情深义重的人除了你，哪里还寻找得出第二个来呢？不过，只要你不嫌我知识浅陋，你就只管读大学，我绝不会自私自利，倒来妨害你的前途，那我也太不忍心了。"

志清说完了这些话，他的语气是颤抖得厉害，眼角旁真的会涌上一颗晶莹莹的泪水来。花明却微微地笑道：

"傻孩子，你好好的伤心什么呢？"

"不，我并不是感到伤心，因为我觉得你的情义使我感动得太厉害了。我为你歌颂，我为你赞美；你是爱之神，你是情之圣。花明，我……我……真不知该拿什么来向你表示感谢才好呢。"

"我什么都不稀罕，我只要你一颗不变的心。"

花明情不自禁地说出了这两句话，她却又害起羞来，娇红了粉脸，逗给他一个媚眼，嫣然地一笑，把身子倒向志清的怀抱里去了。志清的感觉是软绵绵的柔若无骨，他心里是甜蜜蜜的不住地荡漾，遂笑着说道：

"花明，我那颗心不是早已交给你了吗？假使你不相信，我可以挖出来给你看的。"

"不用看了，我此刻已经听得明明白白了。你那颗心在告诉我，它说它永远不变的，它永远不变的。"

花明的头是靠在他的胸口旁，她把耳朵紧紧地贴近着，转着乌圆的眸珠，却笑嘻嘻地回答。志清听了，不免爱极欲狂，这就情不自禁很快地凑下头去，在她小嘴儿上紧紧地吻住了。过了良久之后，花明"嗯"了一声，才很快地推开了他，一骨碌坐起身子，逃向那边假山旁去了。志清把舌尖儿在嘴唇边舐了一下，笑着叫道：

"花明，不要到假山洞里去呀，当心鬼出现呀。"

"啊……"

花明被他这样一说，吓得"啊"的一声喝叫起来，脸色慌张地急急转过身子，又匆匆地奔了回来，偎着志清的身子，闹着不依道：

"嗯，我不要，我不要，你为什么吓我呢？"

"我倒并没有吓你，说起来在这中山公园里倒真的有件近乎《聊斋》的故事，你要听吗？我可以详细地告诉你听。"

志清伸手半环抱她的肩胛，含笑回答。花明见这时天色渐黑，景物模糊，风吹树动，且发出雪雪瑟瑟的声音，这声音在寂静的空气中流动，更加包含了一层恐怖的意味，这就害怕地说道：

"我们先到外面去吃一点儿点心，到了外面，你再讲给我听好了。在这冷清清的地方讲鬼故事，我可有些害怕。"

"其实这个故事倒并不害怕，说起来还是最近的事情，所说真有其人，真有其事……"

"你此刻不要讲，我们快些到外面去吧。"

花明不等他说下去，就拉他的手，急匆匆地走出了中山公园的大门。志清便笑着说道：

"你怕得这个样儿干什么？"

"我并不是害怕，因为我肚子有些饿了，我们坐车到东门大街去吧。那边有家新开张的点心店，听说和上海的大三元差不多，我们倒去赏识赏识。"

志清不及回答，花明已经叫了两辆人力车，于是坐着到东门大街去了。车过梅龙镇酒家门口，花明忽然叫车夫停下，付去了车资，向志清笑道：

"我们不吃点心了，爽爽快快地还是吃夜饭吧。"

"吃夜饭太早，我想还是在街上踱一会儿步好。"

"我们可以先喝些酒，因为后天你要到上海去了，今夜我就算给你饯行吧。"

"那又何必呢？我认为还是节省一点儿吧。"

"不，要节省情愿别的地方节省，今天这一餐晚饭可不能省。志清，我们到梅龙镇酒家去吃饭。"

花明却坚持着要给他饯行，志清没有办法，也只好随着她走进梅龙镇去了。侍者招待入座，泡上两杯花茗，问他们吃酒还是吃饭。花明点了下酒的冷盘，又点了饭菜，向侍者吩咐着说道：

"先拿一斤花雕，冷盘拿上来下酒，饭菜等吃饭的时候拿上来好了。"

侍者答应了一声，便急匆匆下去。花明握了茶杯，向志清举了举，是叫他一同喝茶的意思。志清因为自己身边并没有多带着钱，虽然这顿晚饭是花明请的客，但自己心里总觉得十分不安，所以他的举止不免带着有些局促。不多一会儿，侍者把酒菜拿上，花明接过酒壶，先在他面前的酒杯上满斟一杯，然后自己斟上了，笑道：

"志清，我先敬你三杯酒，这第一杯酒，我希望你到了上海诸事顺利，得意扬眉，干成功一番伟大的事业。"

"花明，谢谢你这样期望我，我一定努力奋斗，非踏到成功的道路不可，来安慰你那颗小小的心灵。"

志清含了满面笑容，一面举杯喝了下去，一面也热诚地回答。花明掀着笑窝儿，陪饮了一杯，然后又斟第二杯，说道：

"这第二杯酒，希望你在上海不要随俗浮沉。常言道，益者三友，损者三友。那些酒肉朋友，千万要少来往，因为这对于你本身的前途问题大有关系。"

"你这是一番金玉良言，我已铭入心版，请你放心，我一定听从你的话，绝不会使你感到有所失望。"

花明十分安慰地点点头，和志清又一饮而尽，于是又斟第三杯酒，秋波盈盈地斜乜了他一眼，有些羞人答答的意态，沉吟了一会儿，方才低低地说道：

"这第三杯酒，希望你不要见花折花，明儿到了上海，见了比我更美丽的姑娘，倒把我抛向脑后去了。假使你真的会变了心，那我没有第二条路，是只有一死来了结我的痴心了。"

"花明，我已向你念过了重誓，难道你还信不过我吗？假使我今生负心了你，我的尸骨一定无处埋葬的。"

花明听他这样说，一时倒不禁为之泫然泪下，低了头，默默地出了一会子神。志清先喝下了第三杯酒，然后说道：

"花明，我希望我们早日洞房花烛，结成神仙眷属，将来小天使降临到我们的怀抱，我们组织成一个美满的家庭。那时候我做爸爸，你做妈妈，其乐融融。个中情况，岂是三言两语所能形容其万一呢？花明，你听了我这些话，你心中到底乐不乐呢？"

"当然啦，那时候我乐得嘴也笑成弥勒佛般地合不拢来了。志清，你瞧天上的明月，弯弯地像眉毛似的，我想起了这两句'宛如待嫁闺中女，知有团圆在后头'的诗，那不是完全象征着我们两人未来的生命吗？"

志清这一番话，才把花明回过一点儿笑脸来。她偶然望到窗口外的天空去，见天空已变成了深蓝的颜色，像一方常青的布，映现着一钩新月，倍觉明亮。于是她挂着泪水，又含笑说了这几句话，在她那颗处女的芳心里，好像是得到无上的安慰。志清听了，把手一拍，笑道：

"花明，你说得再好也没有了，我们一定有团圆在后头的日子，那么你千万不要作无谓的伤感，我希望你保重身子要紧。"

"我没有伤感，我只有快乐，今夜我们喝了这三杯别离的酒，明儿到上海我们再喝重逢的酒。"

"不但是重逢的酒，而且是合卺的酒。花明，你觉得我这句有意思吗?"

花明的粉脸,因为喝过了酒,已经是红晕得像一朵玫瑰花,此刻再加添了羞涩的娇媚,那就更加美丽得可爱了。她口里是有些难为情不好意思回答,但她却频频地点头,秋波脉脉含情地逗给他一个说不出好看的娇笑。志清口里是好像含了一块糖,心上也好像放着一块糖,浑身只觉得甜蜜无比,望着花明的粉脸,由不得呆呆地出了一会子神。良久之后,花明才抬起头来,笑道:

"你不是说中山公园里有个鬼故事吗?现在你可以说出来给我听听了。"

"好的。据说在胜利以后,县政府里派一个姓黄名叫自强的男子,去整理这个中山公园。因为在敌伪时期,中山公园内部都被日寇糟蹋得满目荒凉。这个黄自强的年纪也有四十多岁了,他在督工整理的日子中,忽然发现泥土堆里有一具发了红色的尸骨。"

"啊呀,这……不成了红毛僵尸了吗?"

花明听到这里,忍不住先吃惊起来,急急地问出了这两句话。志清连忙摇了摇头,笑道:

"不是,不是,你不要着急呀,我慢慢自然会告诉你的。当时这个黄自强见了这一具红色尸骨,觉得与众不同,一时甚为好奇,遂命人把尸骨另置一个瓷盆内,好好埋入土中。谁知当夜黄自强就做了一个梦,梦中看见一个绝色的女子,古装打扮,含笑向黄自强再三谢恩……"

"难道这具尸骨就是那女子生前的吗?"

花明不待他往下说,又迫切地向他追问。志清点点头,喝了一口酒,吃了一筷子菜,望着花明怔住了的娇靥,接着说道:

"是的,这尸骨就是那女子生前的。从此以后,那女子每夜来陪伴黄自强去游玩,而游玩的地方,都是黄自强从未去过的,有奇花异草的花园,亭台楼阁,点缀得好像蓬岛瑶池、天上仙境一样。有时候到金碧辉煌的宫殿里,只见琼楼玉宇、龙柱凤梁,雕刻得栩栩如生、光怪陆离、美不胜收。一日，那女子对自强说道：'你一个人游玩，甚为寂寞，今天我把你夫人也带着一同来玩了。'自强见她说毕，向前一望，果然见自己的妻子姗姗走来，于是夫妇两人执手偕行，随意游览，十分欢乐。次日醒来，忙问他的妻子，不料他妻子回答，果然也做着和自强同样的梦，夫妇两人一时真觉得万分奇怪。"

"我不相信，天下哪有这种神怪的事情？一定是你编造出来骗我的。那么这个女子到底是谁？她每夜叫姓黄的去游玩，究竟是好意还是歹意呢？"

志清听花明又急急地问出了这些话，遂笑了一笑，但立刻又显出一本正经的神情，告诉着说道：

"所说黄自强实实在在有这样一个人。你不要性急呀，静静地听下去便知道了。"

"那么你快说吧，不要卖什么关子了。"

"这样过了半个月，黄自强忽然生病了。他病中想要吃的东西，都是宁波所买不到的。因此他的妻子十分焦急，虽然请医服药，但却是没有什么效验。不料这天夜里，那个女子把自强所想吃的东西统统都办到了，而且侍候在他的病床旁边，殷勤地服侍他。"

"啊呀，这么说来，那姓黄的准要被那女子迷死了。"

花明情不自禁地又"啊呀"了一声叫起来说。志清连连摇头，笑嘻嘻地说：

"你弄错了，人家是报恩来的。黄自强经那女子体贴入微地服侍之后，病体果然慢慢地痊愈起来。这天晚上，那女子来向自强辞行，说自强这次生病，本来要死，她要报答大恩所以前来相救，现在恩德已报，缘分已完，从今夜别后，将不复再来。黄自强听了，依依不舍，遂叩问姓名。那女子说她父亲生前为宁波府知府，中山公园本为她家住宅，她年方二八，竟不寿而夭，她父亲因痛女心切，故葬在住宅的花园里。"

19

"那么这个知府姓什么叫什么呢?"

"当然有姓有名,黄自强病愈之后,还到县政府里去查考历任的知府,果然有这个名字。但可惜我听人家讲过忘记了,不知他是叫什么姓名,信不信由你,我也不过是传闻而已。"

志清因为回答不出那个知府的姓名,所以说到后面,也只好这样地说。花明忍不住笑道:

"你说得活灵活现,此刻却又说是传闻而已。要知道耳闻不如目见,所以这种传说也是靠不住的,我只当听了一个《聊斋》中的故事。来,瞧你嘴也说干了,我们还是喝酒吧。"

志清笑了起来,遂举着杯子,两人还碰了一下,方才各自吃喝了。这顿饭吃完,时已八点相近。花明付了账单,志清很不好意思地说了一声谢谢。但花明并不接受他这一声谢,反而把秋波逗给他一个妩媚的白眼。两人出了梅龙镇,只见外面已经万家灯火,遂在街上又闲散了一会儿步,方握了握手,各自分别回家。花明的家里,是在老实巷里面一座大房子,由东门大街回来,不用十分钟时间。当她敲门入内的时候,只见一个身穿西服的青年含笑迎出来,却把花明的手紧紧地握住了。

第二回

绣闼窥艳体　神魂迷恋

这个身穿西装的青年，原来就是黄花明的表哥丁万昌。万昌是花明后母的内侄，说起来倒也是个高中毕业生。但因为性好游嬉，所以不学无术，完全是个纨绔子弟，靠着花明父亲黄人俊的势力，现在总算在中国银行出纳科办事。他见花明这个表妹，年方妙龄，出落得亭亭玉立，好像出水芙蓉那么艳丽，在他以为近水楼台先得月，所以便向花明百般追求，时献殷勤。不料花明早已心有所属，对于万昌的殷勤献媚也可说是落花有意、流水无情的了。

万昌这天下了办公室，特地预先买了三张民光大戏院的戏票，匆匆来到花明的家里。走进上门，见姑妈黄太太坐在桌旁，一面吸着烟卷，一面抹着骨牌，玩着打五关消遣。万昌遂恭而敬之地叫道：

"姑妈，您老人家一个人在家里吗？"

"万昌，你姑爸怎么还没有回家呢？"

黄太太见了万昌，这就想到了人俊，遂也低低地问他。原来人俊是中国银行的副理，黄太太以为万昌可以下办公室了，那么人俊自然也没有事情了。万昌当下在桌边坐下，悄声儿笑道：

"姑妈，姑爸关照我，说今夜是经理请吃饭，所以他不回家来吃夜饭了，叫你们可以不用等他了。"

"在什么地方请客呢？"

"这个……我倒没有知道。"

21

万昌顿了一顿，方才摇摇头回答。黄太太冷笑了一声，向他恶狠狠地瞪了一眼，表示十分生气的样子，说道：

"你们爷两个串通好了，想来瞒骗我吗？万昌，你是什么人身旁的侄子？你敢对我不效忠吗？还不快些从实告诉我，当心我发脾气，先量你几个巴掌，然后再跟你姑爸算账。"

"姑妈，您不要发脾气，侄儿就老实告诉你吧。不过……"

万昌被姑妈这样一发怒，他心中一急，不免站起身子，红了脸，把实话也急出来了。黄太太兀是冷笑道：

"你还不过什么啦？快说吧，他们是不是又到堂子里吃花酒去了？"

"是的，我本来就想告诉姑妈，因为姑爸关照我，叫我不许泄漏风声；否则，他要停我的生意。所以我要求姑妈，回头千万不要跟姑爸说是我告诉你的。"

"其实你不告诉，我也早已料得到的。有好几天日子了，你姑爸老是在深夜回家，我看你姑爸是交花运了。"

黄太太连连吸烟，怒气冲冲地说着。万昌站在旁边，却不敢作声，心中暗想：原来姑妈心里已经有些知道了，怪不得她一听我说姑爸不回家吃饭，她就怒发冲冠的样子。这时听姑妈向自己又问着道：

"万昌，你知道这个老不死爱上了哪一个寡老呀？"

"姑妈，对于这些我实在不知道，因为姑爸也绝不肯向我告诉的。并非我瞒骗着您，请您老人家千万原谅我才好。"

"那么你干吗一进门就贼秃嘻嘻的样子呢？可见你心中对于你姑爸秘密是什么全都知道的了。"

万昌听她这样说，暗想：糟了，原来是为了我笑嘻嘻的缘故，所以使她起了疑窦吗？这可上了她的圈套了，于是连忙一本正经说道：

"姑妈，这是你完全地误会了，因为我买好了三张戏票，今天晚上预备请两个表妹去看电影的，所以脸上自然有些笑容了。难道姑妈以为是我知道了姑爸的秘密，故意卖关子吗？这我未免是受了一点儿冤枉了。"

"表哥，你受了什么冤枉了？要不要我来给你审审明呀？"

花明的妹妹黄黎明，她是现在这个黄太太生的，今年还只有十四岁，比花明小五年，生得秀娟可爱，她现在也读初中了。此刻她一脚跨进上门，因为听万昌这样表白，这就忍不住笑嘻嘻地问他。万昌见了黎明，以为花明一定也在后面要跟进房来了。谁知黎明身后，并不见花明的情影，这就急急地问道：

"黎明表妹，你的姊姊呢？她不在家吗？"

"姊姊刚出去不多一会儿，你找她有什么贵干吗？"

黎明虽然还未成年，但也略懂人事，她知道表哥很爱姊姊，遂故意用了俏皮的口吻，秋波斜乜了他一眼，笑盈盈地问。万昌忙道：

"今天民光大戏院刚换新戏，是一张歌舞片子，场面很伟大，所以我特地买了票子来陪伴你们姊妹两人去看电影的。"

"你来陪伴姊姊去看电影倒是真的，'陪伴我'这三个字我可不要听，因为我还没有这么好福气哩。"

黎明倒也人小心不小的，噘了噘嘴，俏皮地回答。万昌很焦急的样子，伸手在袋内摸出三张戏票，放在桌子上，说道：

"黎明表妹，你不要冤枉我好吗？我是诚诚心心来陪伴你们看电影去的。瞧，这不是三张戏票吗？"

"你所以买三张戏票，我也知道这是你免不得的意思。其实我也很识趣的，有我碍在你们中间，倒使你们不能畅所欲言，大受拘束，所以我也不愿伤这个阴骘，还是你们两个人去吧。"

万昌听她这么说，一时很不好意思，两颊涨得像猪肝一般血红，讪讪地笑起来，说道：

"姑妈，你听表妹这话有趣吗？她倒好像跟我在闹着醋劲儿呢？"

"什么？什么？表哥，你这烂舌根的，你再胡说白道的，我可不依你。妈，你还笑哩，快给我搂他几个嘴巴子，才出了我心中的气呢。"

黎明被万昌这样一说，她芳心里这一羞涩，连耳根子都绯红了，一面急得连连跺脚，一面恨恨地咒骂着。因为回头见母亲还嘻嘻地笑，这就滚到母亲的怀里，却撒起娇来了。黄太太笑道：

"不是我帮着万昌，事情原是黎明自己不好，你为什么要这样避嫌疑？那不是讨万昌说出这些话来吗？"

"对呀，姑妈这两句才是大公无私的公平话。"

"好，好，妈，你还这样庇护他，益发叫他得意了。妈，我不要，我不要，你非给我搂表哥两记不可，他是海宝贝？我就跟他吃醋了吗？那才是滑天下之大稽呢。"

"好表妹，亲表妹，算我说错了话，该打，该打。你就饶我这一遭吧。"

万昌在女孩儿家面前是个惯会用功夫的人，他见黎明只管闹着不依，遂向她打躬作揖地连赔不是，而且还伸手在自己嘴巴上重重地打了两记。黎明原是个小女孩子，见他神情有趣，一时倒又咯咯地好笑起来了。黄太太一面推开她的身子，一面也微笑着说道：

"好了好了，一年大两年小，你也别闹孩子气了。从前姑娘十六岁出嫁，再过两年，你也要做人家媳妇去了呢。"

"哼！我到六十岁也不出嫁。"

黎明噘了小嘴儿，哼了一声回答，她这一句话引得黄太太和万昌倒忍不住又笑起来了。过了一会儿，万昌忍不住又开口问道：

"黎明表妹，你姊姊到底到什么地方去了呢？她说晚饭回家来吃吗？"

"姊姊出去了，也是李妈告诉我的。她到什么地方去我真的没有知道，我想你也不必着急，姊姊吃晚饭总要回家来的。"

黎明显出一本正经的样子，向他老实地回答，但说到后面，却抿了嘴儿又咪咪地好笑起来了。万昌虚心地问道：

"表妹，你笑什么啦？莫非你姊姊在房中没有出去吗？"

"瞧你这人真会多心，我难道连笑都不可以吗？你以为我骗着你，那么你自己到房中去找她好了。"

万昌听她这样说，知道花明真的出去了，遂笑着不再说什么了。黄太太望了万昌一眼，半打趣半正经地问道：

"万昌，我见你近半年来在我家走得好像特别起劲，莫非你真的有爱上花明的意思了吗？"

"妈，你也太老实了，这还用问的吗？事实已经摆在眼前了。"

黎明见表哥红着脸，只是赧赧然地傻笑，遂代为笑盈盈地回答。黄太太见此情景，也知道万昌果然有这个意思，遂笑道：

"万昌，你不用怕什么难为情了，你还是老实地说吧。假使你真有爱上花明的意思，我可以成全你。"

"姑妈，你这话可是真的吗？"

黄太太这两句话听到万昌的耳朵里，心中自然有说不出的惊喜，这就抬起头来，有些情不自禁地向她急急地问。黎明在旁边，却把手指划在颊上羞他，笑道：

"表哥，原来你真的为了看中我姊姊才到我家里来的。喔哟，亏你问得出来的，羞也不羞呢？"

"好表妹，你就帮帮忙，顾全我一点儿面子好吗？"

万昌在这个情形之下，也只好厚了面皮，望着黎明笑嘻嘻地说。黄太太也含笑说道：

"万昌，想你从小也没有了母亲，我把你早就当作儿子一般地爱护。只要你学上进，不荒唐，这头亲事你放心，我可以做主成全你。不过，人要如不争气的话，那你就不用梦想的了。"

"姑妈，我现在不赌、不吸烟、不喝酒，每天早出晚归，再安分也没有了。你若不相信，可以问我爸爸的。"

"一心想骗个老婆，瞧你就变成一个烂鼻头的正经人了。"

黎明在旁边又插着嘴笑嘻嘻地说，黄太太也忍不住好笑起来了。

过了一会儿，黄太太又低低问道：

"万昌，不过你自己也要探探花明心中的意思，她到底爱不爱你呢？因为花明不是我亲生的女儿，比不得黎明。假使她倒不爱你，人家不是会怨恨我有两条心吗？"

"姑妈这话很不错，我看花明表妹在平日对我虽没有明显的表示，但也没有什么恶劣的印象，我想她不至于会十分讨厌我吧？"

万昌很自信地回答，脸上还含了微微的笑容。黎明听他说得这么有把握，遂故意冷笑了一声，说道：

"表哥，你不要想得那么稳当，姊姊在学校里恐怕早有知心朋友的吧。"

"黎明表妹，你知道的？那个朋友姓什么叫什么呢？"

黎明原是一句戏言，不料万昌听了，却信以为真，一时忧容满颊的，向她急急地追问。黄太太也认真地问道：

"黎明，你姊姊真的已有男朋友吗？"

"哈哈！我是故意急急表哥的，妈怎么也会相信起来了？"

黎明听了，方才拍着两手，大笑起来。万昌这才把脸色转缓和了一点儿，向黎明恨恨地瞅了一眼，忍不住也笑了。黄太太道：

"我想花明没有这样大的胆子，她是个知书识字的姑娘，如何会在外面自交男朋友呢？"

"妈，我说你这个脑筋太陈旧了，一个女子交男朋友不一定是会干出伤风败俗的事情来。比方说，姊姊在学校里读书，多少总有几个男同学的，难道这也能够说她是浪漫吗？"

"话虽不错，但男女在一起，总有些不大妥当。"

万昌却认为姑妈的话有理，在旁边低低地插嘴。黎明冷笑了一声，似乎有些不服气地撇了撇小嘴，说道：

"表哥，你这些话未免有些自私自利。我倒要请教你，你从前在学校里读书的时候，难道也没有一个女同学吗？"

"一个学校里女同学是少不了的，但我们之间也不过点点头而已，我从来也没有跟任何女子谈过什么'爱情'两个字。"

"这样说来，你果然是个好人，怪不得从你背脊上摸过去，连肚脐眼都没有一个呢。"

黎明说得怪俏皮的，黄太太和万昌听了，一时倒又忍俊不禁起来。三个人谈谈笑笑，不知不觉的，天色已经黑了下来，但花明却还没有回家。李妈已经开上了晚饭，黄太太说道：

"花明这姑娘也走得太没有分寸了，怎么连天色夜了都不知道呢？我们不用再等她，还是管自地吃晚饭吧。"

"妈，也许姊姊被同学们拉住吃饭了，这也说不定的。"

黎明见母亲有些恼怒的神色，这就代为花明低低地解释，在她心中至少包含了一点儿庇护的意思。万昌不说什么，三人遂坐下吃饭，在默默地吃饭的时候，万昌的心里少不得起了一阵阵的疑窦。刚才黎明说她姊姊也许另有知心的男朋友，这句话恐怕是事实吧。否则，一个女儿家如何到这时候还不回家来呢？不知道她爱上了什么人，我以后倒要随时随地留心才是。假使给我侦查出来，哼！这个小子我就要跟他不客气了。

大家吃完晚饭，李妈拧上手巾，泡上雨前茶，万昌不时地撩上手腕来看表，脸上显出焦急的样子。黎明忍不住好笑道：

"表哥，什么时候了？"

"八点刚敲过，离开映演的时间还早，最后一场是九点钟。"

万昌恐怕黎明取笑，只好镇静了态度，微笑着回答。黄太太有些生气地说道：

"这妮子要如再不回来的话，我去看吧。"

"姑妈，你肯赏我的脸，那还有什么可说的，总算是我天大的面子了。"

万昌虽然心中感到很失望，但表面上却又不得不装出十分欢喜的样子回答。黄太太吸了一口烟，说道：

"你要特地去买了票来请我看，就是磕我几个头，我也不高兴去。现在票子既然买好了，却没有人去看，白白地损失，那不是太可惜了吗？"

"我们再等上半个钟头，说不定姊姊就回来了。好在我们这儿离民光大戏院还没有多少路，五分钟就可以到的。"

黎明这两句话，万昌听了，正中下怀，心头倒是着实地感激，遂故意又想点新闻出来，聊天了一会儿。就在这个时候，忽听外面有人敲门。万昌情不自禁，早已起身奔了出来，只见李妈已经把门开了，门外走进来果然是花明，一时心中乐得不知所云，好像天空上掉下宝贝来一般地欢喜。他抢步走了过去，把花明的纤手却紧紧地握住了，同时急急地叫道：

"花明表妹，你在什么地方呀？晚饭吃过了没有？真是把我等得好苦呢。"

"我又不知道你今天会来找我，你事先干吗不和我约好了呢？"

花明对于这个表哥，在平日就有些看不入眼，不过为了后母的关系，又不能和他过分显出冷淡的态度，所以此刻勉强地含了笑容，向他低低地回答。万昌听了，便连连地点头，便道：

"不错，不错，事情果然怨不了你，原是我自己不好。因为我也是临时想出来的，便匆匆找你来了。"

"那么找到我到底有些什么事情呢？"

"我想请你看电影去，今天民光大戏院换新片子。听说这部片子不但布景伟大，情节也非常曲折，而且……而且还有不少肉感的镜头呢。"

"今天这样晚了，我有些头脑涨涨的，还是过几天去看吧。"

万昌满肚子高兴，热烈烈地向她说出了这一番话，谁知道换来的却是一盆冷水，把他淋得啼笑皆非，急红了脸，呆呆地几乎说不出话来了。不料黎明也不知是什么时候站在他们身旁的，代替万昌说道：

"姊姊，表哥的戏票已经早买好了，从五点半等到现在，我看他神情好像失魂落魄的样子。好容易等到姊姊回家了，谁知你还拒绝了他，那你这个阴鸷也未免伤得太大了一点儿了。"

"花明表妹，戏票真的已经买好了，你瞧，这不是三张戏票吗？你要如不肯赏光的话，这三张戏票就不免白白地糟蹋了。"

万昌听黎明这样说，心中很欢喜，遂连忙也补充着向她怂恿。花明想了一想，说道：

"我先去见过了妈再说。"

花明说完了这一句话，便匆匆地先奔到上房去了。万昌和黎明也只好跟着她进内。花明见了黄太太，便叫了一声妈。黄太太脸色有些沉寂，埋怨似的口吻向她说道：

"你在什么地方玩？一个女孩家，在外面不要随随便便地乱走。明儿上了人家的当，你爸爸说起来，总怪我太放纵了你。你的年纪也不小了，我要把你像三岁小孩子那么管教，你脸上也不好看。不过我待你客气了，你也不要叫我太难做人呀。"

"妈，我在外面又不干什么丢脸的事，怎么会上人家的当呢？今天原是我女同学的生日，她写信来叫我去吃夜饭，我本来要告诉妈，因为妈在睡午觉，所以我就没有告诉。"

花明被母亲啰啰唆唆地一顿埋怨，心中虽然觉得十分委屈，但也只好勉强含了微笑，向她低低地声辩。万昌从后面跟着入内，一面说道：

"花明表妹，好了，我们还是瞧电影去是正经。"

"谢谢表哥，我真有些头痛，要想早些休息了。"

花明把手按着额角，微蹙了眉尖，低声拒绝。万昌很失望地搓搓手，向黄太太望了一眼，说道：

"姑妈，你不该埋怨表妹呀，害得表妹电影也不要看了，人家同学之间偶然应酬一次，那也算不了越着范围之外了呀。"

"表哥，你不要胡说白道吧，妈教训我原是应该的事，难道我还生妈的气不成？"

"既然你这样说，那么你就应该答应一同去瞧电影，否则姑妈心中也要引起误会的呢。"

万昌利用这一点，又向花明再三地怂恿。这时黎明在旁边也劝她一同去玩。花明恐怕后母真的疑心自己有不快乐的意思，于是也只好点头答应了。万昌方才高兴得了不得，遂向黄太太辞别，和花明姊妹两人一同到民光大戏院去了。

在戏院里，万昌坐中间，花明左边，黎明右边。因为时候还早，万昌又买了西瓜子糖果等物，给她们解闷。这时万昌左顾右盼，得意万分，一面又向花明柔情绵绵地说话，大献殷勤。但花明此刻心中，只管想着星期六志清要到上海去了，这一分别后，我们不知是否还有团圆的日子？他的环境固然恶劣，而我没有了亲生的娘，做女儿的满腔心事又和哪个去诉说好呢？所以我的命运，也不是和他一样恶劣吗？花明这样忧心煎煎地想着心事，因此对于万昌和她说的话，真所谓一只耳朵进，一只耳朵出的了。万昌见她低了头，默不作声，一时只道她怕难为情。因为有黎明坐在旁边，有些过于亲热的话也不好意思说出来了。不多一会儿，开映的时间已到，万昌等也就静静地看电影了。

从电影院出来，时候已经十一点了。万昌恐怕她们姊妹在路上害怕，所以亲自陪送她们到家门口，方才匆匆地自行回来。花明姊妹俩跨进大门，李妈先向她告诉道：

"大小姐，二小姐，你们回来了，老爷也回来了，太太却和老爷在争吵呢。你们快去劝劝吧。"

花明、黎明听了这个消息，大家都吃了一惊，遂三脚两步地走到上房里来。在房门口，先听到母亲怒气冲冲地在骂道：

"你这个老不死，白白活了这一大把的年纪，家中女儿都这么大了，你还要到外面去寻花问柳吗？现在胆子越发大了，三头两天老是深更半夜地在外面作乐。我看你这样下去，那副老骨头是快要变成骷髅了呢。"

"太太，够了，你就少骂几句吧。半夜三更，被人家听见了，还成什么体统？那不是被人家要当作笑话讲吗？"

"本来呀，你是一个堂堂的银行经理了，也没有一点儿身份地在外面荒唐胡调。明天在鼻子上开了天窗，这才是天大的笑话哩。"

黎明听到这里，望了花明一眼，忍不住哧哧地笑了。一面走进上房，一面顽皮地问道：

"妈，是谁鼻子上开了天窗呀？"

"黎明，你这孩子不许胡说白道！"

黄人俊一肚子的气愤正在没处发泄，一见黎明进来还这样贼秃嘻嘻地说，这就瞪了她一眼，大声地叱喝着。但黎明仗了母亲的势力，却并不感到一点儿畏惧，还俏皮地说道：

"哎，我的好爸爸，你不要把我做出气洞呀。鼻子上开天窗这句话是妈先说出来的，我不过问一声罢了，你这不是明明在骂妈胡说白道吗？"

"哼！你借着女儿来骂我吗？好，好，我今天非跟你评个道理不可。你每天半夜三更回家，这是应该的吗？"

黎明这末后的一句话，果然把黄太太激起了无限愤怒。她冷笑了一声，虎视眈眈地望着人俊，一面哭撞过去，好像要和人俊打架的样子。花明见这情形太不像话，遂连忙拉住了黄太太，做好做歹地劝住了。一面又向父亲埋怨了几句，说每天晚上深夜回家，不知在做什么，对于身体总是有害无益。再说天气快要凉了，就是在路上恐怕也有许多不便，万一在半途遇到了强徒，这不是无妄之灾吗？人俊听了花明的话，一时深为羞惭，只好讪讪地辩说了几句，又向黄太太说了几句好话。花明因为时候不早，遂拉了妹妹的手，丢了一个眼风，一面向爸妈道了晚安，各自回房去安寝了。这里人俊关上了房门，回头见黄太太却又在抽抽噎噎地哭泣了，于是走上前去打躬作揖，连声地示饶赔罪。黄太太恨恨地骂道：

"不要脸的东西，谁和你涎皮嬉脸呀？给我滚开点吧！"

"好太太，我骂也给你骂过了，打也给你打过了，我想你总也可以心平气和了。现在我可以向你罚誓，从今以后，我再不敢深更半夜地回家了。好太太，你千万不要生气吧，气坏了身子，叫我多么肉疼呢。"

人俊显出一面孔小丑似的脸，挨近了黄太太的身子，笑嘻嘻地说。黄太太被他这么一来，心中的怨恨也就消失了大半，但表面上还是恨恨地白了他一眼，冷笑着说道：

"哼！这些花言巧语的话你给我少说几句话。现在我要详详细细地审问你，你得老老实实一句一句地回答我，若有半句虚言，当心你这颗脑袋。"

"是，是，太太，请你问吧，鄙人自当从实禀告。"

黄人俊抱着一贯小丑的作风，连连点头地回答。他还伸手给太太轻轻地敲着背脊，实足道地显出一个怕老婆的样子来。黄太太又好气又好笑地白了他一眼，但兀是绷住了脸颊，说道：

"你今夜到底在什么地方吃花酒？你说，你从实说来！"

"太太，我不敢说谎，在后市蕊香院里。不过，并非我做主人，是我们行里的经理请客。我为了联络朋友间感情起见，自然不得不去应酬一次的。"

"他会请你吃花酒，那么在过去你也一定请他吃过花酒，这都是礼尚往来，瞒不了我的事情。听说你爱上了一个婊子，还预备给她租小公馆，这消息可是真确吗？"

"太太，这……这完全是捕风捉影、无稽之谈。你听谁造的谣言，来冤枉我好人呀？"

黄人俊涨红了血喷猪头般的脸，一本正经地向她急急地辩白。黄太太却冷冷地一笑，说道：

"若要人不知，除非己莫为。我问你，你可曾做过这些事吗？"

"绝对没有这种事，你假使不相信，我可以跪在地上发咒给你听的。"

“别忙……”

黄太太见人俊一面说，一面真预备要跪下的样子，这就拉住了他，说了一声“别忙”，望着他沉吟了一会儿，说道：

“现在虽然还没有相好，不过照你这样花天酒地地走下去，往后难免就有尴尬的事情发生了。我问你，你预备改过吗？”

“当然改过，常言道，婊子无情，戏子无义，我如何会迷恋这种下流的妓女呢？”

“好，就凭你这两句话，我便马马虎虎地饶了你。时候不早，我们可以睡了。”

黄人俊不敢有违，连连称是。于是夫妇两人站起身子，也就熄灯安寝。两人在睡进被窝里的时候，黄太太忽然想到了一件事情，遂又低低地说道：

“我有一件事情要跟你商量，不知道你心中的意思怎么样？”

“有什么事情，太太只管做好了，何必还要跟我商量呢？”

在黄人俊所以说这两句话，完全是向她表示奉承的意思。不料听在黄太太的耳朵里，倒又不高兴起来，说道：

“你这是什么话呢？你是一家之主，有什么事情，还不是要你做主的吗？除非你死了，我才不用和你来商量了。”

“喏喏，你又生气了，我的意思，因为你做的事情总不会有什么错处，所以说不用问我的。既然太太误会了我，那么你就说出来大家商量商量也好。”

黄人俊拍马屁拍在马脚上，一时只好含了苦笑，又向她低低地赔不是。黄太太这回子赌着气，却又不说什么了。黄人俊急得偎过身子去，伸手去摸她的胸部，正欲说好话，却被黄太太用手指在他手背上狠命地拧了一下。痛得人俊“喔哟”了一声叫起来，连忙把按在她胸部的手缩了回来，说道：

“太太，你也太狠心了，这一下子明天早晨看起来，准有一块紫血块呢。”

"我看你这人越老越花了，有话好好儿地说，动手动脚地像个什么样子呢？你在外面婊子那里肉麻惯了，把我也当作玩具看待了吗？"

"天晓得，天晓得，我要如有这种存心，那我一定犯天打雷劈的。因为你又不说话了，我心中一急，原是来扳你身子的意思，我怎么敢向你有轻薄的举动呢？"

黄太太听他这样可怜的说法，仔细想想，倒又觉得好笑起来。但又怕笑声被他听见，这就把手扪住了嘴。人俊见她仍旧不回答，心中暗暗担忧，过了一会儿，才低低说道：

"太太，你刚才不是说有事情跟我商量吗？到底是什么事情？请你告诉我听好吗？"

"我说的是花明的婚姻事情，你想，这不是一件大事吗？难道我跟你商量倒会商量错了吗？"

黄太太方才回过身子，朝着人俊的脸，理直气壮地说。人俊"哦"了一声，方明白了似的连连称是，说道：

"原来是为了花明的婚事吗？那的确是我们做父母的大心事。她今年十九岁了，年纪确实也不小了。怎么啦？莫非有什么人来给她做媒提婆家了吗？"

"是的，不知道你赞成不赞成？"

"只要门户相当，孩子人品不错，那我还有什么不赞成？"

"说起门户，也是书香子弟；至于人品，可说才貌双全。"

"那么是个乘龙快婿啰？太太，你不要卖什么关子了，快些告诉我，这孩子姓什么叫什么？是哪家儿子呢？"

黄太太见他十分焦急的样子，这就一面笑，一面把她粉脸却靠到人俊的脸颊上去，悄悄地笑道：

"我老实地告诉你吧，这孩子就是我的侄子丁万昌。你看他和花明不是天生的一对吗？"

黄太太今年也不过四十有零的年纪，况且她的皮肤生成很是白皙，所谓徐娘半老，风韵犹存。人俊被她粉脸向自己一贴，只觉得有股子幽香触入鼻端，因此心里一阵荡漾，也忘记了回答，只管领略着温柔滋味。黄太太见他不回答，还以为他心中不赞成，这就冷笑了一声，恨恨地骂道：

"哼！是不是我的侄子高攀不上你家的千金小姐吗？"

"哪里哪里，太太，我绝对没有这个意思呀。"

"既然你没有这个意思，那你又为什么不声不响呢？"

"太太，我老实说了吧，因为我在闻太太脸上的脂粉香，所以我什么都顾不到了。"

人俊附了她的耳朵，笑嘻嘻地说。黄太太啐了他一口，却在他的大腿上又拧了一把，恨恨地说道：

"你这老不死真在交花运了，我们快近二十年的夫妻了，还是那种样子做出来，真是脸皮都不要了。我正经地问你，你说他们这头婚事好不好呢？"

"万昌是你的内侄，而且又是我荐的生意，他比花明大三年，这是一对郎才女貌的好夫妻，那我还有什么不赞成的道理呢？太太，你只管做主好了，我绝对赞成。给他们早些成了婚，而且我们也可抱外孙呢。"

黄太太听了他这一番话，一颗芳心这才欢喜起来，遂笑着道：

"既然你也赞成的，那么过几天我就和花明说了，看她的意思不知怎么样呢？"

"花明当然没有什么反对的意见，况且万昌的人品不坏，就是滑头一点儿。"

"一个孩子肯滑头才有饭吃哩！常言道，生呆子情愿生败子，败子回头金不换。况且万昌近来倒也相当安分呢。"

"太太这话很不错，所以我也很想生一个滑头些的儿子呢，不知道太太心中同情我吗？"

人俊说这几句话的语气，是特别温和而柔软，在轻微的笑声之

35

中，显然是包含了无限神秘的成分。黄太太心中暗想：一个做丈夫的所以到外面去寻花问柳，大半是因为在夫妇之间生活太严肃的缘故，家庭里得不到安慰，那么自然要到外面去寻快乐了。黄太太在这样沉思之下，一时偎着人俊的胸怀，也不由得嫣然而笑了。

第二天早晨，人俊在行里碰到了万昌，向他约略地问了几句关于婚事的话，并且嘱他努力上进，切勿使自己失望。万昌知道姑妈和姑爸都赞成这头婚事，心中乐得心花怒放，当下连声答应。到了下午五点敲过，他便匆匆地下了写字间，坐车又找花明了。

先到上房，李妈告诉他，说太太打牌玩去了。万昌觉得这是一个好机会，遂匆匆地又到花明的绣房中来了，轻轻地走到门口，却见房门关得紧紧的，一时十分奇怪。侧耳细听，房中好像有一阵阵泼水的声音，同时听得花明的声音，在低低地歌唱。万昌凝眸一想，这才有些恍然了，点头想道：是了，一定是她在洗浴了。一想到洗浴，觉得这是好机会之中的好机会，非偷窥她一下饱饱眼福不可。万昌想定主意，回头见四下无人，遂悄悄地走到窗口旁来。窗内虽然有印花的窗帘布拉拢着，但遮掩得没有十分周密，还露着一条空缝。万昌凑眼望将进去，心中这一阵剧跳，顿时像小鹿般地乱撞起来了。你道为什么？原来房内的花明这时坐在一只浴盆内，整个一丝不挂，全身精赤，赤裸裸地拿着毛巾洗涤着，此刻映在万昌的眼帘下，只见高峰矗立，玉体横陈。什么六桥三竺，什么九溪十八涧，什么苏堤春晓，什么一线天，西湖的十八景，可说一览无遗。看得万昌两颊血红，全身发烧，一时忘其所以，把头在窗槛上竟撞了一下。经这砰的一声撞，因此惊动了里面洗浴的花明了，便叫着道：

"是谁？是谁？李妈！李妈！"

"是我，表妹，你一个人在房中做什么呀？"

万昌的神魂本来已经是不在身上了，此刻心中一吃惊，方才慢慢恢复过知觉来，于是慌忙离开了窗旁，故意装作还只有刚到来的样子，向她笑嘻嘻地问。花明在房里抬头向窗外一望，见窗帘没有完全拉拢，她不免有些疑心，遂急急起来，把窗帘完全掩上了。一面涨红了粉脸，一颗芳心也忐忑不安地乱跳，低低说道：

"表哥，我正在洗浴哩，你快些先到妹妹房中去坐一会儿吧。"

"哦，好的，好的，那么我回头再来找你。"

万昌见花明把窗上的空缝也拉拢了，可见她有些疑心自己在偷窥了。因为这是一种不正当轻浮的举动，万一给她知道自己真的在偷窥她，那么她一定要看轻自己的人格，说不定因此她会不答应这一头婚事，所以心中甚为着急，一面答应着，一面便匆匆地奔远去了。

房内的花明一面急急地洗浴，一面也暗暗地猜疑。表哥这人并非少年老成，刚才说不定是在偷窥我，万一让他看了去，到外面去乱讲乱说，那叫我不是太难为情了吗？花明在这样思忖之下，不知怎么的，对表哥的印象也就益发感到恶劣十分了。

等花明兰汤浴罢，李妈匆匆前来给她把洗浴盆水端出去。这里花明换了一身麻纱旗袍，坐在梳妆台前，拿了木梳，梳着头发。就在这时，万昌也含笑走进房来，说道：

"姑妈打牌去了，黎明表妹也出去找同学了，我一个人在上房里只好呆坐了一会子。花明表妹，你在这儿梳妆打扮，莫非也有什么约会吗？"

"表哥，你不要胡说白道，我今天是不到外面去了。"

花明把水盈盈的秋波逗给他一个娇嗔，似乎有些怨恨他打趣自己的回答。万昌在她身旁坐了下来，望着她白里透红的娇靥，他呆呆地真有些馋涎欲滴的神气，同时他脑海里浮现了花明刚才玉体毕露的一幕，他更加心神欲醉起来，目不转睛地只管憨然地痴笑。花明被他这样一笑，粉颊上更加添了桃花的色彩，白了他一眼，说道：

"表哥，你怎么啦？难道不认识我了吗？"

"兰汤浴后的表妹，真仿佛是一朵出水芙蓉，我实在有些认不得了。因为你不是尘世的凡人，你实在可说是上界的仙女了。真的，像表妹这样体如桃李的姑娘，就是古之王嫱再世，恐怕也未敢专美于前呢。"

花明听他絮絮地称赞着，大有五体投地的样子，这就撇了撇小嘴，哧地一笑，连连摇头说道：

"对不起，对不起，你若再捧下去，我恐怕坐不住要跌到地下去了。"

"表妹，我并不是捧你，实实在在的，你是生得太美丽了。"

万昌见花明神情天真，并无娇嗔之意，这就胆子大了起来，遂站起身子，走到花明的身旁，把她手紧紧地握住了。花明见他动手动脚，心中颇不喜悦，遂把他手甩脱了，微微地蹙了眉尖，说道：

"表哥，我们年纪大了，比不了小时候拉拉扯扯，被李妈瞧见了，被人家要说闲话的呢。"

"表妹，你看四下无人，那又有什么关系呢？明儿我们结了婚，在闺房之中，再亲热一点儿举动也算不了什么稀奇哩。"

万昌听她这样说，一时暗暗好笑，遂扬着眉毛，自鸣得意地回答。花明听了他说话唐突，益发不乐起来，遂逗给他一个娇嗔，恨恨地说道：

"表哥，你怎么今天竟有这么许多混话呢？谁跟你订下了婚约，倒要预备和我结婚了？"

"哈哈！表妹，你不知道吗？姑爸和姑妈亲口答应把你嫁给我的，我们早晚总是一对鸳鸯哩。"

花明见他说完了这几句话，还得意地大笑起来。看他样子好像不是什么在和自己开玩笑，一时芳心里吃惊不小，满脸显出骇异的颜色，急急地说道：

"你这话可是真的吗？"

"当然真的，那可不是开玩笑的事情，我如何能随便向你乱说呢？"

"可是，爸妈根本没有向我提起过这一回婚事呀！"

"我想过两天，他们老人家一定会跟你说的。"

花明得到了这个消息，芳心里除了吃惊之外，自然还有无限愤怒，遂绷住了粉脸，却连声冷笑。万昌一见她神色很不好看，心中也暗暗地乱跳着，遂急急地问道：

"表妹，怎么啦？难道你不愿意嫁给我做妻子吗？"

"我不知道。"

花明怒气冲冲地说完了这四个字，猛可地站起身子，预备向房外匆匆地走了，却被万昌一把抓住了。他满面显出失望的痛苦，愁眉不展，几乎要哭出来的样子，凄凉地说道：

"表妹，我虽然是个最庸俗最愚笨的青年，但我的心却是最诚实的，是真挚的，一点儿没有欺诈，没有虚伪。我从小就爱你，一直爱你到现在，我差不多连吃饭睡觉都把你的情影深深地印在我的脑海之中。我没有了你的安慰，我简直是失掉了灵魂，失掉了生命。一个人的灵魂生命都没有了，那做人还有什么滋味呢？我……我一定会自杀。表妹，你忍心看着我自杀吗？不，我想表妹是慈悲的，你一定会可怜我，你一定会搭救我。表妹，我在这里向你跪下了，你、你就答应嫁给了我吧。"

万昌滔滔不绝地说着，越说越认真，越说越伤心，一面真的跪了下来，一面拉了花明的手不放，眼泪真的会像雨点般地滚落了两颊。花明见他这样痴心的神情，虽然是并没有觉得一点儿同情，但却也感到他盲目得可怜。因为怕被人们见了笑话，遂急急地说道：

"表哥，你快点起来吧，有话好好地说，这样算是个什么意思呢？你不怕难为情，我也得顾全脸颜呢。"

"表妹，我的生命是操纵在你的手中，你若不答应，我就跪死在你的面前永不起来了。"

花明在这个情势之下，真是弄得哭笑不得，也不知如何是好。幸亏在这时候却来了一个救星，原来黎明咯咯地笑着奔来了。

第三回

设缓计　强颜含笑芳心苦

原来万昌在向花明求爱的时候，黎明躲在窗口外早已先在偷看的了。直到万昌向花明跪了下去，黎明再也忍熬不住咯咯地笑着奔进房中来，拍手跳脚地笑叫道：

"好呀，好呀，表哥跟姊姊不是在演戏了吗？"

万昌想不到黎明这个时候会闯进来，一时万分受窘，难为情得满颊通红，只好连忙站起身子，恨恨地白了黎明一眼，埋怨地说道：

"黎明表妹，这回你可太不帮我的忙了，好容易到了这要紧关头的时候，你怎么能像程咬金似的蹿出来呢？现在你看这件事弄得上不上、下不下，那不是太糟糕了吗？"

"没有关系，没有关系，索性我来给你们做一个导演，你们把这一幕戏重新再来演一遍好了。"

黎明一味地带着开玩笑的成分，向他们抿着嘴笑嘻嘻地说。花明这时站在梳妆台旁边，粉脸儿也涨得像朵映日海棠一般娇艳，听妹妹这样取笑着，遂逗给她一个娇嗔，恨恨地说道：

"妹妹，你这小妮子胡说白道，还只管吃我的豆腐吗？好，回头我可要跟你算账呢。"

"姊姊，姊姊，你别走，你别走呀。"

花明说完了这两句话，身子便自管向房门外面走了，急得黎明连声地叫她，但花明却头也不回地走远了。黎明回头见万昌却呆若木鸡般地站着，好像二十分颓伤的样子。因为这回是自己撞破了他们的好事，所以心中倒觉得非常抱歉，只怨自己年轻不知事，一味地喜欢开玩笑，现在便闯出祸水来了。她心中这样怨恨自己，不免感到十分悲酸，眼皮一红，泪水竟然是掉了下来。万昌见她哭了，倒又笑着安慰她说道：

"表妹，你不要孩子气了，刚才拍手跳脚这样高兴，此刻如何却伤心起来了呢？那不是成个乐极生悲的一句话了吗？"

"表哥，这是我不好，撞散了你们的正经事，请你千万原谅我吧。不过你也只管放心，我回头给你代为去问声姊姊，问她到底爱不爱你，你说好吗？"

万昌见她用手背拭着眼泪，转着乌圆眸珠，那种意态也觉得十分可爱，一时暗暗想道：可怜二表妹还只有十四岁，否则我又何必一定要追求花明呢？看她刚才那种无情无义的样子，好像对自己根本没有爱意。不过一个女孩儿家大都是假惺惺作态，惯会装腔作势的。现在二表妹肯代我向她问个仔细，那倒也是一件好事情。万昌想到这里，遂点头说道：

"表妹，你肯这样帮助我，我心中真是非常感激你。等你长成了人之后，我一定给你介绍一个漂亮的男朋友，报答报答你的恩惠呢。"

"啐，表哥，你这人真是待你好不得。人家跟你说正经话，你偏又狗嘴里吐不出象牙来呢。"

黎明红了脸儿，啐了他一口，忍不住笑起来。但仔细一想，又觉得不该笑，因此十分害羞地一骨碌转身，匆匆地奔了院子外去了。万昌也笑着走到堂屋里来，齐巧遇到人俊也回家了，于是跟着人俊到上房里去闲谈了。

在院子里的花坛旁边，黎明碰见花明站在那株月季花的面前出神，这就悄悄地走上去，低声叫道：

"姊姊，你在想什么心事呀？"

"不想什么。"

花明回头见了妹妹，遂懒洋洋地回答了这四个字。黎明见她神情忧郁，好像闷闷不乐的样子，这就凝眸含睇地又问道：

"姊姊，你心中莫非还恨着我吗？"

"咦，妹妹，你这话可奇怪了，我为什么要恨你呢？"

花明被妹妹这么一说，她倒不得不又露出一丝笑容来了。因为生恐妹妹发生误会，所以故意显出特别亲热的样子，拉着她的手，温和地回答。黎明也把身子靠到姊姊的怀内去，微仰了粉脸，低低地说道：

"不是为了刚才我撞散了你们的事情，所以姊姊就生气走了吗？姊姊，你原谅妹妹孩子气，快不要恼恨我吧。"

"妹妹，这是你误会了，刚才的事情，幸亏妹妹来解救了我的僵局。所以我心中不但不恨妹妹，而且还深深地感激你哩。"

黎明听了姊姊这两句话，一时倒弄得莫名其妙了，定住了乌圆的眸珠，显出惊讶的神情，问道：

"姊姊，你这话是打哪儿说起的呢？难道你……你心中不爱表哥吗？"

"嗯，是的。"

花明红了脸，低低地回答。她的眉尖是锁得紧紧的，好像内心有无限痛苦的样子。

黎明追问着说道："姊姊，你为什么不爱表哥呢？"

"妹妹，你这句话倒问得我很难回答了。其实同样'爱情'这两个字，各人有各人的目标。我觉得表哥这人太浮滑，而且他的本身又一无所长，嫁给了他之后，恐怕将来未必有幸福的日子。"

黎明听姊姊这样说，一时也点了点头，沉吟了一会儿，方才说道：

"这是一个女孩儿家的终身幸福问题，所以我觉得姊姊的确有郑重考虑的必要。不过照表哥眼前的环境而说，我想将来也不至于会到饿肚子的地步吧？"

"妹妹，你的年纪还小，所知道的事情也不大多。在你以为我是考虑将来会不会饿肚皮的问题吗？不，这问题太简单了。一个人生长在世界上，断断没有饿死的人，所以吃饭问题，我认为可以不用考虑。"

黎明听了这一番话，一时又目瞪口呆地愕住了，望着姊姊一本正经的脸色，奇怪地问道：

"姊姊，那么你是考虑到哪一个重要的问题呢？"

"我考虑的是这个青年对于爱情能不能专一到底。照表哥过去的行为，你也知道的，他是从小娇养惯的，吃喝嫖赌，恐怕没有一样是不会的。后来赌得过不下去了，几乎要跳灵桥自杀了，还不是全仗爸爸出来给他理清的吗？现在爸爸给他介绍到中国银行任职，近来总算有些归正了。然而这种人秉性难移，将来如果赚钱之后，说不定会故态复萌，那时抛弃了我，另外又去娶小老婆过快乐日子了，叫我不是求生不得求死不能了吗？妹妹，照你眼光看起来，表哥这人能不能一辈子靠得住呢？我想你也不能肯定了吧。"

黎明听姊姊滔滔不绝地说出这一大套的话来，心中方才有个恍然了，暗想：姊姊到底比我大了，她就想得到这许多。果然表哥这人不大规矩的，从前还跟人家一个寡妇发生过不正当的事情，那么他将来自然难免还有不清白事情会做出来的。于是点头说道：

"姊姊所考虑的真是一点儿也不错，当初我却没有想到这些问题。但是，我也得关照姊姊，你倒不能坚决地拒绝表哥，最好和他暂时虚与委蛇，那么才不会发生意外的变故。"

"妹妹，你这话是什么意思呢？"

花明觉得妹妹的话中有因，这就暗暗地吃惊，遂向她急急地探问。黎明向四周张望了一眼，见没有什么人，遂悄悄地告诉道：

"姊姊，表哥这人的门槛是很精的，他要看中姊姊做妻子，一面却在我爸妈那儿竭力地拍马屁。现在我妈是已经被他媚倒了，我曾经听妈当面答应把姊姊嫁给他。所以姊姊若决绝地不答应，我妈一定会恼羞成怒的。老实说，姊姊到底不是我妈亲生养的，在妈多少总有一点儿两条心的。并非我在背后说我亲生妈的不好，万一她倒死人不关地用强迫手段要把姊姊嫁给表哥，那时候姊姊高中还未毕业，在社会上找事当然十分困难。你想，在这样左右为难的环境之下，你答应婚事好呢，还是抛家出走好呢？姊姊，妹妹是一片好心关怀着你，所以请你还得再三地考虑才好。"

花明做梦也想不到小小年纪的妹妹居然也有这么细心地向自己说出这一大篇话来，一时紧紧地握着她的纤手，心中这一感激，眼泪便扑簌簌地滚落下来了。黎明被姊姊一哭，心中也难过起来，遂低低地说道：

"姊姊，你怎么啦？为什么哭了呢？"

"妹妹，你太好了，承蒙你这样地爱护我，我真是到死也忘不了你的。"

"姊姊，你不要说死呀。我们姊妹俩从小一块长大，虽然不是同母所养，但到底是一个父亲的骨血，我们如何能够不互相爱护呢？"

"照妹妹刚才说的，妈已经把我许配给表哥了吗？"

"在口头上是曾经有过这样一句话，而且听他们口气，还预备给你们提早结婚呢。"

"真的吗？"

黎明这两句话好像是一枚尖锐的利箭猛可刺穿了花明的胸心，她痛苦得粉脸变成了灰白的颜色。在她问了这三个字之后，连两手都气愤得发起抖来了。黎明点头说道：

"这不是闹着玩儿的事，我怎么会随便乱说呢？姊姊，不过你也不用着急，我当初以为你也爱着表哥，所以倒还代你欢喜。现在既然知道你不爱表哥的，那么我自然也要给你想个解救办法。"

"妹妹，你想的是什么办法来解救呢？"

花明不等她说完，便先迫不及待地问着说。黎明沉吟了一会儿，望着姊姊泪眼盈盈的粉脸，说道：

"我的意思，等姊姊高中毕业之后再抛家出走，这样对你本身自然大有利益。不过在这一年之中，你要用假情假意的手段去敷衍着表哥，骗他在一年之后再举行订婚礼，我以为这样是一个最妥当的办法，但不知道姊姊心中以为如何？"

"妹妹想的也只有这一个办法，否则，用强硬态度拒绝，恐怕我马上就要脱离这个家庭了。假使脱离了我倒也不怕，但只是没有高中毕业的文凭，将来在社会上找事实在有很吃亏的地方，所以我也只好委曲求全地照妹妹的办法而实行了。"

花明左思右想，也觉得除此之外别无其他办法。她一面说，一面却忍不住深长地叹了一口气。姊妹两人正在说话的时候，忽然见万昌匆匆地奔来，口里叫道：

"黎明表妹，你妈打牌回来了，叫你去哩。"

黎明听了，"哦"了一声，遂别转身子，向上房里匆匆地奔了。这里花明慌忙收束了眼泪，只见表哥已走到了面前。因为有了黎明这一番话，所以花明的作风是改变了。她故意显出娇羞万状的意态，秋波报报然地逗给他一个倾人的媚眼，嫣然一笑，但立刻又垂下头来。这样可人的媚态，把万昌看得爱入骨髓，恨不得上前去抱住了她，把她一口吞到肚子里去，遂笑嘻嘻地说道：

"花明表妹，你们姊妹两人刚才怪亲热地站在一块儿，不知道说些什么秘密话呀？"

"没有说什么。"

花明羞人答答地回答，秋波不住地向他偷瞟。万昌情不自禁地走上去拉了她的手，俏皮地笑道：

"你骗我，其实我早已听见了。"

"啊？你听见了什么？"

万昌这一句开玩笑的话，倒把花明大吃了一惊，这就立刻抬起头来，向他急急地问。万昌故意迟疑了一会儿，笑道：

"是不是黎明在问你，你到底爱不爱我吗？"

"嗯。"

花明听他这样说，方才落下了一块大石似的放下心来，逗给他一个媚眼，娇羞万状地回答。万昌心里像涂过了一层糖衣那么甜蜜，憨然地笑了一会儿，说道：

"那么你怎样回答她呢？"

"我说不知道。"

"唉！好妹妹，你为什么要说不知道呢？"

"那你叫我回答什么才好？"

"你不是可以说你爱我吗？"

"我没有像你那样厚脸，难道不怕难为情吗？"

花明故意害羞地瞟了他一眼，挣脱了手，背过身子，走到那边钓鱼缸旁边去了。万昌连忙跟了上去，搭着她的肩胛，笑着说道：

"表妹，那么你还是当面回答我吧，看这儿也没有第三个人在这，你爽爽快快地告诉我，你到底愿意嫁给我吗？"

"我愿意嫁给你。"

万昌听她说出这一句话，他心中乐得不知所云，这就忍不住哈哈大笑起来。花明似嗔非嗔地白了他一眼，说道：

"你怎么啦？疯了吗？"

"真的，我欢喜得疯起来了！表妹，你从此就是我的爱妻了！"

"不，不，你不要忙呀。"

"干什么？难道你又后悔了吗？"

花明听他连爱妻都叫出来了，一时又羞又恨，遂连忙说了两个不字，她自己肚皮里表示不承认的意思。万昌当然又着急得了不得，满脸显出慌张的神情，向她急急地问。花明微微地一笑，摇头说道：

"你放心，我说出来的话，绝不后悔。不过我也有一个小小的条件。"

"你有什么条件？你只管说出来，只要我能力够得到，我是没有不答应你的。"

"其实这也说不上是什么条件，因为我还在求学时代，所以我认为结婚的日子，一定非要我高中毕业之后不可。否则，我是不答应的。"

万昌听了，不免微微地蹙起了眉毛，沉吟了一会儿，问道：

"你瞧我这人真也糊涂得很，你还要多少日子才可以高中毕业呢？"

"我已经读高中三了，还要一年就可以毕业的。一年的日子也很快，转眼之间马上就可以到的。假使你真心爱我的话，那么等这一年的日子，你当然也不觉得会太迟吧？"

花明说到后面，俏眼儿脉脉地斜也着他，显然是包含了无限俏皮的成分。万昌想了一会儿，说道：

"一年的日子，说长虽不算长，但说短也不算短。一年有十二个月，一个月有三十日，整整地要等三百六十多天的日子呢！你想，那是多么心焦呢！"

"你认为心焦等不及的话，那也没有关系，反正世界上的姑娘不是我一个人，你不是另外可以先去娶别人吗？"

花明趁此机会，遂故作生气的样子，噘着小嘴儿，十分恼恨地回答。万昌这就急了起来，连忙解释着道：

"好妹妹，你不要误会呀，我并不是说等不及，我无非也是那么比方说一句，你千万不要生气吧。老实说，只要你肯爱上我，慢说叫我等上一年，就是等上那么五年十年，我也情情愿愿绝不叫一声冤枉呢。花明，那么准定等你高中毕业之后我们结婚吧，我现在完全依你办了，你总可以不用生气了。"

"只要你依顺了我，我还生什么气呢？表哥，但我还得向你关照一句，我们两个人这私订终身的事，可千万别告诉第三个人知道；否则，我可不嫁给你了。"

万昌听她说到后面，又这样嘱咐自己，这就乐得耸了两耸肩膀，笑嘻嘻地点头说道：

"你放心，这是我们两个人私底下的秘密，我如何会向第三者随随便便地告诉呢？不过姑爸和姑妈那儿，我们应该向他们报告一声的，也好叫他们老人家知道我们是一对未来的夫妻了。假使我们以后稍有亲热的举动，那我们也不算是越范围之外了。"

"我可没有这张脸皮向爸妈去告诉，让人家知道了笑话。表哥，照我意思，暂时不要给旁人知道。反正到了明年这个时候，喜帖一发，不是什么人都知道了吗？"

花明暗暗回想他这些话的作用，可见里面至少包含了一点儿野心勃勃的成分。虽然是非常轻视他憎厌他，但是表面上却不得不笑盈盈地回答他。万昌当然不知道她是假意敷衍自己的，所以乐得心花儿也朵朵地开了，握紧了她的手，笑道：

"好妹妹，你这话说得很不错。但是今天我们在这儿私订终身，无凭无证，那似乎也有些不大妥当。我的意思，趁四下无人，何不亲一个订婚嘴呢？花明表妹，你就答应了我好吗？"

"嗯，不，不，你这人为什么这样色眯眯呢？要如被人家看见了，我的名誉岂不是要扫地了吗？"

万昌一面说，一面伸手要去勾她的脖子。花明心中这一焦急，她的两颊顿时绯红起来，身子连忙退后，有些娇嗔的表情，急急地说。万昌这时有些情不自禁，却扑抱上去要用强迫手段，口里还不住地叫着"好妹妹，亲妹妹，你就给我吻一吻吧"。花明正在推拒不得的时候，幸亏李妈远远地在叫着说道：

"大小姐，表少爷，老爷太太请你们吃点心去哩。"

"表哥，你听，你听，快放手，快放手吧！"

花明趁此机会，遂用力把他推开。万昌也恐怕被李妈看见不雅，只得放手，但满面却显出愤愤的样子，骂道：

"断命这老太婆真是促狭鬼，早不来迟不来，偏偏在这个时候叫我们吃点心去，真是讨厌极了。"

花明听了，却假意向他嫣然一笑，还扮了一个妩媚的兔子脸。一面答应着回答，一面自管先急匆匆地奔到上房里去了。万昌觉得以后的机会自多，他把手指在鼻子上一揩，笑了一笑，也跟着步到上房去了。

到了星期六下午四点钟的时候，花明急急坐车到轮船码头去，在码头附近的水果摊上买了一篓生梨，然后踏上了江静轮的二等舱。只见船栏旁倚着一个西服青年仰脸四望，好像也在找寻什么人的样子。花明仔细一认，那还不是梅志清吗？于是含笑叫了一声"志清"。志清因为时候已经四点一刻，离开开船只有三刻不到的时间，但花明还没有到来，所以心中相当着急。正在暗暗猜疑，难道花明忘记了不成？却听有女子声音向自己招呼，这就循声而看，立刻大喜起来，三脚两步迎了下去，接过她手中的那篓生梨，说道：

"花明，你真把我等急了，怎么直到这个时候才来呀？我还以为你记错日子了呢。"

"我哪里会记错日子？因为我不知你几点钟落船，太早了，你倒没有来，叫我不是找不着人吗？志清，你在几号船舱里？"

志清听她这样回答，一时倒也不能怪她了，遂说了一声"我在十五号船舱里"，一面领着花明步入舱内去。花明见房舱内设着上下两铺，但旅客却只有志清一个人，遂说道：

"这班船到上海去的旅客人倒不多，你这个房间内恐怕只有你一个人住了。"

"一个人住最好了，也可以清静一点儿。"

"只不过太冷静了。我匆匆忙忙地也没有什么东西好买，这几个梨给你在开船的时候解解闷儿吃吧。"

"谢谢你，又破费了你。花明，时候还早，我们坐下来还可以谈一会儿呢。"

志清一面向她道谢，一面拉着她手，两人在床铺边坐了下来。这时各人的心中，虽然都有千言万语要诉说，但说也奇怪，彼此却相对默然，大家呆呆地也不知打从什么地方说起来才好。两人呆了良久，志清忽然叹了一口气，低低地说道：

"天下之黯然销魂者，唯别而已矣。这句话真是不错，我这时的心头好像五味杂陈似的，尤其辛酸的滋味比别的成分多。唉，我们到底是要分离了。"

花明听志清说出这些话来，她那颗脆弱的心灵早已受到了悲哀的侵袭。尤其想到了表哥的可恶行为，更使她感到了万分不如意，觉得以后的结局，究竟是悲惨还是美满，实在不能预料。所以听到"要分离了"这四个字，好像是一个催泪弹，花明眼皮一红，早已扑簌簌地滚下眼泪来了。志清见她并不说话，却先哭了起来，可见她的芳心中完全是真性情的流露，一时非常感动，自己倒不好意思再表示悲哀了，环抱着她的肩胛，反而低低地安慰她说道：

"花明，你不要伤心，我想我们都是年轻之人，虽然暂时分别，我相信我们将来总有相逢的日子。"

"是的，我也这样相信着。"

花明方才也点点头，从哽咽声中挣扎出这两句话。一面拭着眼泪，一面望着志清俊美的面庞，温情地说道：

"我们都是生长在宁波，亲戚朋友也都在宁波。现在你要离开故乡，到这人地生疏的上海去，可说举目无亲，孤苦伶仃，所以起居饮食一切千万要小心才好，免得我心悬两地。还希望你时常给我平安的消息，那是我更所盼切的。"

"我每星期至少要给你一封信，那你可以放心了。至于起居饮食，我也自会小心。我只希望自己到了上海，能够有较好的环境，那么我也可以来安慰你这颗小小的心灵了。"

花明听他这样柔情如水地安慰自己，方才挂着眼泪，不觉嫣然地笑了。志清见她这么一笑，真是千娇百媚，好像雨后海棠，说不出的艳丽可爱。想起今日一别，不知何日相逢，这就心头一动，由不得附了她的耳朵，低低地说道：

"花明，在这临别之前，能不能给我一点儿甜蜜的安慰吗？"

花明想不到他会向自己说出这一个要求来，一时羞红了粉脸，秋波斜睨了他一眼，却是低头不答。志清见她这意态，知道她是怕难为情的缘故，但口里还故意说道：

"花明，难道你不肯答应我吗？"

"你自己看呀。"

花明微抬蛾首，白了他一眼，似乎有些怨恨地说。志清倒有些莫名其妙的样子，怔怔地问道：

"你叫我看什么呢？"

"喏。"

志清见她把小嘴向舱门口一努，心里这才恍然醒悟起来，由不得满脸含笑地站起身子，急忙把舱门关上，然后又坐到床边去。因为已经是说明了，志清一时倒又老实起来，望着花明的粉脸，只管憨然傻笑。花明不知道他是什么用意，这就微蹙了眉尖，也望着他发怔。两人在发怔之间，慢慢地把嘴凑近过来，终于紧紧地吻住了。也不知经过多少的时候，忽然一阵汽笛长鸣，接着锣声大敲，方才把志清和花明两人惊醒过来，急急分开了嘴，站起身子。志清一看手表，已经四点五十分了，这就"呀"了一声说道：

"快五点了，恐怕就要开船了。"

"志清，我不能再伴着你了，那么我们再见吧。"

"你去吧，我们再见。"

花明说着话，眼皮又红了。志清虽然也有依恋之情，但时间却不允许他们再有多聚一刻的余地。因此也只好拉着她手，走出了船舱。只见船梯将要拔出，花明也来不及再说什么，连叫："谢谢你，慢慢给我下去再拔吧！"志清扶着船栏旁，眼瞧花明已经站在码头上了，她拿着手帕，还向自己高高地摇着。但船身已经掉头了，慢慢地向江心中开去了。不上五分钟工夫，花明的人影子也在眼帘下消失了。站在码头上的花明，同样也望不见了志清的身子，这才深长

51

地叹了一口气，含了一颗悲哀的心，迎着凉意的秋风，也只好懒懒地走上了回家的道路。

光阴匆匆，不觉已有一星期了。在这七天的日子中，花明是天天盼望着志清的信到来，谁知盼望愈切，那信却迟迟地愈不肯到来。这天又是星期六了，下午没有课，花明很早地就回家了，坐在卧房里，呆呆地想了一会儿心事，觉得事情真有些奇怪，为什么一星期来，还不见他书信寄给我呢？难道他没有空吗？难道他忘记我了吗？难道他病了吗？左思右想，总觉得十分烦闷。正在唉声叹气的当儿，忽见表哥万昌又笑盈盈地走进房来了。他见花明很不高兴的样子，遂连忙问道：

"表妹，你今天怎么啦？愁眉苦脸的，莫非有什么心事吗？"

"没有。"

不知道怎么的，花明一见到了万昌，她会更觉得头痛起来，遂摇了摇头，冷笑地回答。但万昌却自作多情地在她身旁一同坐下，按着她的肩胛，笑着说道：

"表妹，你既没有心事，为什么这样不快乐呢？我劝你还是爽爽快快告诉我吧，你若真有什么为难的事，我说不定也可以帮你的忙呢。"

"谢谢你，我真没有什么为难的事。"

花明见他把手按到自己肩胛上来，知道他快要有不老实的举动了，遂一面回答，一面预备站起身子来避开他。不料万昌却把花明手拉住了，花明因为冷不防之间，站脚不住，这就又跌倒下来。万昌却色胆如天地趁势把她抱住了，而且把两手齐巧按摸在花明的胸部上。花明急得两颊绯红，拼命地挣扎，说道：

"表哥，你、你这算什么意思呢？还不快放手吗？我可叫人了，回头闹了开去，看你还有什么脸做人吗？"

"这算得了什么？你不是已经答应嫁给我了吗？那么我们就是一对未婚小夫妻了。小夫妻在闺房中开开玩笑，那也是情理之中的事情。好妹妹，我也不要别的要求，只希望你赏我亲个小嘴儿吧，那我就很快乐了。"

万昌见花明绷住了粉脸，大有恼怒的样子，这就索性一本正经的态度，好像理直气壮还和她评道理的神气。他抱着花明不但不放手，反而把嘴凑到花明的粉脸上去了。花明在这个情形之下，觉得万昌完全是在暴露他禽兽的行为了，芳心中这一愤怒，遂撩上手掌来，啪啪两记，在万昌的脸颊上很清脆地着了两下子结结实实的耳光，打得万昌满眼金星乱冒，这才放了手。花明连忙一骨碌翻身逃了开去，兀是柳眉倒竖，怒冲冲地望着他出神。万昌见她动手打自己耳光，看起来好像不是真心爱自己，一时也恼羞成怒，冷笑着说道：

"花明，我看你这个人口是心非，莫不是存心来欺骗我吗？老实说，你不要以为自己太珍贵了，上星期你在洗浴的时候，你浑身一丝不挂，我也统统看得不要看了，吻一个嘴算什么稀奇？你竟下得了毒手打我的耳光吗？那你真是一个不懂爱情的笨牛了。"

花明对于万昌这两句话真是不听犹可，听到了之后，她气得粉脸由红变青，由青变白，几乎变成死灰的颜色，同时两手也会瑟瑟地发抖。心里想起那天洗浴的时候，自己原有些疑心他偷窥的，谁知他果然有这等下流的行为，想不到自己女孩儿家清白的肉体，竟给这个无赖先偷窥了去，那叫我怎么对得住志清呢？花明越想越恨，越想越羞，羞恨激成了无限的愤怒，她也不知打从哪儿来的一股子气力，伸手猛可抓住了万昌的衣襟，怒目切齿地骂道：

"好，好，这可是你自己说出来的吧。我拉你到我爸爸面前去评个道理，就说我们是对未婚的夫妻，难道你也可以有这样下流无耻的行动吗？只要爸爸认为是你对的，那我就什么话都不说了。去，去，跟我去吧。"

"哎！哎！妹妹，有话好好地说呀！"

万昌听花明这样说，方才感到害怕起来。因为倘然被她拉到姑爸的面前，说起来当然是自己理缺的，所以显出一副尴尬的面孔，强硬的态度也只好软化了下来。花明兀是不肯罢休地说道：

"和你没有什么可说了，要说我们一同到爸爸那儿去说吧。我原是不懂爱情的笨牛，可是你呀，我看你却是个欲中魔王呀！去呀，去呀，你有道理，我们只管到爸爸面前去评评好了。"

"哦，我的好表妹，我错了，我以后再不敢了，请你饶我这一遭吧。你若一定要拉我到姑爸那儿去，我只好向你跪下来了。"

万昌哭里带笑地苦苦地哀求着说，他却赖着不肯向房外走去，因此又只好向花明跪下来了。花明想到自己肉体被他偷窥，这是一件最受委屈的事，这就伤心已极，放了万昌，自己倒向床上去，忍不住抽抽噎噎地哭泣起来了。万昌站在旁边，心中悔恨得了不得，只怨自己鲁莽，火气太大，如何能把偷窥她肉体的话说出来呢？因此走到她的身边，亲妹妹、好妹妹地连连赔错说好话。花明觉得多哭无益，遂坐起身子，走到镜台前去管自梳洗，也不理睬他。万昌却自说自话地说要去买影戏票来，请她晚上去瞧电影，给花明消气。花明却始终给他一个不理睬。万昌也觉得站着没趣，遂悄悄地退了出来。

走到院子里的时候，却见李妈拿了一封信走来，忙问她要来一看，见信封上是花明的名字，遂说这是小姐的信，我给你代为拿进去。李妈正有事要到厨房里去做，遂也乐得交与万昌拿去。但万昌并不把信拿到花明房中去，却在无人之处，先偷偷地自己拆开来看了一遍。等这封信看完，万昌的心中方才恍然大悟。原来表妹并无真心相爱，原是哄三岁小孩子的手段。他这一愤怒，不禁摩拳擦掌，火星不停地在头顶上冒出来了。

第四回

惊艳遇　人生何处不相逢

这封信到底是谁写给花明的呢？那不用说，当然是梅志清写来的信了。志清倚着船栏旁，眼望着码头慢慢地远去，那花明娇小的身子也早已细微得模糊看不见了。一时心头真有说不出的惆怅，忍不住微微地叹了一口气，低头见茫茫的江水，因为船身不住地前行，水面上也波动着微微的皱纹，夕阳从西边的云端里照射过来，那江水也笼上了一层金黄的颜色。傍晚的风，一阵阵地吹在身上，心中更会感到无限的凄凉。志清徘徊了一刻，方才拖着沉重的脚步，走回十五号的房舱里去。

这真是出乎志清意料之外的事情，当他一脚跨进舱门的时候，忽然瞥见里面坐着一个二十多岁的艳服少妇。志清还以为自己走错了房间，这就连忙退了出来，在门口上一瞧，那还不是明明白白地写着十五号吗？再向房内一看，自己的皮箱，还有花明刚才买来的一篰生梨，也放在床上，那么可见自己并没有走错房间。但这少妇如何也会在我那个房间里坐着呢？正在十分怀疑之时，只见那个茶房含笑匆匆地走来，叫道：

"先生，我找了您大半天，您在什么地方呀？"

"你找我什么事？是不是这个女客也要住到这间房舱来吗？"

志清听茶房的语气，心中就明白了一半，这就走入舱内，望了那少妇一眼，低低地问。那茶房点点头，含笑说道：

"是的，这位女太太没有预先定好房间，而且又是临开船的时候上来的。房间都客满了，只有您先生房间内还空着一张铺，我想就和先生同住这个房间吧。"

"嗯，只要这位女客人愿意住，我是不成问题的。"

志清在这个情形之下，还回答什么好呢？遂望了那少妇一眼，低低地说。那少妇方才也开口了，表示愿意在这房间内住一夜的意思。茶房见他们各无异议，遂给他们泡上了一壶茶，自管地退到外面去了。

茶房走后，那小小一间房舱内便只剩了志清和那少妇两个人了。志清把放在下铺床上的皮箱和那篝生梨拿到上铺床上去，并且向那少妇说道：

"请您就睡在下面吧。"

"好的，谢谢您。"

那少妇倒也相当和气，含笑点头，还向他道谢。志清没有回答，两颊倒先红了起来，遂在皮箱内取了一本青年杂志，自管坐在一旁，静静地看书了。其实志清表面好像一本正经地在看书，而实际上书中的字句却一行也没有看进眼睛里去，他心头是跳跃得厉害，几乎连呼吸都有些迫切，只管暗暗地细想：这个少妇不知是哪一种人物？看她举止倒也稳重，好像大家闺秀，不过容貌生得娇艳，眉目间隐现着一股子风流之情。志清把书本掩着自己的脸部，一面向她偷窥打量，一面只管胡思乱想。想到这里，倒又暗暗埋怨自己来。吹干一池春水，干卿底事？那我又何必去多管闲账呢？不料正在这时，那少妇在行李袋内取出一包西瓜子，抓了一把，亲自送到志清的面前，低声说道：

"先生，在船上真是寂寞得很，还是磕着瓜子解解闷吧。"

"哦，谢谢你，你自己吃吧。"

志清"哦"了一声，窘得绯红了两颊，一面用手来接，一面低声儿道谢。那少妇退到床铺边去坐下，秋波斜乜了他一眼，便搭讪着含笑问道：

"先生您贵姓？"

"我姓梅。您这位女士呢？"

志清竭力压制着这一颗心的跳跃，装出很老练的样子，也向她低低地还问。那少妇听了，且不回答，伸手拿过皮包，在里面取出一支铅笔，又取出一包大前门的烟卷，在烟壳上簌簌地写着。志清见她这个样子，心中不免暗暗好笑，这又何必小题大做，口里回答一声不就完了吗？这时，她把烟壳子已递了过来，志清接过一看，见写着"陈云萍"三个字，于是交还给她，向她叫声陈小姐。云萍接过，随手取出烟卷，含笑递了过去，说道：

"梅先生，您吸烟吗？"

"不，对不起，我不会吸。"

"梅先生真是一个时代青年。"

"见笑了，我可笨得很呢。"

云萍把递过来的烟卷缩了回去，衔在自己的嘴里，一面用打火机燃着了烟卷，一面瞟了他一眼，赞美似的说。志清被她一称赞，不知怎么的倒反而两颊红起来，遂很不好意思的样子，低低回答。他心中却又暗想：这位陈小姐几个字倒也写得秀娟，显然也是一个知识分子。然而见她吸烟的姿势，以及洒脱的态度，又好像是个交际花一般。况且她单身女子，并无一人相伴，在旅途上却很老练的神气，看来总不是一路正当的人物。志清这样一想，倒不免胆小害怕起来。不过自己是个单身男子，难道还怕一个女子来欺骗吗？这似乎也太以笑话的了，于是志清也装出大方的态度，竭力显出自己是个浮滑之辈的神气，含笑问道：

"陈小姐到上海是找亲戚去的吗？"

"不是。"

志清被她短短地回答了两个字，一时以下的话就问不出来了。他的接口令到底并不十分佳，望着她反而怔怔愕住了。云萍吸着烟卷，又磕着瓜子，秋波含了勾人魂魄那么的魅力，向他斜睨了一眼。她也开口问道：

"梅先生到上海是做什么去的？"

"我……我……是做生意去的。"

志清虽然想不告诉她，但觉得无话可答，是因为不善说谎的缘故，终于又老实地说了出来。云萍点头又道：

"哦，梅先生在上海什么宝号里得意呢？"

"在南京路美丽百货公司里做一个小职员。这个年头儿，物价步步上涨，简直比沦陷时期更要不得，也无非是混口饭吃而已。"

"呵，梅先生，你真会说客气话哪，那么你的故乡是在宁波吗？"

"是的，这次家中有些事情，我特地请假回来的。"

志清不愿意让人家知道自己是个初出远门的青年，所以他这会子觉得非撒一个谎不可了。云萍听了，沉默了一会儿，她倒了两杯茶，一杯拿给志清。志清慌忙俯身来接，说道：

"陈小姐，你太客气，我怎么好意思让你倒茶？"

"那是便当的事，算得了什么？梅先生宁波府上住哪儿呀？"

"在老实巷里面。"

"这样说来，和我母亲很近，我妈是住在小梁街的。"

"原来您已嫁过人了？对不起，那我该叫您陈太太才是。"

"不，我夫家不姓陈，你还是叫我陈小姐吧。"

云萍被志清这样一说，她似乎触痛了一点儿创伤，两条细长的眉毛顿时微微地蹙起来，粉脸上却笼映了一层暗淡的色彩。志清倒是木然了一会儿，暗想：这个女子在过去的生命中，一定是受过一些刺激的。遂好奇地又问道：

"那么陈小姐的府上在宁波还是在上海呢？"

"我家住在上海，宁波是我妈的家里。这次是我爸爸生日，我才回宁波来拜寿的。"

"陈小姐一个人来的吗？您的先生……"

"哦，我丈夫已经死了。"

云萍不等他说下去，心中已经明白了，遂颤抖地回答，她神情有些惨然，两眼还有些泪汪汪的样子。志清暗想：果然不出我之所料，原来她已经是个未亡人了。因为看她的年纪还很轻，所以心头也代为激起同情的悲哀。不过转念一想，既然是个寡妇，为何打扮得这样艳丽？可见她不惯独宿，恐怕早已干着不正当的行为了。因此遂探问她说道：

"不知道你丈夫死了多少日子了？"

"已经一年多了。"

志清忍不住又暗自想道：还只有死了一年多的日子，怎么连身上的孝也不戴了？这女子好没有情义的，一定是个水性杨花的荡妇。志清这么一想，把同情的心一变成憎厌了，于是不再开口问她，低了头，却呆呆地沉默了一会子。云萍这时却深长地叹了一口气，大有盈盈泪下的模样，说道：

"梅先生，说起我的遭遇，真是非常可歌可泣。唉，女子在社会上所占的地位实在太狭窄了。"

"哦，陈小姐，我倒愿意听听你那可歌可泣的身世，不知道你肯不肯宣布给我听吗？"

志清听她这样一说，这就把轻视她的心理又消失了，便抬起头来，奇怪地问她。云萍点了点头，说道：

"我自从高级师范毕业之后，经我爸爸的朋友介绍，便在上海中东银行做文书。该行的经理李自鸣已是一个五十多岁的老头子了，但他性好渔色，竟把我用酒灌醉，污了我的身子。我虽然一度和他交涉，无奈女孩儿的清白已失，若闹了开去，反而有害自己的名誉。为了这样，也只好委曲求全地给他做外室了。我父母因为事已如此，况且我已情愿给他做妾，也只好罢了。不料没有两年工夫，他却死了，他死了之后，我便成了一个孤苦伶仃的薄命人。父母虽然叫我回家去，但我想着家有兄嫂，将来难免被他们要冷讥热嘲，所以我也不愿回去，情愿在上海一个人漂泊。这次要不是为了爸爸的寿辰，我又怎么会到宁波的故乡来呢？梅先生，你说我这个人苦命不苦命呢？因为这是环境陷害我的，并非是我甘心下贱而愿意给人家做妾的呀。"

云萍说完了这一大篇话，她也不管在一个陌生男子的面前，却是滚滚地落下眼泪来了。志清既然明白了事情的底细之后，一时倒又同情她起来，遂皱了眉尖，很感喟地说道：

"大家都说上海是万恶之地，想不到果然不虚呢。陈小姐，那么你一个人在这寸金之地的上海怎么地过生活呢？"

"李自鸣在世的时候，他原给我顶了一幢两楼两底的房子，现在我把房子分租给人家，收一点儿房金，给我做每月的开销。好在如今我只有一个人，节节省省地过日子，倒也勉勉强强地混过去了。"

志清听她这样说，一时心中又想：照她所说的情形看来，她倒还是一个很贞节的女子呢。那么我刚才的猜测，也许是冤枉她的。这就望着她的粉脸，频频地点了点头，用了嘉奖的口吻，说道：

"一个孤苦伶仃的女子，倒真也亏你了。"

"有什么办法呢？我当初从学校里出来，心头是存了多少美满的热望呢？在我以为像我这样姑娘，总该配一个年轻漂亮的青年才是，谁知却不得已地嫁了这么一个年老的死鬼。唉，我的终身幸福是完全丧在他的手中。所以他虽然死了，我心里还时时刻刻地恨着他哩。"

云萍一面哀怨地说，一面还拿手帕拭着眼泪。志清听了，益发感到同情起来。虽然很想安慰她几句，但要说的话却也不便说出口来，微微地叹了一口气，倒是呆呆地愕住了一会子。两人沉默了几分钟，云萍终于又开口说道：

"梅先生府上有些什么人呢？老太爷、老太太一定很康强吧？"

"不，都死了。"

这两句话听到志清耳朵里，倒也引起身世孤零的悲哀，遂摇摇头，凄婉地回答。云萍似乎感到了奇怪，遂急急地又问道：

"那么您府上还有些什么人呢？哦，我明白了，大概还有您的太太吧。"

"不。"

志清因为是个未婚的青年，一听有人说他有了太太，他自然感觉十分难为情，这就绯红了两颊，匆忙地说了一个"不"字。云萍更加感到神秘起来，秋波脉脉地凝望着他，问道：

"那么你府上还有兄弟姊妹吗？"

"这个家也不是我自己的家，原是我叔父的家。说起我的身世，也许比您还要可怜着十分，我从小没有父母，是全靠着叔父母抚养成人的。"

云萍"哦"了一声，似乎方才明白了的样子，一面显出十分爱怜他的表情，叹了一口气，低低地说道：

"的确，你的身世想不到比我更苦，今天在无意之中，我们竟遇到了同病相怜的人了。唉，那也真可说是凑巧的了。"

志清见她说到后面，却又嫣然一笑，一时觉得她这两句话中，好像是包含了一点儿神秘的作用，心中倒是别别地一跳，意欲把自己已有未婚妻的话向她告诉，使她可以知道我是使君有妇的人了。但这种话无缘无故地又怎么能向她诉说呢？志清这样想着，脸上曾浮现了焦躁的红晕。但志清这种神情瞧到云萍的眼里，她芳心里更曾激动了一点儿爱的波纹，于是又笑盈盈地说道：

"梅先生，你今年多大年纪了？"

"我二十岁了。"

"比我小四年，我已经二十四岁了。梅先生，你在上海有没有知心着意的女朋友吗？"

志清觉得这是一个绝好的机会，岂有放过？于是顾不得"难为情"三字，就厚了面皮说道：

"在上海女朋友倒没有一个的。"

"真的吗？我不相信像您这样一个漂亮的青年，竟有这么安分守己吗？"

"那当然有一个缘故，因为我在宁波已经有着一个未婚妻了。"

云萍不等他说完，先急急地说，她满面春风地浮现了媚笑，好像芳心里大有企图的样子。但当志清说出已有未婚妻的时候，这好像给予她一个致命打击，立刻把笑容沉寂了，"哦"了一声，包含了失望的口吻，颓然地说道：

"原来您已经有着一位未婚妻了。"

"是的，我从小就定下来的。"

志清故意又认真地回答，但心中却在感到暗暗好笑。云萍沉默了一会儿，连连吸着烟卷，方才低低地又问道：

"梅先生，您这位未婚妻可曾看见过吗？"

"从前一块儿读书的，刚才她还送我上轮船哩。"

"那么你们感情一定很好了？"

"是的，我们很投机，很说得来。"

"她的容貌好吗？"

"这倒难说，因为审美观念各有不同。我说很好，也许你说不大好，我说不好，回头你倒说美丽了。哦，有了，我身边还有她一张小照藏着，你不妨看一看，不知你认为她的容貌是好是坏呢？"

志清怪俏皮地回答，一面伸手在日记簿内取出花明那张三寸大的半身相片，交到云萍的手里。云萍看到花明的照相，只见柳眉杏眼，云发卷曲，浅笑含颦，美目流盼，芙蓉颊上还深深地映现了一个倾人的酒窝儿。这样艳如桃李的姑娘，真可说天上有、人间少。云萍由不得暗暗喝了一声彩，连心中的妒恨都忘记了。志清见她呆若木鸡似的发着怔，遂忍不住低低地问道：

"陈小姐，你看怎么样呢？"

"好，好，您的未婚妻真是美丽极了。梅先生，我说您的艳福可不浅啊。"

云萍方才如梦初觉般地连叫了两声"好"字，含了痛苦的微笑，一面把照相交还给他，一面勉强地向他打趣地说。志清把照片藏好，并不作答，脸上的笑容也没有平复过。云萍把香烟屁股丢在痰盂罐内，她便歪在铺上，脸朝板壁，静静地休息了。志清见她神情凄凉，好像表示十分绝望的样子，一时暗暗地庆幸，觉得非常安慰，也不去理她，自管悄悄看了一会儿杂志。也不知经过了多少时候，忽然有人将房间笃笃地敲了两下，接着那个茶房推门进来。见他们两人一个睡觉，一个看书，倒也安闲，遂含笑说道：

　　"这位先生和小姐可以到餐厅里去吃夜饭去了。"

　　志清点头，把书合上。因为见云萍仍旧躺着没有起身，以为她没有听见，遂走到床边，低低叫道：

　　"陈小姐，我们一同吃晚饭去吧。"

　　"梅先生，我没有饿，你一个人去吃吧。"

　　云萍并不回过身子，就这么回答。那个茶房听了，却先笑着说道：

　　"小姐，你此刻不去吃，回头可没有什么吃了，等到半夜里就要饿的，我说你吃不下也去吃一点儿吧。"

　　"不要紧，我有干点心带着，没有关系的。"

　　茶房听她这样说，也就随她去了。这里志清跟茶房到餐厅，见有空位子，便去凑满了一桌。茶房盛上了饭，大家便默默地吃饭了。因为在座的都是旅客，大家谁也不认识谁，所以吃饭不容客气。志清匆匆饭毕，擦了面巾，便走到船栏旁来看海景，此刻天已昏黑，远望一片汪洋，好像水连天，天接水，无边无岸。只有几只渔船，冒着绝大的危险，在撒网捕鱼。志清低头下视浪花四溅的波涛，不知怎么的又曾想起这陈小姐来，觉得她也许是很痴心的人吧，因为看她连晚饭也不想吃了。但转念一想，又连连骂了两声该死，想道：你这人偏又胡思乱想的，也许人家下船的时候吃过点心，那么自然吃不下饭了。你是海宝贝，人家陌陌生生地就曾看中你哩？那你的屁股也生得太白的了。志清暗暗地自己骂着自己，但连自己倒不觉好笑起来。志清站了一会儿，因为是秋天的季节，夜风吹在身上颇有寒意，于是悄然地离去了船栏，回到十五号房舱里来了。

推门入内，又轻轻地掩上。回身看到床铺上的陈小姐，她此刻脱了旗袍，已睡进在被窝内了。一时不敢惊动着她，悄悄地跳到高铺上去了。当他还只有坐定，却听云萍在下面问着说道：

"梅先生，您吃好饭了吗？"

"嗯，我吃好了。对不起得很，我把你惊醒了吧？"

志清听了，倒是怔了一怔，只好抱歉地回答。云萍也连忙说道：

"我原醒着，梅先生，你不要客气的。"

"陈小姐，你没有吃饭，回头会不会饿的呢？"

"谢谢你，我不会饿。"

两人经过了这几句谈话之后，彼此又默然了。志清脱了西服袄裤，放在脚后头的小皮箱上，瞥眼见到那篮生梨，遂取了两只，俯了身子，伸下手去，说道：

"陈小姐，这生梨不大好，你要不要拿两只吃？"

"哦，我一只够了，谢谢你。"

云萍见上面伸下手来，果然拿有两只生梨，遂连忙仰起身子，在他手中取了一只，又低低地道谢。志清遂把剩下的一只又拿了回来，用手帕揩了揩生梨皮，因为没有小洋刀，遂只好带皮咬着吃了。在吃生梨的时候，心中由不得又想起花明来，她真是一个多情的好姑娘，我记得她曾经对我羞人答答地说，别的什么都不要，只要我这一颗不变的心。啊，可爱的花明，她是多么痴情呢。志清一面暗暗想着说，一面大口地咬着生梨吃。因为这生梨是花明送他的，所以志清吃在嘴里，也格外地觉得十二分甜蜜。也许是兴奋过了度，他忘其所以地一口咬下去，不料把自己的手指也咬着了。因为冷不防之间，所以志清"喔哟"了一声，痛得叫起来了。他这一叫喊不打紧，倒把睡在下铺的云萍也吓了一跳，遂急急地问道：

"梅先生，你做什么啦?"

"哦，没有什么，没有什么，我咬生梨吃，把手指也咬进在内了。"

志清红着脸，只好老实地告诉着说，但他自己却先笑起来了。云萍在下面听着，也觉得有趣好笑，心中暗自想道：这孩子太可爱了，又天真，又老实，又强壮，又俊美。唉，只可惜他已经有一个美丽的未婚妻了，否则，以我这样具有七分才貌的女子，总也可以使他心爱我了吧。但现在呢，我还有什么半分希望可说？云萍这样想着，情不自禁地曾深长地叹了一口气，但口里却很关心地问道：

"梅先生，你可曾把血水咬出了吗？我给你拿块布条子包扎一下怎么样?"

"还好，还好，哪里有血水？这还了得吗？到底是我自己的肉，我也舍不得狠命地咬呀。"

志清这两句话回答得近乎有些滑稽，不但云萍感觉好笑，连他自己也忍俊不禁了。两人谈说了几句，也就各自静静地安息了。志清抬着头，仰着脸，望着白漆的天花板呆呆地想心事，他怎么能够睡得着呢？想着自己这次到上海去做生意，实在是第一趟出门。上海的路名也不大熟悉，从码头到美丽百货公司不知要多少车钿？初来上海，确实也会被车夫欺侮的。一会儿又想，美丽百货公司的范围不知大不大？我到那边也不知给我做哪一项工作？假使没有十分出息的话，叫我又怎么办才好呢？可怜我要和花明在上海组织小家庭的希望，恐怕是遥遥无期的了。志清想这样，想那样，总觉得十分不如意，因此愁眉苦脸地倒又叹息了一会儿。

想得人疲神倦，这就合上了眼皮，模模糊糊地假寐了一会儿。也不知道经过了多少时候，忽然间，志清的身子被一阵颠簸摇动醒来，睁眼一看，只见整个的房间像摇篮似的左右摇摆着。同时听得舱外的波浪之声澎湃不绝。志清因为是睡在高铺上，所以更觉得颠簸厉害，仿佛已失却了地心吸力的样子，因此心中也觉得有些忐忑不安地害怕起来。不料正在这时，忽听下面的陈小姐哇哇地呕吐起来。志清明白风浪太大，不惯乘船的就难免要呕吐的，只为了碍着男女有别的关系，他也只好装作不知道地随她去呕吐了。但云萍呕吐了不算，而且还连连地呻吟，好像十分痛苦的样子。志清这就不免有些怜悯，再也不忍心装聋作哑了，遂装出还只有刚醒的神气，问道：

"陈小姐，你怎么啦？呕吐了吗？"

"梅先生，我头晕得厉害，心里泛漾漾的，真是难过极了。"

"那怎么办呢？陈小姐，你快闭了眼睛吧，我想这样可以避免你的头晕了。"

"没有效验，喔，哇哇……"

云萍一面回答，一面哇哇地又呕吐起来。志清偶然伸手在衬衫小袋内摸出一包仁丹，这就有了主意，遂急急问道：

"陈小姐，我有一包仁丹在着，你要不吞服了？"

"可是要劳你的驾……"

志清被她这样一说，一时倒不好意思不跳下床铺来了。只见云萍靠在床上，吐了一地的清水。志清这时也顾不得避什么"嫌疑"两个字了，遂在她的床边坐下，把一包仁丹透开，扶着云萍身子，服侍她吞服仁丹，还把开水给她连连喝了两口。云萍这时吐得手脚发软，娇喘无力，她把身子竟整个地倒向志清的怀抱里去了。

志清被她这样一靠下，因为自己身上固然是穿得很单薄，再看她的身上，却只有一件绝薄的丝背心，在雪白的颈项上还有一根黄澄澄的金链子。因为她的肌肉生得非常肥胖，所以自己的感觉上，好像柔软无骨。志清到底是个从来没有亲近过女色的青年，他真不免有些神魂飘荡起来了，但是他的胆子究竟很小，恐怕茶房进来看见了，要发生误会，这当然很不好意思，于是低低地问道：

"陈小姐，我给你扶在床上好好儿地睡吧，这样躺着不是怪不舒服的吗？"

“不，我觉得很舒服，不过，你很累吗？”

云萍微闭了眼睛，却靠得适适意意地回答，说到后来，秋波微睐，斜瞟了他一眼，又低低地问。志清总不好意思说我很累，因为人类少不得有些互助的义务，遂摇头说道：

“我倒不累什么，只是你这样地躺着，我怕你冻凉了身子呢。”

“还好，房间内的空气倒暖和，我并不觉得冷。只不过我胸口还是泛漾漾地难过……”

“我想回头风浪小一些，你就不会再难过了。”

云萍说到难过的时候，愁眉不展，好像有些小孩子撒娇的模样。她把手抚摸着自己的心胸口，嘴里还微微地娇喘着。志清当然不能说“我来给你抚抚吧”，因此只好这样安慰她。云萍自己抚摸了一会儿，却又有气无力地把手掉了下来，忽然仰着脸问道：

“梅先生，你的心好像跳得非常厉害呀。”

“真的吗？我自己却没有感觉到……”

志清被她这么一问，涨红了两颊，他那颗心是更加像小鹿一般地乱撞起来。不过他的口里却还故意这么回答，因为心跳这句话实在问得自己更加地感到难为情。云萍见他羞涩的表情，活像一个女孩儿家的神气，因此益发感到他的可爱了，遂盈盈一笑地说道：

“梅先生，你骗我，我的耳朵靠近你胸口，我是听得分外清楚，简直像时辰钟一般地摇摆着哩。”

“这……这也许是风浪太大的缘故吧。”

志清支吾了一会儿，也只好讪讪地笑着，推托到风浪大的头上去了。云萍一步逼近一步地把秋波逗了他一瞥媚眼，低低地说道：

“我想也许是为了这个缘故吧。因为我的心也荡得厉害，你不相信，你倒摸摸我的胸口。”

云萍一面说，一面唯恐志清不实行，遂很快地抓了他手，放到自己的胸口上去。志清手感觉是特别温柔软绵，他几乎有些迷醉起来，但是他到底不敢久恋在这双峰上面，立刻又缩回手，点头道：

67

“嗯，你的心也荡得厉害，我想这是我们都受了波浪激劲的缘故，假使我们都静一静心，把一切的幻想都抛开了，我想我们的心一定会安静起来。真的，我的心已经恢复常态了呢。”

“哪有这么快的？”

“陈小姐，世界上的事情，都因为心跳而跳出许多的罪恶和是非来。往往为了一时之心动，而铸成了终身大错，所以心跳心动都是不好的现象，我希望我们的心都不要跳动，能够安安静静地平复下来，那么这就是我们大家的幸福了。”

云萍也是个绝顶聪明的女子，她听了志清这一番言语，如何还会不知道他心中的意思呢？一时心里暗想：他这话不是明明已晓得我有爱上他的意思了吗？同时他也已经明明地有拒绝我的意思了。唉！我为什么要痴心妄想呢？到现在不是在他面前丢脸吗？想到这里，满面羞惭，而且更有无限的哀怨，粉脸由红晕而慢慢地淡白起来。说也奇怪，在不上三分钟之后，她的心居然也不跳不动地平静了，于是她点了点头，若有所悟地说道：

“梅先生，你这一片金玉良言，我听了非常感动，我觉得像你这么好的青年，在这人欲横流的世界上，实在是找不出第二个来了。承蒙你殷殷地服侍我，我除了感激你之外，我只有虔虔心心地祈祷你和你的未婚妻百年好合，白头偕老……”

志清听她说到后面，话声有些颤抖，眼眶子里似乎也贮满了晶莹莹的泪水。一时心头颇为凄凉，虽然有同情她的心，但却是没有安慰她的勇气。这时风浪也小得多了，志清不敢再抱着她，趁她醒悟的同时，遂低低地说道：

“陈小姐，现在你可以好好儿地睡下了。”

“谢谢你，你也睡吧，我们明儿见。”

云萍说着，她便管自地拥被而睡了。志清方才又跳到高铺上去，胡思乱想地忖了一会儿心事，朦胧睡着了。

第二天一清早，船已到上海码头了。志清和云萍匆匆起身，茶房给他们端进洗脸水来，让两人梳洗完毕。志清见手表还只五点半，外面天色尚未大亮，一时皱了眉尖，不免暗暗地焦急。因为这时候美丽百货公司当然还没有开门，那么我上码头之后，到什么地方去消磨这四五个钟点呢？云萍见他闷闷不乐的样子，遂问他有什么困难，并问他先到什么地方去，上海有无亲戚朋友？假使大清早不便去惊扰人家的话，不妨一同和自己到家里去坐一会儿，反正她家是没有什么人的。志清在这个环境之下，没有办法，因此也就点头答应下来。当下两人整齐行李，付了茶房酒钱，一同下船到码头，乘了三轮车到四马路群和坊十六号。云萍自己住的是个客堂楼，志清见里面倒也收拾得清洁，这是意想不到的事情。志清在云萍家中坐了不到半个钟点，却头痛发热生起病来了。

第五回

体贴入微　情深如海难自禁

世界上只有爱情这样东西最神秘最自私而且最有魔力的，云萍听了志清的劝告之后，虽然曾经有过一度悔恨和猛省，但是此刻志清居然会肯到自己的家里来坐，这使云萍一颗已死了的芳心终于又慢慢地感到温暖而又复活起来。她在请志清坐下之后，便忙着插电炉烧水，预备给他喝茶，并且还要去买点心来给志清吃，真是殷勤十分地招待着他。不料志清在吃过点心完毕，他却两颊发烧，头脑涨痛得竟像要生病的光景了。云萍见他紧锁眉毛，好像脸现痛苦的样子，这就关心地问道：

"梅先生，你怎么啦？莫非有些不舒服了吗？"

"好像有些头痛脑涨的，大概是昨夜在船上没有睡畅的缘故，没有什么关系。怎么时候过得这样慢？还只有六点半呢。"

志清竭力镇静了态度，还强装出毫无痛苦的样子回答，一面看了看手表，一面又望了望天空，东方似乎还只有微微发白，他表示心中很有些着急。云萍见他脸色真的有些红红的颜色，可见他身上一定还有些热度，这就很抱歉地说道：

"梅先生，恐怕是为了我昨夜呕吐的缘故，所以累你受了凉了，这可是我害了你的。"

"不，不是这个缘故……"

"我想梅先生在这儿再睡一会儿吧，好在时候还早，像美丽这种

70

大公司起码要九点半开门，你太早去了，也不能进去呀。"

云萍用了温柔的口吻，向他低低地慰劝。志清暗想：时候实在太早，假使离开这里，当然没有去处。那么若在这里睡一会儿，我和她到底萍水相逢，陌陌生生的，这卧房之中究竟比不得在旅途上面，孤男寡女，这成个什么体统呢？损了我的名誉倒还小事，坏了她的名节，岂非对不住人家吗？志清这样想着，遂毫不动心地连连摇头，轻轻地说道：

"我倒不想睡，在这里坐一会儿也一样的。"

"梅先生，莫非你是为了避着嫌疑吗？"

云萍见他虽然拒绝着说，但却也没有要走的样子，她似乎理会他的意思，遂向他又直接地问。志清觉得不好意思回答什么，遂微微地一笑。云萍于是一本正经的态度，说道：

"梅先生，你放心，这个家里，除了我一个人，再也没有第二个，所以我绝对自由，绝没有谁会来管束我的。至于隔壁的邻居，都是我租出去的房客。上海地方，比不了乡下，大家都是各管各，也不会像乡下那么少见多怪；就是人家问我，我就说你是乡下一同出来的亲戚，那又有什么大不了呢？至于你我虽然是初交，不过我们都是宁波人，尤其到了异乡客地的上海，我们同乡人更应该有个互助的义务。所以我很想和梅先生交个朋友，不，说得亲密一点儿，我们不妨结拜一个姊弟关系。以后还得请梅先生时常来我家玩玩，因为我是一个女人家，万一有什么困难的事情，当然也很需要你来给我帮个忙哩。"

志清听她说出了这一大篇的话，虽然觉得她的情意很诚恳，然而男女两人若过从太密，到底有些不大妥当，所以并不回答她，只微微地笑着。云萍见他不肯答应，自然颇为失望，由不得轻轻地叹了一口气，哀怨地说道：

"梅先生，你觉得我这个人有些自说自话吗？唉，确实，像我这种无知无识的女子，怎么够得上资格来做你的姊姊呢？那也未免太

71

自不量力了。或许我有些太糊涂，有什么言语得罪了你，还得请你原谅吧。"

"不，陈小姐，你不要误会，承蒙你看得起，欲认我做一个弟弟，但我觉得很惭愧，恐怕有些高攀不上吧。"

志清总不能老是不开口地做哑巴，因此只好也十分谦虚地回答。云萍听了，有些凄凉的神色，低低地说道：

"我想梅先生一定在说反话了，当然是我高攀不上你啦。"

云萍话还没说完，志清忽然"喔哟"了一声，身子似乎欲倾斜倒下的样子。他连忙把手扶着桌沿，闭着眼睛，把头在胳臂上靠下了。云萍倒吃了一惊，忙走过来，急急问道：

"梅先生，你……你……怎么啦?"

"我……忽然头晕眼花，整个房间里却黑暗起来了。"

云萍听他这样说，遂伸手在他额角上摸了摸。经此一摸，不禁吓了一声叫起来，有些慌张的口气，说道：

"你的热度太烫手了。梅先生，正经地说，你恐怕是病了。这样的身子，如何还能够去做事情呢? 我看你准定还是在我家里休养一会儿吧。"

"不过，我怎么好意思惊吵到你的府上来，那叫我心中如何说得过去呢?"

志清也觉身子难以支撑了，在这举目无亲的上海，不在这儿休养一会儿，还到什么地方去睡好呢? 在无可奈何的情形之下，也只好无限歉意地回答。云萍知道他已经答应的表示，一颗芳心倒感觉无限欣慰，这就索性扶着他的身子，给他坐到了床沿上，一面脱了他的西服，一面给他铺好了被褥。志清自己脱了皮鞋，见云萍这样热心仗义地服侍自己，心中由不得起了一阵感动，但这个时候却也不及道谢，身子便倒向床上，连动也不能动弹一下了。云萍见他连连呻吟，显然是十分痛苦，遂给他盖上了被，并把被角塞塞紧，低低地问道：

"你要不要喝杯茶吗?"

"不要。"

志清摇了摇头,低声回答。他此刻的脸却像火炭般的一团,眼睛里水汪汪的,好像痛苦得要哭出来的样子。云萍见他这么可怜的模样,遂在床边坐了下,望着他笑道:

"你真正像一个小孩子似的,生了病竟要哭了吗?"

"我的头像劈开了一般地疼痛,唉,真奇怪,好好的怎么会生起病来了?老天真也太会捉弄我了。"

"天有不测风云,人有旦夕祸福。一个人生起病来,又怎么能料得到呢?傻孩子,不要难过,你头疼得很,我给你轻轻地捶敲一会儿吧。"

云萍向他温和地说,一面握着软绵绵的拳头,给他在额角上轻轻地捶着。志清觉得这真是做梦也意想不到的事情,自己到上海来经商,谁知会病在一个陌生女子的家里,而且还这样体贴入微地服侍自己,这样好人到底是不容易找到的啊。比方说,她不叫我到她家来坐一会儿,那我一定还在马路旁的点心摊上等天亮,这样我不是要病倒在马路上了吗?固然没有现在这样软绵绵的被窝可以睡,哪里还谈得上有人殷勤地来服侍自己呢?志清这样一想,觉得云萍真可说是自己的患难之交了,所以心里无形之中会对她发生一种好感,两眼含了感激的目光,向她脉脉地望了良久,诚恳地说道:

"陈小姐,你待我太好了,叫我真不知如何地感谢你才好?"

"你不要说这些感谢的话,昨天晚上我在船上呕吐了,你不是也热心地服侍我吞服仁丹吗?而且你还给我靠了许多时候,说不定你今天的生病,还是我累害你的。所以我心里十分不安,此刻服侍你,也可说投我以桃、报之以李,这固然是我们人类应尽的义务,尤其是我也曾经受恩于你,那似乎更是我分内之事了。所以你只管静静休养,切不要胡思乱想。唉,天涯游子,本来已经是多愁善感,何况再受到病魔的侵袭呢?这也无怪你要难过的了。"

73

志清听她这样说，心中在感动之余，倍觉凄凉，遂轻轻地叹了一口气，他到底还是一个童心未脱的青年，眼泪在眼角旁不觉扑簌簌地落下来了。云萍见他哭了，一时想到自己的身世，孤苦无依，也不知如何结局，因此激起同情的悲哀，眼皮一红，泪水也滚下了两颊。志清见她陪着自己伤心，起初倒是愣住了，但仔细一想，当然她也是伤心人别有怀抱的缘故，这就反而止了自己的悲伤，向她低低地说道：

　　"为了我，叫你也伤心，这是我不好，你快不要难受吧？"

　　"那么你也别伤心，一个人小病小痛总是免不了的。我想你静静地睡一会子，说不定就好起来了。"

　　云萍方才用手背拭了眼泪，接着又把手指去抹志清颊上的泪水，并又无限温情蜜意地向他劝告。志清点点头，遂微微地合上了眼皮。他起初还感觉着自己额角上有拳头一记一记敲着，但不上十分钟之后，也就昏昏沉沉地入梦乡去了。

　　等志清醒回来的时候，因为这是朝南的房子，所以太阳的光已晒满一房间了。志清房中并没有云萍的人，而房门却是关上着，想来是出外买什么东西去了。此刻头痛虽然好了一些，但浑身的热度却并未稍减，他想喝一口开水润润喉咙，遂竭力支撑着起来。不料刚靠起床栏，只觉一阵眼花缭乱，却有些坐不住。况且热水瓶放在远在靠窗的桌子上，当然无法去拿过来，遂只好又躺倒床上，轻轻地叹了一口气，想着自己会病得这个样子，因此也就更觉得云萍的需要。假使没有她来服侍我，要茶茶没有，要水拿不到，这时候我心中的痛苦恐怕就是立求速死还觉来不及哩。一会儿又想，所以俗语说得好，与人方便，即与自己方便，这句话真不错。假使我在船上自管自地并不去照顾她，那么她现在恐怕也不会这样热心地来帮助我吧，所以出门人总要全靠朋友帮忙，岂可以各人自扫门前雪呢？

　　志清呆呆地只管想着心事，忽见房门开处，外面走进一个女子来，志清定睛一看，知道云萍回家了。她手里拿了一只面包，还有几包不知什么东西。她步入房内之后，就关上房门，回头向床上望来，这就和志清的目光正接了一个正着。她见志清醒了，遂盈盈地一笑，一面走到桌边，把东西放下，一面挨近床前来，低声问道：

"你什么时候醒来的？肚子饿了没有？"

"肚子倒没有饿，只是口渴得很。谢谢你，倒一杯开水给我喝吧。"

志清摇摇头，低声回答。云萍遂又到桌边去，在热水瓶里倒了半杯开水，含笑拿到床前，说道：

"我扶你坐起来喝好不好？"

"不用，我还有些头晕，你把杯子交给我，我就躺着喝吧。"

云萍听了，遂把一条手臂挽了志清的脖子，使志清微仰了脸，一手拿了茶杯，凑到他的嘴边。志清这样喝茶，省却许多的气力，心中益发感到她的好处，遂很快地喝完了，把头跌在枕上，微微地一点下巴，表示道谢的意思。云萍放下茶杯，一摸他的额角，遂皱眉忧愁地说道：

"你的额角仍旧很烫手，热度一点儿也没有退去呢。我给你买来一块午时茶，一块神曲茶。这两块药茶煎了药汁，回头给你喝下之后，会出一身汗，那么所受的风邪就会驱散的。"

"谢谢你，你为我真是太劳心力了，此刻不知什么时候了？"

"已经十一时半了，快近吃午饭的时候了。我给你买了面包和福建肉松，你要不吃一些？"

"我此刻不要吃，真对不起你，你在船上也一夜没有好好地睡觉，回到上海应该休息休息才好，不料却还要累你服侍一个病人呢。你想，叫我心中怎么说得过去？"

"你不要老是说这些话了，我原忙不了什么呀。那么你需要吃的时候，向我只管老实地说，此刻我也要吃午饭了，你静静躺一会儿吧。"

志清点了点头，说请你管自地用饭好了。这里云萍在电炉上烧好了饭，便把两块药茶放在药罐子里，然后加上一碗半冷水，便搁在电炉上煎药汁了。她自己方才盛了饭，坐到桌边，就把现成买来了一包烧肉透开，一个人悄悄地吃饭了。等云萍吃完饭，药茶也已煎好，她就倒在碗内，上面盖了一个盘子，盘子上还搁了一把剪刀。然后把碗筷收拾出去，倒了一盆脸水洗脸。志清睡在床上，见她做事情有条不紊，倒是一个贤妻良母家庭主妇的样子，想起当初疑心她是一个淫荡女子，倒实在有些委屈的。其实志清此刻的思绪忽然改变了，那完全也是一点儿情感作用的缘故，因为过去对她有些恶感，以为她是不好了。现在对她有些好感的印象，所以在他眼睛里看起来，认为她的一举一动都有令人赞美的地方了。这是人之常情，那也不足为奇。

云萍洗好了脸，才把药碗端到床边，噘了小嘴儿，在碗内吹了几口气，自己先尝了一口滋味，秋波斜也他一眼，像哄小孩子似的语气说道：

"不烫嘴了，而且这药茶并不苦。我扶你起来，快喝下了，明天就会退热好起来。"

云萍一面说，一面去扶他身子，志清挣扎着坐起，云萍却叫他靠在自己的怀内，然后把碗凑到他的口边，志清因为要想早些好起来，所以便大口地咕嘟咕嘟喝了下去。云萍见他皱了眉尖，好像嫌苦的样子，遂在床边桌子上取过一碗开水，给他先过了嘴，然后把预先备好一卷水果糖取了一块，塞到他的嘴里，笑道：

"我早知道你还像小孩子般地怕吃苦药，现在给你衔了一块糖，总不会再叫苦了。"

志清见她对待自己，真的样样想得周到，一时感动之情难以笔述。况且此刻偎在她的胸怀，身上的感觉仿佛是两个司必灵弹簧那么软绵舒服。兼之理过午妆的云萍，一阵阵脂粉幽香，触入鼻管，所以他把病中痛苦，早已忘记得一干二净，而且靠着云萍，也大有依依不忍舍去的样子。心中暗想：云萍这时待我之恩情，即少年夫妻，亦不过如此而已。志清心中虽然这么想，但口里却另有一种比方说道：

"想不到在这异乡客地，像我这样一个孤零零可怜的游子，竟没有受到病中一丝一毫的痛苦，这都是你慈悲为怀、热心照顾的恩典。真是情深如海，义重如山。我也说不出什么感激的话。我只觉得我的慈母她仿佛复活了，否则，还有谁能这样来爱怜我呢？"

"唉，你说这些话，不是活活地要把我折死了吗？"

云萍听他这样说，心中虽然快慰，但却也有些失望，这就"唉"了一声，秋波逗给他一个娇嗔，埋怨地回答。志清望着她笑道：

"我从小失了母爱，今天得到你这样温存地服侍我，我怎么不要把你当作母亲那么看待呢？"

"不，我不能做你母亲。一个比你大四岁的女子，如何能养得出像你这么一个大儿子呢？实实在在，我只有做你姊姊的资格。但……我又说得冒昧了，也许你不愿意有我这么一个又愚笨又丑恶的姊姊，因为在当初你也不肯答应我。"

云萍絮絮地说到这里，满面显出哀怨的神色，而且还深深地叹了一口气。志清觉得痴心的女子想不到除了花明之外，还有一个云萍。因为自己这次的病，是全靠她的服侍，病体几时会好，这还没有一个预算。那么我住在她家，以后不是多多要她尽心照顾吗？假使连一个姊姊的名义都不肯承认她，怎不使她心中感到失望的痛苦，那我还能算是一个有情感的人类吗？简直是成了一只荒山中的野兽了。志清在这样转念之下，他怎么还有勇气再表示反对呢？于是低低地说道：

"只要你不讨厌我这一个愚笨的弟弟，那我就叫你一声姊姊吧。"

"弟弟，啊！你真的叫我姊姊了吗？"

云萍心中这一欢喜，好像要发疯起来的样子。她眉飞色舞地笑起来，把粉脸竟贴到他的颊上去了。志清心是七上八下地跳跃着，他有些难为情的样子，低低地说道：

"照人情上说，一个年纪大一点儿的女子，在我是应该叫一声姊姊的。比方说你已有四十多岁了，那我就应该叫你一声叔母和伯母了。姊姊，你说是不是？"

"是的，弟弟，你这话说得太对了。我从来也没有这样欢喜过，今天我有了你这么一个弟弟，在我生命中可说是一件最得意最兴奋的事情了。"

志清回味她这两句话，觉得在她的感情上未免冲动得过分了一点儿，生恐发生意外的枝节，于是略仰了身子，说道：

"姊姊，你这样被我靠着太吃力了，还是让我躺下来吧。"

"我倒不吃力，只要你感到很舒服，那你就只顾多靠一会儿好了。在船上我呕吐的时候，你不是也给我偎靠了不少时候吗？现在我们是姊弟了，那当然益发不要避什么嫌疑了。弟弟，你就多靠着一会儿好了。"

"我刚喝了药茶，我想再睡一会子，也许热度就会退去的了。"

云萍听志清这样说，一时也只好扶着他身子躺了下来，伸手拍拍他的脸，含笑说声"弟弟那么睡吧"，她便拿了药碗，到楼下去洗濯清洁了。等云萍洗干净药碗上楼，见志清果然又沉沉地入睡了，于是放好药碗，自己在衣橱内找出未完工的绒线活儿，坐在沙发上继续地工作了。

志清这一睡下去，直到日薄西山，黄昏已降临了大地的时候，方才醒转来。这时室内已亮了电灯，云萍低了头还在沙发上一个人坐着干活针。她似乎很机警地听到床上有一点儿声息，便立刻放下活针，站起身子，见志清醒了，便含笑说道：

"弟弟，你这一觉可睡得不少时间呀，怎么？热度退了些没有？"

"好像退了一点儿。"

云萍听他这么回答，遂走上去按他额角，觉得比早晨的确好得多了，遂点头说道：

"今夜睡过，明天保你能起床了。弟弟，你已经一整日不吃东西了，此刻大概有些饿了吧？我烘两块面包你吃怎么样？"

"好的，我此刻倒有些饿了。"

云萍于是给他在电炉上烘面包了，一面又拿温水给他漱了口，还把福建肉松给他嵌在面包里面。志清吃得很有味道，一连吃了三块。云萍恐怕他多吃要吃坏，遂不给他再吃，说回头饿了再分两顿吃，比较不容易伤食。志清也就答应，这里云萍方才自己吃晚饭了。

志清白天里睡畅了，晚上当然睡不着了。云萍坐在沙发上，一面干活，一面也只好有一搭没一搭地陪着他说话，虽然自己倦得眼睛要闭下来，但是她却不肯自管地睡去。直到自鸣钟打了十记，云萍似乎支撑不住地连连打着呵欠，志清这才理会到云萍昨晚船上固然没有好睡，今天为我又辛苦了一天。我怎么自私自利地一点儿没有想到别人要疲倦的呢？这就连连催她好安息了。但口里虽然催她好睡了，不过心中却在盘算着想，房中一共也只有一张床铺，那么叫她睡到什么地方去好呢？于是忙又说道：

"姊姊，我睡了一整天，此刻一点儿也不想睡，我的意思，还是让我到沙发上来坐一会儿，你睡到床上去吧。"

"那怎么可以呢？你是有病之人，假使再把你冻冷了，这还了得吗？我还是拿一条毯子，在沙发上睡一会儿吧。"

"不对，不对，那叫我怎么说得过去？要是冻冷了你，我心中太不安了。"

"弟弟，既然你也不忍心叫我睡沙发，我也不忍心叫你睡沙发，那么我们就睡在一张床上好了。反正我们是成了姊弟了，姊弟同榻，也不算为越礼呀。"

大家推让着客气了一会儿，最后还是云萍厚着脸皮向他说出了这两句话。志清因为人家女人家已经这么说了，自己难道倒还有拒绝的理由吗？这就含笑说道：

"不过我睡相不大好，当心一脚踢到你的嘴里来。"

"不要紧，我梦中时常吃东西，你踢到我的嘴里，当心我咬掉你的脚趾头，我可不负责任的。"

云萍倒惯会说笑话，秋波斜乜了他一眼，这神态自另有一股子妩媚的风韵。志清听了，倒也不禁为之扑哧地笑出声音来了。这里云萍在衣橱内又取出一条绒毯和一个枕头，放到床上的脚后头，然后脱了旗袍，便睡进绒毯里去。临睡的时候，又向志清说道：

"弟弟，你回头肚子饿了，可以叫醒我，我烘面包给你吃。"

"嗯，我知道。"

志清很感激地答应了一声回答，眼瞧着云萍匆匆地翻身睡下，在不到三分钟之后，却已经酣然入梦了。志清有些怜惜她的意思，叹了一口气，自言自语地说道：

"可怜她也够疲倦的了。"

志清说着话，又胡思乱想地忖了一会儿心事。耳听着时辰钟一会儿敲十一点，一会儿敲十二点，他闭着眼，模模糊糊地养了一会儿神。待睡眼醒转，看手表上正指着三点钟。偶然仰脸向脚后头一看，只见云萍身上的绒毯都撩在一旁，大概是她体胖怕热的缘故，但到底恐怕她受凉，遂悄悄地坐起身子，把那条绒毯轻轻地给她盖了上去。不料云萍因为心中有事，所以睡得特别机警，被他轻轻地一盖，却也给他盖醒了过来。她以为志清肚子饿了，遂一骨碌翻身坐起，一面伸手揉着眼皮，一面低低问道：

"弟弟，是不是你饿了吗？"

"不，不，我倒没有饿……"

志清见她一醒转来就这样问，可见她关切自己的心是那一份的真挚，一时又感动又悔恨，只怪自己把她盖得太重，为了好心，倒反而吵醒了她。因此心中一急，便涨红了两颊，连说了两个不是。云萍见他这样慌张的神情，一时倒误会他有戏弄自己的意思，遂似嗔非嗔地笑道：

"弟弟，原来你也是个嘴里老实心里不老实的人哩，你既然没有肚子饿，为什么来揭开我的毯子呢？"

"啊！姊姊，你不要冤枉我，这是天晓得的事。我要是存心对你不老实，那我……还能算是一个人吗？"

志清被她这么一说，他急得几乎要哭出来了。云萍一面笑，一面瞟了他一眼，低声儿笑道：

"我和你开玩笑说说的，你急得这个样子干什么呢？那么你叫醒我有什么事情呢？是不是要喝茶？"

"都不是，因为你的绒毯落在一旁，身上却一些没有盖着。我怕你会受了凉，所以给你盖盖好，谁知道反而把你弄醒了，那叫我心中真难受。"

云萍听他说完，大有烦恼的样子，一时方才恍然有悟地笑起来，点点头说道：

"你这样关心着姊姊，姊姊也很感激你，如何还会来责怪你？傻孩子，别难受了，算我姊姊委屈了你，你就不要生气吧。来，给我摸摸额角，嗯，寒热差得多了。啊呀，已经三点多了，我看你也要饿了，还是烘面包你吃吧。"

云萍一面说，一面伸手摸他额角，一面又看了时辰钟，然后一面披衣跳下床来，拿了面包，又在电炉上给他烘面包了。志清对于她这一番高情厚谊，实在感铭心版。因为是过分地感动了，因此倒反而说不出什么话来了。

志清的病就在云萍温情蜜意殷勤地服侍之下，终于慢慢地健康起来。这天晚上，志清对云萍说道：

"我在姊姊家里已住了六天，现在身子已经复原，所以我明天要到美丽百货公司去报到了。"

"好的，不过我希望你不要把我这个苦命的姊姊忘掉才好。"

云萍点了点头，话声有些凄婉的成分，神情也有些黯然。志清听了，连忙感情地说道：

"我这次的病，若没有你姊姊服侍我，只怕我已经死了也未可知，所以姊姊就像我救命恩人一样，我怎么会忘记你？我将来有扬

81

眉吐气的日子，我一定要好好儿地报答你。"

"有你这两句话，我总算死也瞑目了。"

云萍哽咽地说，她的眼泪也落了下来。志清也不明白她为什么要伤心，真有些痴男怨女的样子，倒也陪着落了几点眼泪。这晚两人睡在床上，志清是呼呼地入睡了。但云萍却翻来覆去地不能合眼，想着志清是个有着未婚妻的人，他此刻虽然对我说得好听，但只怕明儿见了未婚妻，就把我忘得连影子都没有了。那么我何不先落手为强，也让他脑海里留下了我一个更深刻的印象。云萍想到这里，全身一阵热燥，血液在每个细胞里顿时沸腾起来。她在不可抑制的热情爆发之下，志清如何还有抗拒的能力，于是糊糊涂涂地就白白费了几天苦苦相守的苦功，而终于被她一攻而破了。

次早起身，两人面面相觑，不觉都有羞愧的颜色。但云萍服侍他的功夫愈为体贴入微，温情蜜意，使志清对她也不免起了依恋之情。临走的时候，云萍含泪说道：

"弟弟，我现在一切全都属于你的了，不过我对你的欲望并不大。我也不希望要得你整个的心，我只希望你能分给我三分之一的心，那我就够欢喜了。因为我知道你最心爱的当然还是你的未婚妻，同时我也希望你们能永远相爱。不过，把你剩下来的一点儿余爱也能给我一点儿安慰，这我就到死都感激你了。"

"姊姊，你放心，你待我的恩典，我只有感激你，我绝不会把你忘记的。"

志清听她这样说，知道她不是一个好妒的女子，一时更加爱怜她，一面给她轻轻地拭泪，一面低低地安慰她。两人缠绵地亲热了一会儿，云萍方才给他讨了三轮车，目送着志清坐车到美丽百货公司去了。

在美丽百货公司的经理室内，志清见过了经理罗大军，由罗经理问了他几句履历。因为早已接到志清叔父的托付信，所以就叫志清在化妆部里任职。当下叫化妆部部长进来，彼此介绍了一遍，志清向部长也恭恭敬敬地客气了几句，从此志清就在美丽百货公司里做职员了。

美丽百货公司同人的宿舍是在贵州路四维村十四号至十七号那四幢房子里，志清是住在十五号房子内。当夜想起了花明，遂在灯下匆匆地写了一封信，费了一个小时的时间，方才写完，他在灯下又自己暗暗地念了一遍道：

花明吾妹爱鉴：

忆自江干分别，转眼不觉一星期矣。窃思我俩青梅竹马，心心相印，情深意蜜，胜如手足，吾固一日不能离卿，卿亦一日不能少吾也。然事至今日，环境如是，不得不暂作劳燕分飞，各自东西。回忆当初共剪西窗之烛，食则同桌，书则同读，朝暮切磋，其乐也复何如？今则睽远南北，两地相思，花晨月夕，形单影只，对月长吁，顾影自怜，能不令人怅然耶？想吾妹阅此，当亦凄然落泪。是日在船舱之内，我俩相对默然，纵有千言万语，欲尽情倾吐，但喉间若骨相鲠，竟无一语可诉。视妹则泪眼盈盈，哀愁满面，我亦不觉辛酸触鼻。倘非吾妹以樱唇相赠，使我略享人间一刻温柔，几令我之心胸整个为酸素所占据也。但汽笛无情，响遏行云，一声何满子，双泪落君前，歧路分袂，谁谓古今人情有不同耶？现在吾已进美丽百货公司化妆部任职，地址在南京路河南路口，来信就寄此可也。本当早日函告，乃因抵沪后略患感冒，致卧床数日。幸赖上苍庇佑，兹已病占勿药，请勿悬念。情长纸短，不尽欲言。唯望扬眉有日，是我俩月圆之期，共饮合卺之酒，当亦拭目可待矣。专此慰告，还希善自珍摄，是为至要。顺请妆安！

你的心上人梅志清上

九月十日

志清念了两遍之后，方才套入信封，脱衣就寝。第二天起来，在到公司去的途中，就把这封信寄出丢在邮筒。过了两天，志清的信便从上海带到宁波，当邮差送到黄家，谁知李妈偷懒，却会落到丁万昌的手里。因了这么一来，下面便更引出曲折离奇、可歌可泣的故事来了。

第六回

阴险奸诈　小人之心最堪虑

　　丁万昌在看到了梅志清写来这封信之后，心中不觉勃然大怒，咬牙切齿，摩拳擦掌，不禁恨恨地骂了一声贱货，暗自想道：他妈的，这贱人在我面前假装一本正经的，原来她却早有情夫的。看信中的字句，他们明明亲热得无所不为的了，恐怕花明的身子也早已被他占据过了吧。想到这里，一阵妒火中烧，心头更觉万分痛恨。只怪花明不该花言巧语，拿这种欺骗手段来对付我，我若不给她一些颜色看看，怎么能消我心头之恨呢？万昌怀恨在心，表面上却不动声色地把信没收了。他去买了两张戏票，匆匆又到房中来找花明。花明这时气得躺在床上，暗暗地流泪。万昌却满面赔笑地千妹妹、万妹妹地连连说好话认错，一面把戏票交到她手里，说道：

　　"表妹，你不要生气了，就算我说错了话，做错了事，但夫妇之间，也应该互相地要原谅才好。现在我买了戏票，请你看电影，消你的气，我想像我这样的未婚夫总算也很不错的了。"

　　"哼！谁是你的未婚妻？你不要自说自话地乱讲，我是一个不懂爱情的笨牛，而且我也没有这样一个下流的未婚夫。"

　　花明冷笑了一声，一骨碌翻身坐起，秋波含了无限的娇怒。她把那两张戏票却恨恨地撕碎，表示完全和他翻脸的意思。万昌见了这个神情，心中更加发怒，但脸部上还含了阴险的微笑，很温柔地说道：

"表妹，你这又何苦来呢？未婚小夫妻偶然吵几句嘴，那也算不得一回事，你怎么这样认真呢？戏票到底是钱买来的，你这样糟蹋地把它撕毁了，我觉得真也太没有意思了。"

"你放心，我来赔还你。"

花明听他这样说，遂很快地在抽屉内取出一万元钱来，恨恨地交到他面前，满面还是余怒未消的样子。万昌死样怪气地说道：

"你的钱就是我的钱，何必还分什么彼此呢？表妹，你放着买香粉用吧。"

"哼！我看你在说梦话！"

花明一面冷笑，一面把钞票向地上掷去，转身预备走出房外去了。万昌却在抢头把花明拦住了，说道：

"表妹，你慢些走，我有话问你。"

"你还有什么话可问呢？"

"上星期你不是亲口答应爱我吗？为什么今天忽然变起来了呢？"

"问你自己好了，你所干的行为，你觉得有人格吗？"

"我的行为哪一处没有人格呢？"

"难道一定还要我说出来吗？你……你……竟偷看人家洗浴，哼！这是一个诚实青年的所作所为吗？"

"哦？原来是为了这个缘故吗？但据我想来，那恐怕未见得。"

万昌也冷笑了一声，他的态度好像有些神秘的样子。花明有些讨厌的表情，秋波恨恨地白了他一眼，急急地问道：

"那么你知道还有什么缘故呢？"

"难道你也还要我说出来吗？好，我明白你一定另外爱上了别人。你用不到惊慌的，我可有说到你的心眼儿里去吗？"

"放屁！你胡说白道真是放屁！"

花明在听到了他这两句话之后，心中倒不由微微地一惊，但表面上还显出愤怒的样子，涨红了两颊，向他连说了两声放屁。万昌阴险地笑了一笑，说道：

"不过，你要想得明白，一个女子是不能同时答应嫁给两个男子的。你既然已爱上了我，那么老实跟你说，你就得跟我结婚。"

"我爱上了你？哼哼！你又有什么凭据呢？"

万昌被她这句话倒是问住了，怔怔地木然了一会儿，点头笑道：

"我当然有证据，而且我的证据，你赖也赖不掉。"

"什么证据？你说，你说！"

花明听他认乎其真地回答，一时又惊慌地问道。万昌微微地一笑，故意迟疑了一会儿，却管自地还问道：

"不过你先老实地告诉我，你是不是另外爱上了什么人了呢？"

"没有，没有，你听哪一个胡说白道的？"

"既然没有另爱别人，那你应该爱我呀，因为你自己根本已经向我答应过的。不过照我眼光看起来，你不但另外爱上了人，而且恐怕已经上了这个人的当了。假使你肯改过自新，我倒也不嫌你是个上过人家当的姑娘，我照旧地还是可以热烈地爱上你……"

花明想不到他会说出这两句没头没脑的话来，这明明是包含了多少侮辱的成分，这就柳眉倒竖，气得杏眼又圆睁起来，不等他再往下说，就喝道：

"什么？你在说什么？表哥，你简直是在发神经病了。哼！我觉得你今天的脑筋不大清楚，我吃饱饭没有这么空闲的工夫跟你多缠绕，你还是把头脑子清一清吧！"

花明这回夺门而走，怒气冲冲奔向房外去了。万昌也不再拉住她，却暗暗地冷笑了一声，回头偶然瞥见她掷在地上的一万元钱，觉得这种无谓的损失，有些不大情愿，遂俯身拾起，藏在怀内，恨恨地回到家里去了。

万昌这晚在家里，坐在灯下，连连地吸着烟卷，摇头皱眉地想了一会儿心事。然后把志清这封信又抽出来，细细地看了两遍，真是越看越恨，越看越怒，握了拳头，在桌子上愤愤地一击，骂道：

"他妈的，这小子居然有福气可以吻她的嘴，我却香她一个面孔

87

她都不答应。很好，我也总不见得会给你们团圆的。"

万昌一面说，一面欲把信笺撕去，但转念一想，这封信将来还有重用，我且留在身边再作道理。他在抽屉内取了一张信笺，磨了墨，开了笔套，沉吟了一会儿，忽然计上心来，这就含笑提笔，簌簌地写道：

志清小子：

想你也是一个学校里的知识分子，万不料你会做出这样下流没有人格的行为来。真是该死之至，杀不可赦！

说起来也是天有眼睛，你这一封无廉无耻的信会落在我的手中，我才明白你把我的女儿勾搭上了，引诱坏了。这满信纸上的肉麻话，淫秽之字句，真是不堪入目，叫老夫怒发冲冠，恨不得伸手量了你几个耳光，方才消了我心头之恨呢。

现在我老实对你说，你想和我女儿结成一对夫妻，那你恐怕是在做梦了。像你这样穷小子，也想来吃天鹅肉，这世界岂不是要造反了吗？所以我劝你快快死了这条心，否则，我马上请律师跟你法律解决，说你引诱良家女子，还要请你尝尝铁窗的风味呢。

最后，我要报告你一个好消息，我把女儿已经配了婆家，而且下个月就要结婚，所以你也不必再写信来了。我女儿心中也懊悔了，她说险些上了你的当，你是一个穷光蛋、拆白党，就是嫁给了你，将来不但没有幸福，而且还要吃苦哩。好了，别的不多说了，因为和你多说一句话，我显得降低我的身份哩。希望你醒悟，免得出丑，特此警告！

黄人俊

九月十一日

万昌写完了这一封信，心头觉得万分痛快，自己的气愤才算消去了大半，他急急写了信封，把信笺套入，粘了糨糊，贴了邮票，就连夜地去寄出了。这夜万昌躺在床上，颇觉舒服，暗暗地想了一会儿心事，方才睡去。

第二天是星期日，万昌在十点钟的时候，匆匆地又到黄家来了。走进上房，见只有姑妈一个人在那里吸烟，遂很小心地叫了一声，并且问姑爸到什么地方去了。黄太太一面问他吃了点心没有，一面说道：

"你两个表妹因为天气冷了，说从前做的短大衣式样都旧了，所以一定要她们父亲做一件新式的短大衣。她父亲没有法子，只好带了她们到洋服店里去了。"

万昌听了，点点头，在一旁坐下了，沉吟了一会儿，方才红着脸向黄太太望了一眼，似乎有些难为情地问道：

"姑妈，我上次说的表妹婚事，不知您老人家可曾跟姑爸商量过吗？"

"哦，我跟你姑爸说起过了。"

"那么姑爸怎样回答呢？"

黄太太含了笑容，秋波横了他一眼，说道：

"你这小鬼交红运了，你姑爸居然很赞成这头婚事。其实，他的主意还是我大，我要答应了你，你姑爸不答应也只好答应的。"

"那当然啦，我知道我一切的幸福全是姑妈恩赐给我的。姑妈好像我的亲娘一样，从此以后，我就当作您的儿子吧。"

万昌听了她的话，心中明白姑妈是爱人家拍她马屁的，所以含了笑容，向她竭力地奉承。黄太太扬眉得意地笑道：

"你这小鬼马屁倒不用拍的，只是给我争一些气，学上进点，在行里做事，别叫你姑爸说你懒惰，那我就够欢喜了。"

"这当然啦！我现在完全改过做人了，绝不像从前那么吃喝嫖赌的荒唐事了。姑妈，既然承蒙把花明表妹嫁给我，那么我的意思，最好给我们先订一个婚，那叫我也好定定心了。"

"啊呀，瞧你这个老面皮，亏你说得出来的。我说答应了你，难道还会赖了你不成？"

"姑妈，您老人家可不要误会，侄子岂敢有这样存心呢？不过现在这个年头，人心不大好，况且表妹又是学校里读书的姑娘，那么时常和男同学接触，就难免有上人家当的可能性，万一表妹真的被什么男同学引诱坏了，我固然白欢喜了一场，就是姑爸姑妈的脸上也没有什么风光了。所以我们早些订了婚，表妹自然也不会再和别人谈爱情了。"

黄太太听万昌一本正经地辩白了这一大篇的话，心中仔细地想想，倒也很有道理，遂点了点头，吸了一口烟，说道：

"那么我回头就跟花明说吧，同时跟你姑爸商量商量，到瞎子店里去拣个日子，准定给你们先订一个婚也好。"

"姑妈这样玉成我，侄子生生世世不会忘记您的恩典。"

万昌见自己计划成功，心中乐得什么似的，遂立刻站起身子，向黄太太深深地一鞠躬，十分诚恳地道谢。黄太太笑道：

"好听白话少说两句，只要你们婚后，小夫妻之间要好一点儿，那就不枉我玉成你们一番心了。"

"姑妈放心，我一定听从您老人家的话。那么我此刻走了，等下午我来听您的好消息吧。"

"那何必还要来来去去呢？就在这儿吃午饭吧。"

"不，我和表妹面对着面，姑妈提起婚姻事情来，恐怕她女孩儿家要怕难为情的，大家反而不好意思。"

黄太太听他这样说，笑了一笑，也就随他去了。其实万昌的心中早已知道花明是不肯答应的，那么到了提婚的时候，她们母女之间必定有一番争吵，自己站在旁边有什么意思，所以他就故意地避走了。

万昌走后不到半个钟点，花明父女三人很高兴地回家来了。黎明一跨进上房，就笑嘻嘻地向母亲告诉道：

"妈，我们短大衣定来了，我定一件枣红呢，姊姊却喜欢深绿的颜色，这是两块样子，妈您瞧瞧好吗？"

"钞票拿出去了，总是好的，这短大衣多少钱一件呢？"

黄太太看了大衣的料子，俏皮地回答。这时人俊坐到沙发上去，嘴里衔了雪茄，因为熄了火，所以吸不着。花明见了，慌忙拿火柴给他燃着了，人俊方才吸烟，说道：

"你倒猜一猜，大约要多少钱一件？"

"我又不大出去，外面这些行情却不大灵通，我猜二十几万一件，也差不多的了。"

黎明听了，"呀"了一声，把粉脸向她一扭，笑嘻嘻地说道：

"妈，你也猜得太便宜了，要不去偷一件来，那才不要钱了。"

"小妮子，你妈老了，哪里知道这些市面呢？你说几十万一件呢？"

"两件大衣一百万元，还算便宜的呢。二十几万买布也买不到，你的市面倒真的一些也不灵通呢。"

人俊方才一面告诉，一面由不得好笑起来。黄太太叹了一口气，忽然心中有了一个感觉，遂说道：

"现在这个年头儿，和沦陷时期就没有什么两样，有些物价恐怕还超过沦陷时期呢。比方说，要嫁一个女儿，这一副妆奁可真也了不得哩！"

"妈，你不用愁眉苦脸的，我们一辈子不出嫁好了，那你就用不着赔什么嫁妆了。"

黎明却顽皮的样子，笑盈盈地回答。黄太太趁此机会，遂望了花明一眼，也含笑说道：

"你这痴丫头又说孩子话了，像你还只有十四岁，当然还想不到'出嫁'两个字的。比方说你姊姊吧，已经是十九岁的姑娘了，配婆家不就是在眼面前了吗?"

"妈,我也还在求学时代,对于'出嫁'两字,真的一点儿也想不到。"

花明见母亲说到自己身上来了,心头也不禁别别地一跳,这就红晕了粉颊,也显出孩子那么的神态,低低地回答。黄太太忙道:

"女孩儿家其实只要认识几个字也就罢了,何必要读到什么大学毕业呢?老实说,就是到外国去留了学回来吧,到后来叶落归根,还是免不得要嫁人的。所以自古来,男大当婚女大当嫁,这是一定的道理。看社会上有哪一个姑娘不嫁人呢?有的也除非是个最苦命的人。所以我的意思,花明这孩子我要给她找个婆家了,对象就是我的侄子万昌,你爸爸也很赞成,因为万昌这孩子近来的行为倒上进不少了呢。"

"是的,花明,你妈这意思也完全是一番疼爱你的心,不知道你心中也欢喜吗?"

人俊等黄太太说完,也立刻接下去问。花明听父母都这样说,一时心中十分着慌,两颊羞急得像喝过了酒般通红,忙着说道:

"爸爸,妈,我不要,我现在还想不到'结婚'两个字。"

"为什么不要呢?莫非你嫌万昌品貌不好吗?"

黄太太听花明拒绝着,心中不免有些生气,这就脸色很不好看地问她。花明连连摇头,说道:

"妈,你不要误会,女儿倒并没有这个意思。"

"既然没有这个意思,为什么你要违拗我的命令呢?花明,你要知道,你不是我亲生养的女儿,我若不关心你的终身问题,人家就会说我两条心,不替前头那个女儿的终身做个打算,难道一辈子养在家中做老处女吗?所以你也得原谅我的苦衷,你千万要听我做娘的话才好。"

"你妈说的都是实话,花明,就是你亲生的娘在看,见你长了十九岁了,恐怕她也会发心给你配个婆家吧。"

人俊在太太说过之后，总要补充两句向女儿低低地劝告，表示这个做晚娘的倒并没有像普通一般有不良的存心，无非是疼爱女儿的意思。但花明听了，却急得心中像滚油在煎一般，要想爽爽快快地告诉自己已经有了知心着意的好朋友了，但一个女孩儿家实在不好意思说出口。假使在亲生娘的面前，倒还可以诉说自己的心事，也许能得到母亲的同情；如今在晚娘面前，叫我如何能尽情倾吐呢？万一她翻脸无情，说我败了门风，那叫我不是要被他们看轻和谩骂了吗？花明这样想着，急得几乎泪直流，遂抱定宗旨，坚决地说道：

"爸爸，妈，我想你们老人家虽然是一片好心，但我现在实在还不需要，你们就千万不要强迫我吧。等我高中毕业的时候，再谈婚姻的事情，也不算迟哩。"

"姊姊既然现在不需要，那么就到她毕业了再说吧。"

黎明是知道姊姊心中的意思，于是趁此也庇护着她回答。黄太太以为自己所发的命令竟没什么效力，所以心中大为不快，遂瞪了黎明一眼，故意拿她出气说道：

"你这孩子胆子也越发大了，做长辈的在说话，也由得你小孩子来多嘴吗？这还了得！花明，我也并不是马上要你嫁人，无非你年纪大了，将来怕在外面会上人家的当，所以预先叫你订一个婚。你不听见宁波的学校里时常闹着恋爱的纠纷吗？不是教师看中学生了，就是学生爱上教师了，所以女孩儿家在外面读书，做父母的又是多么不放心呢，明儿要闹出什么笑话来，人家不是要怨我没有家教吗？这倒还是小事，你爸爸到底也是一个银行界有地位的人，他的脸皮又丢到什么地步呢？"

花明见母亲所说的话，句句好像说自己已经在做丢脸的事情一般了，因此也十分不服气，遂强硬了态度，说道：

"妈，别人家闹着不正当的恋爱，难道疑心女儿也有这种行为吗？您老人家只管放心吧，我是绝不会替爸爸丢脸的。"

"照你意思说，你连现成订个婚都不情愿吗？"

"并非不情愿，因为女儿一心求学，婚姻问题还是慢慢儿再谈的好。"

"好，你以后的婚事，我就一辈子也不放一声屁了，本来我就没有做娘的资格，多管什么闲事呢？明儿好好坏坏总说我害着你了。不过黎明你听着点，将来对于你的婚事，我做娘的是非管账不可的，老实说，你若要倔强一下，我掴你几个嘴巴子再说！哼！你要学别人野孩子的样，我做娘的可再也不答应呢。"

黄太太口里虽然是在骂黎明，但实际上却是在骂花明。黎明噘着小嘴儿，生气地并不回答。花明沉默着脸色，自然一声也不响。人俊知道太太一定是十分愤怒了，遂不得不向花明教训着说道：

"花明，你这个姑娘真是越大越不懂事情了，好好儿的婚事，你为什么偏偏地要不答应呢？难道你在外面另有男朋友了吗？"

"不，我没有什么男朋友。"

花明心头虽然像小鹿般地跳跃得厉害，但表面上还竭力镇静的态度，一本正经地回答。

人俊却又说道：

"你没有男朋友，那很好，我劝你还是答应你妈所说的这一头婚事吧，免得叫你妈生气。你爸爸年纪老了，也不能养你一辈子啊。"

"爸爸，你放心，等我高中毕业之后，我就到社会上去找事情做好了。"

花明听爸爸要把自己的终身幸福去做顺从后母的牺牲品，一时非常心痛，遂忍不住恨恨地回答。黄太太听了，不免冷笑了一声，俏皮地说道：

"真正是二十岁女儿不由爹娘的了，她还当你是老头子看待吗？她简直把你当作老牛老马一样了。你从前养她是应该的事，只要翅膀毛一长成，她就有本领飞了，她还怕什么呢？哼！枉为做一个长辈的，你有一点儿什么权威能使儿女听你的话呢？不是我说风凉话，黎明将来若这样不听话，我非买口棺材来活钉不可呢！"

"花明，你这些话说得太浑蛋了，你有本领你现在就到社会上找事情去，不要吃父母的饭，那我就佩服你了。现在我给你三天的考虑，你无论如何也得答应这头婚事不可。我做父亲的，若这一点点主意都做不来，那我还做什么人呢？"

人俊被太太冷讥热嘲地一说，心中也不由恼羞成怒起来，这就绷住了两颊，用专制的手段来对付花明说话了。花明知道有晚娘必有晚爹，那么自己处身在这个环境之中是多么恶劣呢！心中一阵悲痛，眼泪不禁夺眶流了下来，别转身子，便回到自己卧房里去哭泣了。黄太太见花明走后，这就更加唠唠叨叨地骂了起来，说这个贱货真是不知抬举的东西，做父母肯给她管闲账，说来还是她福气呢。谁知道她这样不晓得好歹，那真是没有心肝的狗贱货呢。人俊对于太太这样大骂，反而小心地安慰她，叫她身子保重，犯不着跟这种孩子生气。正在这时，李妈叫大家吃午饭来了。

午后，人俊想着花明还没有吃过饭，到底也有些肉疼，遂悄悄地叫黎明来看望花明，说劝姊姊吃些饭，你们姊妹两人看电影去吧。一面说一面塞了一卷钞票给黎明。黎明于是拿了钞票，匆匆地到姊姊房中来了。只见花明歪躺在床上，兀是抽抽噎噎地哭泣，这就悄声儿叫道：

"姊姊，姊姊，你快不要多伤心了，自己身子保重要紧。"

"妹妹，他们强迫我嫁给这个表哥，你叫我如何是好呢？"

花明在无可奈何的情形之下，却泪眼盈盈地向黎明求救。黎明拿了手帕，给她拭泪，一面把父亲叫自己来劝慰姊姊的话向她告诉，并叫花明多少吃些饭，还是一同瞧电影去玩玩吧。花明听妹妹这样说，可见她还是一个小孩子的个性，由不得叹了一口气，说道：

"妹妹，你叫我如何吃得下饭、看得了电影呢？唉，我想这一定又是表哥的诡计，所以妈会急急地向我提起婚姻的事来。但这不是儿戏的事，我岂肯把我的终身幸福给他们去丢送呢？"

"姊姊，事情总可以慢慢地商量，你此刻一味地着急，那也是没有什么用处的啊，我想你还是跟我去散散心吧。"

花明如何肯去，遂摇头拒绝了。黎明没有办法，也只好怏怏地出来，找到了父亲，向他悄悄地告诉。人俊说："她不去，我和你去玩一会儿吧。"于是他们父女两人向黄太太说了，便一同瞧电影去了。

下午四时左右的时候，万昌匆匆地又到来了。他一脚跨进上房，就见姑妈的脸色不大好，这就吃惊慌慌张张问道：

"姑妈，怎么啦？你生了气吗？"

"好了好了，再也不要提起了，我心中的火星会向头顶上直冒出来呢！"

"姑妈，到底为了什么事呢？"

"还不都是为了你这个小子吗？叫我受这贱货的欺侮！但是我真也有些不大懂，你这样品貌也不算坏，这姑娘真不知她为什么一味地不答应呢？"

万昌听黄太太这样说，一时心头气愤得了不得，两颊由红发青，由青变成了灰白的颜色，沉吟了一会儿，不禁冷笑着说道：

"姑妈，我倒知道表妹所以不答应的缘故。"

"是什么缘故呢？"

"当然，因为她另有情人的缘故。"

"你怎么知道的？对于这些我也问过她，她却绝对不承认呢。那么你难道有什么凭证吗？"

"凭证？对了，姑妈你看，这就是铁一般的证据了。"

万昌一面说，一面在袋中取出志清的信来，交到她的手里去。黄太太也认识几个字的，当下急急把信纸展开，从头至尾看了一遍。其中的字句，虽然有一半不大懂，但约略的意思却有些明白，觉得这封信是写得十分亲热。万昌在旁边还问着说道：

"姑妈，你这封信看得懂吗？要不我来给你解释一遍。"

"懂是有些懂的，不过你给我解释一遍，那自然更容易明白了。你快说给我听吧。"

黄太太把信仍旧交给万昌，万昌便念一句解释一句。直等这封信讲解完毕，把个黄太太气得死去活来，冷笑道：

"好啊！这封信不是成了淫信了吗？什么连亲嘴的话儿都说出来了吗？照这情形看起来，花明这贱人恐怕和姓梅的已经发生过关系了吧？怪不得她一定不肯答应这头亲事了。好，好，刚才她还嘴犟哩，现在我把这封信去拿给她瞧，看她还有什么话说！"

"姑妈，你且息怒，等姑爸回来，你叫姑爸去打骂她好了，你何必去做恶人呢？"

万昌见姑妈怒气冲冲地站起身子，拿了信预备要到花明房中去的样子，这就拉住了她，向她低低地劝告。黄太太一听这话有理，遂把怒火暂时忍耐。万昌欲卸干系，还向黄太太低低叮嘱，说这封信姑爸问起来，姑妈别说是我拿进来的。黄太太点头答应，万昌便又匆匆地别去了。他觉得这是一个报复，所以心中分外得意，脸上含了阴险的笑。虽然这是损人不利己的，但他也会觉得无限痛快。

人俊和黎明从电影院里回家，还只有刚一脚跨进上房，黄太太却把那封信向人俊劈面掷了过来，破口大骂道：

"好呀，你生了这么一个好女儿，真是有面子！我道她为什么一味地拒绝婚姻，原来这不要脸的贱人在外面做得好事呢！"

"太太，这是怎么的一回事？你不要没头没脑地向我发怒，好歹也跟我说一个明白呀。黎明，快把地上的信拾起来交给我看。"

人俊见太太大发脾气，而且口中这样地骂着，这就吃了一惊，慌忙向黎明急急地吩咐。黎明遂把地上信笺捡起，交到人俊的手里。人俊连忙展开信笺，看了一遍，这一看真是怒发冲冠，也不由拍案大骂着说道：

"好，好！这贱人居然在外面做出这等下流的勾当，那还了得，岂不是败我家的门风吗？我……我非要她的性命去不可!"

　　人俊说到这里，气得全身发抖，他见桌子上正放着一把小刀，这就伸手拿起，满面含着杀气，直奔到花明的卧房里去了。原来这把小刀是黄太太故意放在桌子上的，她见计划成功，心中十分称快。但黎明却急得心头乱跳，没命似的跟着父亲追上去了。

第七回

上海见情郎　只身飘零

花明自从听到了父母要把自己配给表哥的话之后，她那颗芳心便一刻都感到不安宁起来，所以午饭也没有吃，黎明要她一同去看电影，她当然是更鼓不起兴趣了。此刻她呆呆地坐在桌旁，大有如醉如痴的样子，心中想着表哥这头婚事，恐怕是无法拒绝，那么我难道甘心屈服在这专制婚姻的势力下吗？那我当然是不肯的。常言道，不自由，毋宁死，我岂肯委委屈屈而丢送自己的终身幸福呢？一会儿又想，志清去上海快近十天了，怎么连一封信都没有写来呢？难道他当面说得情深如海，转身就忘得一干二净？假使他果然把自己忘了，可怜我身世茫茫，就是抛家出走，又到什么地方去投奔好呢？花明左思右想，真是柔肠寸断，忍不住又泪如雨下。

正在悲悲切切、独自伤心之间，忽然见父亲脸色铁青，怒容满面地奔了进来。一见花明，也不问三七二十一地伸手在她脸上啪啪两个巴掌，打得花明目定口呆，好像泥塑木雕似的怔怔地愕住了。但人俊还把手中那柄小刀向地上一掼，恶狠狠地睁大了眼睛，戟指骂道：

"你这个不孝的贱货，你……竟丢尽我黄家祖先的脸颜吗？本当把你活活地打死，现在姑念你是个从小没娘的孩子，我看你还是去自寻了吧！"

"爸爸，你……你……到底为了什么事情要把亲生的女儿恨得这个样子呢？女儿到底做错了什么事？你也好歹向我告诉一个明白。如何一进房门，动手就打，打了不算，还要叫女儿去死？女儿命苦之人，死固不足惜，但死得不明不白，叫我做鬼也不是成个不明白之鬼吗？"

花明从生以来，没有给任何人打过一记。因为那时候花明由祖母抚养成人，后来祖母死了，她就没有人再怜爱她了。此刻被父亲没头没脑地打了耳光，而且还要叫她去死，可怜花明好像来了晴天霹雳一样害怕和惊骇，这就跪在地上，一面诉说，一面呜呜咽咽地哭泣起来了。这时黎明从后面也急匆匆地赶奔入房，一见姊姊跪在地上哭泣，还以为爸爸真的在杀姊姊，一时也急得哭出声音来了，拉住了爸爸的身子，连连叫道：

"爸爸，你千万不要这样呀，你就饶了姊姊这一遭吧。"

"妹妹，你不用求爸爸的，假使我真的做了伤风败俗的事情，我也情情愿愿被爸爸一刀杀死的。"

花明这时候悲伤已被痛恨所占据了，她咬着银齿，态度强硬地说出了这两句话，因为她自问良心，并没有干过丢脸的事情。人俊听了，冷笑了一声，遂在袋内又摸出志清这封信来，掷到她的面前，顿脚怒喝道：

"好好好！你这狗贱人，你还敢嘴犟吗？快拿去看吧，这是哪一个野小子写给你的信？你在外面做了这样不要脸的事情，你真是把我黄家的门风败光了！你还要说得嘴响吗？你快看了这封信，也好叫你死而无怨！"

"爸爸，你火气不要太大，你还是到外面去息一息吧。"

黎明拉了父亲的身子，只管含泪低低地劝告。花明见了这封信，知道是志清写来的，不知怎么却落在父亲的手里了？不过我和志清乃是纯洁之爱，并无苟且之行为，单凭这封信，也不能说我败了门风呀。于是急急地说道：

"爸爸，这个姓梅的是我同学，我们无非是一个友谊关系罢了。

既然在外面读书，同学之间书信往来也是有的。爸爸凭这一封信，怎么就可以冤枉女儿做丢脸的事情了呢？"

"什么？你还要撇清吗？你这贱货，你这不孝女，你且自己看了这封信再说吧！"

人俊听花明还这样声辩，这就更加暴跳如雷，向她又大骂起来。花明听了，芳心之中不由暗暗猜疑，志清信中到底写了些什么话呢？于是急急把信拆开，从头至尾看了一遍。这才恍然明白大概是为了"樱唇相赠"四个字了。因此心里又急又恨，恨的是志清为什么把这些临别的情形都写在信中；急的是我虽有百口，恐怕也难以辩白自己的冤枉了。所以捧着信笺，两手瑟瑟地发抖，呆呆地却再也说不上什么话来了。人俊还只道她心虚无话可说了，遂走上前去，没头没脑地向她又打了两下，喝道：

"贱人，你还有什么话说？"

"爸爸，我……我……实在是冤枉的。"

花明仰身躲避，身子就跌在地上，她两手捧着头，粉脸惨白地回答。在人俊的心中是知道她狡辩，因此益发痛恨起来，眼睁睁地骂道：

"你还要假充正经人吗？这信里写的是多么无耻！可见你们在一处之时，一定无所不为！真是一个淫娃，我要你这淫贱之女又有什么用呢？你还是给我死了干净，免得在这世界上活现世！"

"爸爸，女儿实在并没有做过丢脸的事情。虽然我和姓梅的同学很知己，但我们是清清白白一无苟且之行为，这实在可以对天无愧的。"

"啊！对天无愧？你这贱人，你还是一个贞节女子吗？照你这么说来，政府还要给你造座贞节牌坊哩！嘿嘿，你这不要脸的贱人，我……我……活活地气死啰！你不肯自杀，我来亲手打死你这个贱人！"

人俊气得暴跳如雷，举脚向她乱踢，黎明拉他不住，也只好向人俊跪了下来。这时李妈和别的佣妇也都走进房来，大家都向人俊苦苦哀求。李妈原是祖母生前用下来的女仆，所以她的胆子比较大一点儿，当时对人俊说道：

"老爷，小姐虽然不好，你教训过了也就罢了，难道你真的要逼她走入死路里去吗？老爷纵然痛恨小姐，但您也瞧瞧已死太太的脸上。可怜太太只有这一点儿骨血，假使小姐真的死了，你在九泉之下，怎么对得住太太呢？况且您就是不瞧在太太的脸上，您也得看在老太太的情分上。想老太太在世的时候，她辛辛苦苦把这个孙女儿亲手抚养成人，好容易把大小姐养成这么大了，现在你一定要她死，老太太若魂兮有知，岂不是要在九泉痛哭了吗？"

李妈这一番言语，听到人俊的耳朵里，一时他想起了前妻，想起了母亲，因此把十分怒气也慢慢地平了下来。但花明听了，更加悲痛欲绝地啼哭起来。黎明却趁此机会，拉着爸爸的手回上房去了。这里李妈等倒茶的倒茶，拧面巾的拧面巾，扶着花明在椅上坐下，好好地向她劝慰了一番。但花明觉得自己太受一点儿委屈了，所以还是呜呜咽咽地哭个不停，直哭得声嘶力竭，两眼昏花，竟然晕过去了。

黎明拉了人俊回到上房，人俊坐在沙发里，只管猛吸烟卷，表示无限烦闷的样子。黄太太在旁边，却还冷讥热嘲地说道：

"女孩儿家读书，越读越聪明了，学会了一些什么呢？无非偷男人，交男朋友罢了。哼！你还要给她读大学呢，你的背脊已硬得像十三块六角了，被外界说起来，才算你的面子大哩。"

"……"

"妈，爸爸已经气得这个样子了，你还要说这些风凉话做什么呢？姊姊也无非和男同学通通信罢了，在这二十世纪的原子时代，男女一律平等，你们的意思，我认为也未免太以陈旧了。"

黎明见父亲听了妈的话，两颊发青，却默无一语，一时也怨恨母亲太会挑拨是非了，她心中十分不平，遂把秋波恨恨地白了母亲一眼，噘了小嘴儿，哀怨地说出了这几句话。黄太太听十四岁的女儿竟来埋怨起自己来了，这就十分生气，瞪了她一眼，喝道：

“什么？你这小姑娘越大越不懂规矩了，莫非你也要学这贱人的好样到外面去乱交朋友吗？”

“交男朋友也不是犯法的事情，算得了什么稀奇呢？”

“好，好，你这贱人也这样无耻吗？小小年纪尚且这样说，等你到这贱人一样年纪的时候，那还了得，只怕你的男人会有一打两打了呢。我非揍你两个巴掌醒醒脑子不可哩。”

黄太太一面说，一面赶过来伸手欲打黎明。黎明一转身却跳到人俊的背后，连叫“爸爸救我”。人俊抱住了黎明，向黄太太埋怨地说道：

“小孩子懂得什么呢？你会跟她一般见识，那你不是也变成小孩子了吗？”

黄太太原是吓吓女儿的意思，因为黎明到底是自己亲生的，当然也舍不得打她。现在见人俊庇护了去，也就乐得顺水推舟地罢了。不过口里还嗔骂着说道：

“小孩子时候不做规矩，到年纪大了不是会更无法无天了吗？单瞧花明这贱人，也都为了小时候老太太过分溺爱，所以到如今才败了你黄家的门坊呢。”

“妈，我倒有些不明白，姊姊交个男朋友，难道算是败了门坊吗？那么现在学校里读书的女学生总有几个男同学的，难道说都败了门坊了？”

人俊没有回答，黎明却又用奇怪的神气，向她母亲呆呆地发问了。黄太太遂老实地告诉道：

“交男朋友是好听一些的话，说得难听一些，你姊姊不要脸，她却在偷汉子哩。你想这种女子不是该死吗？”

“偷汉子？我想姊姊绝不会的，你们倒不要太冤枉好人了。”

黎明到此方才明白父亲所以这样愤怒地要打死姊姊的缘故了，

不过仔细想想，姊姊是个中学里读书的女子，如何会这样不晓得"廉耻"两个字呢？所以她却代为姊姊辩护着回答。正在这时，万昌含笑着走进房来，问道：

"表妹，你在说哪一个偷了汉子呀？"

"万昌，你来得很好，我正要和你谈谈。"

人俊见了万昌，觉得花明这一件事情，早晚总要让万昌知道的，所以还是跟他坦白地说明了好，因此望了他一眼说。万昌很小心地向人俊叫了一声姑爸，一面在旁边坐下，一面悄声儿问道：

"姑爸，你有什么事情吩咐我呀？"

"前几天我听你姑妈说，你不是很愿意娶花明做妻子吗？"

"是的……"

万昌微红了两颊，点了点头回答。人俊沉吟了一会儿，又低低说道：

"可是花明这个姑娘很浪漫，外面已有男朋友了，今天我们接到她男朋友来的一封信，看他们情形好像很亲密。不过这种男朋友，我当然看不入眼。所以我的意思，预备不许花明再到学校里去读书，同时要给你们马上举行婚礼。但不晓得你现在的心里，是否还仍旧爱着花明呢？"

"我想表妹交个男朋友或许是有的，至于不正当的行为她恐怕不会这样无耻的吧？"

"既然你能够信任她不会干无耻的勾当，那么你心中自然仍旧喜欢她的了，是不是？"

"姑爸肯成全我，我一定还是爱她。"

万昌厚了脸皮，遂低低地说，表示一心爱她到底的意思。人俊听了十分欢喜，遂吸着烟卷，呆呆地想了一会儿，说道：

"这样很好，那么我决定下个月给你们结婚了。"

"一切听凭姑爸做主，侄儿是无有不遵命的。"

人俊所以断然地说出了这个主意，在他心中原也有一个打算的。

因为花明做了无耻的事情，好在目下外界还没有一个人知道，那么家丑不能外扬，还是早些给她嫁了人，那么一切丑事也就可以遮掩过去了，万昌既然情愿娶她，自然还是立刻给他们团圆了比较妥当。

在万昌所以肯贸然地答应下来，他心中原来也有一个打算的，因为花明是个美丽的姑娘，这样人才，在整个宁波地方可说找不出第二个来。况且自从那天窥到了她肌肤之后，每夜睡在床上，有些神魂颠倒。假使抱在怀内，能够整个地给自己销魂作乐，那是多么艳福无穷呢！所以万昌也不管她究竟是不是处女了，他觉得非娶她不可，情愿将来把她玩厌了，反正还可以娶小老婆的。她假使不许我讨，我就可以威胁她、讽刺她，说她本来不是一个处女，还有什么脸来管束丈夫呢？万昌因为心中有了这样的盘算，所以他便情情愿愿地答应了。

人俊是这样决定了，黄太太见侄子自己欢喜，也就乐得成全了，所以坐在旁边，并不加以反对。只有黎明听了，芳心中暗暗代为姊姊着急，她便悄悄地溜了出来，匆匆走到姊姊的房中。只见姊姊一个人躺在床上，还在抽抽噎噎地哭泣，于是伸手拍拍她的腰肢，低低叫道：

"姊姊，你不要伤心了，事情不好了哩。"

"啊！妹妹，什么事情不好了？"

花明一听这个话，心头别别乱跳，这就翻身坐起，拉住了妹妹的手，慌慌张张地问。黎明遂把爸爸在下个月要把姊姊嫁给表哥的话向花明详详细细地告诉了一遍。花明听了几乎急得要哭出来了，遂双泪交流地说道：

"妹妹，你这话可是真的吗？那么表哥怎样回答呢？"

"表哥当然是求之不得的事情，那还有什么不好的道理吗？我因为知道姊姊是不肯爱上表哥的，所以特地来告诉你，你预备怎么样来对付他们呢？"

"妹妹，我是一个弱女子，孤苦伶仃，我还有什么办法好呢？"

花明被她这样一问，眼皮忍不住红了起来，泪水又像雨点一般地滚落了两颊。黎明见了伤心，也含泪说道：

"那么姊姊预备跟表哥结婚了吗？"

"不，我当然是不愿意的。"

"姊姊，依妹妹之意，你要自由，你还是远走高飞，脱离了这个专制家庭，比较幸福得多。"

"可是，我又到什么地方去安身好呢？"

黎明见姊姊涨红了两颊，急得好像六神无主的样子，这就凝眸含颦地沉吟了一会儿，方才低低地问道：

"姊姊，这封信到底是谁写给你的？是不是你知心的好朋友呢？"

"是我一个男同学，我们感情确实很好，不过我们是清清白白的，并没有一丝一毫的苟且行为。爸爸以为我有了不端的行为，那完全是冤枉我的。"

"我也知道姊姊是受冤枉的，那么现在事情既然已经到了这般地步，我的意思，你还是找那个男同学去吧，我想他一定会帮助你的。"

"妹妹，你不知道，这个男同学他现在到上海经商去了，并没有在宁波呢。唉！这……真不知叫我怎么才好呢！"

花明向她老实地告诉，她急得眼泪益发大颗地滚下来了。黎明想了一会儿，忙又说道：

"姊姊，你这个男同学叫什么名字呢？"

"他姓梅，叫志清。"

"那么他在上海什么地方做生意？你知道吗？"

"来信中写着，他在南京路河南路美丽百货公司做职员的。"

"既然你知道他做事的地址，那么你就不妨到上海去找他呀。"

花明也许是急糊涂了，所以当初却没有想到这许多，此刻被妹妹这样一提醒，她方才想着了。但立刻又皱了眉尖，忧愁地说道：

"妹妹，他在上海也是寄身客地，我若去求他帮忙，他的能力有限，恐怕反而使他也会感到痛苦哩。"

"我想事到如此，你又何必再考虑这些问题呢？常言道，头痛救头，脚痛救脚。只要到了上海，总有解决的办法。你若这样害怕胆小，那么你只有忍痛牺牲在专制婚姻的下面了。"

黎明十分热挚地回答，她完全表示关怀姊姊幸福的意思。花明呆呆地出了一会子神，由不得深长地叹了一口气，说道：

"妹妹，不瞒你说，我到上海去找梅先生原也可以，但可怜我身无金钱，一路上的盘费又怎么办呢？"

"姊姊，你放心，只要你有胆量到上海去，我总可以设法帮你的忙。"

"妹妹，你待我这样好，那叫我怎么来报答你才好？"

"姊姊，你的处境，我很同情你。我们原是同胞手足，彼此帮忙，本也应该的事情，你何必说什么'报答'两个字呢？"

姊妹两人正在互相地商量，只见李妈匆匆走来，说道：

"大小姐，老爷叫你过去。"

"有什么事情吗？"

"听说老爷要把大小姐嫁给表少爷了，大概是为了这个事情所以叫大小姐过去的。"

花明听了李妈的话，却犹疑了一会儿，不肯就去。黎明遂附了姊姊的耳朵，向她低低地诉说了一阵。花明认为妹妹这话很对，遂跟着李妈到上房里来了，只见房内并没别人，只有爸妈两个人，遂向他们委委屈屈地叫了一声，站在旁边，低头不语。人俊很沉重的语气，说道：

"你在外面滥交男朋友，这件事情你知道错了吗？"

"……"

"现在我给你走两条路，你还是愿意死呢？还是愿意嫁给万昌？"

"……"

"哼！你为什么老是不开口？你难道没有听见我所说的话吗？"

人俊因为见花明左也不作声，右也不回答，这就冷笑了一声，恶狠狠地再三喝问她。花明方才抬起头来，气鼓鼓地说道：

"交男朋友我不否认，说我没有廉耻，干下流的勾当，这完全是含血喷人。你们不相信，可以送我到医院里去检视的。"

"这些话我现在不愿再跟你谈起了。我此刻问你，对于万昌这头婚姻，你到底答应不答应？"

"反正你们的主意已经拿定了，我就是不答应，你们也放不过我呀。好吧，我就答应嫁给表哥了。"

花明不情不愿地回答，在她表情上可以知道她心中是十二分的勉强。人俊听她既然答应了，遂点点头，说道：

"你不要以为这头婚姻是委屈了你，老实说，你在外面看中的男朋友，也未必像万昌那么长得好人才的。"

"是的，爸爸这话当然很有道理，我的思想也许是错误的了。"

"你既然想明白了，那就很好，你回房去吧。"

花明听了，遂别转身子，匆匆地走出上房去了。在院子里遇到了黎明，黎明低低地问道：

"爸爸叫你有什么事情吗？"

"他叫我答应嫁给表哥，否则便叫我去死。我就假痴假呆地答应他了。妹妹，那么事不宜迟，我想明后天就动身到上海去，不知道你在明后天能帮我的忙吗？"

"可以，你不要性急，我在三天之内，总有办法帮你的忙。"

花明紧紧地握了她的纤手，两眼脉脉地凝望着她粉脸，表示真有说不出感激的意思。黎明又道："姊姊，你是一整天没有吃东西了，饿坏了肚子也不好，你快回房去，我已叫李妈去拿泡饭来给你吃了。"

"妹妹，我真感激你。"

姊妹两人亲热了一会儿，方才各自分手走开。第二天夜里，黎明在上房里，呆呆地坐在灯下出神。黄太太见她好像想什么心事般的，遂笑骂道：

"瞧你这丫头又在这儿想什么心事了？"

"妈，我……"

黎明却愁眉苦脸的样子，叫了一声妈，支支吾吾地好像要哭出来的神气。黄太太见此情景，心中甚为奇怪，遂把她拉到床边，低低地问道：

"你到底有什么为难的事？你快些告诉我吧。"

"妈，我闯祸了，你……千万别骂我吧。"

"什么？你闯什么祸？你快说，我绝不骂你的。"

"妈，你瞧我的手指。"

黎明方才把左手抬上去，红了脸，有些害怕似的说。黄太太拉了她手一看，起初还有一些莫名其妙，忽然瞥见到她指上的金约指没有了，方才"呀"了一声，急急地问道：

"黎明，你金约指到什么地方去了？"

"妈，我……掉落了……"

黎明说完了这一句话，她便倒在母亲怀里，"哇"的一声哭起来了。黄太太见女儿一哭，心中先肉痛起来，遂抱在怀里，温和地说道：

"好孩子，妈又没有骂你，你快不要伤心呀。这枚约指你是掉在什么地方了呢？"

"我知道掉在什么地方我还不会去找寻吗？唉，我今天的运道真是太不好了，妈，我因为怕回来挨爸爸的骂，所以我在灵桥边站了许多时候……"

黄太太听女儿说到这里，顿了一顿，眼泪便扑簌簌地直滚落下来了，这就急得把黎明紧紧抱住，说道：

"啊呀，你这孩子莫非痴了吗？站在灵桥旁边做什么？你……你难道预备自杀了吗？"

"喔，妈，我……当初真的想自杀，后来我仔细一想，妈只有我

109

一个女儿，我若死了之后，妈一定要痛哭的。我想妈一定会原谅我，所以我就担心地回家来了。假使爸妈真的要骂我，我明天还是仍旧到灵桥上去自杀吧。"

黎明也不知打从哪里来的这一股子悲伤，一面说，一面又抽抽噎噎地哭泣不停。黄太太怎么还敢惊动她一句呢，遂反而安慰地说道：

"好孩子，你千万不要哭，一个人不小心的时候总归有的，那我怎么会怪你呢？你不要肉疼了，一枚金约指算得了什么呢？这儿还有一枚，我再给你戴上了，那你千万别再存着自杀的心理了。我的宝贝、心肝，妈是多么疼爱你哪。"

黄太太说着话，在抽屉内的八宝箱里又取出一枚金约指来，亲自给黎明戴上了，偎着她的脸，亲亲热热把她像孩子般地宝贝了一阵，母女两人这才熄灯各自安寝了。

第二天早晨，黎明候着花明一块儿到学校里去读书。在路上黎明把一枚约指交到花明的手里，笑嘻嘻地说道：

"姊姊，这枚约指也有两钱几分重的分量，照市价也可以值到五十多万元钱，我想给姊姊作为到上海去的旅费，大约可以够了吧。"

"妹妹，这……怎么可以呢？给妈知道了，那还了得？你不是要挨骂了吗？"

"姊姊，你放心，我告诉你，我在昨天晚上演了一幕戏，妈却完全相信我了。"

黎明这才把昨夜自己向母亲圆的谎话对花明详细地告诉了一遍。花明心中这一感动，眼泪真的又夺眶流了下来，说道：

"妹妹，我真不知该怎样来报答你才是呢？"

"别说报答的话，姊姊，你到上海之后，倘然有了安身的地方，你就写信来告诉我一声，也好叫我心中放心。"

"那么我今天放学，就乘船动身了。爸妈那里，我只好辜负他们老人家的养育之恩了。"

"姊姊，我们再见了，望你一路保重。"

姊妹两个人紧紧地握了一阵手，在依恋不舍之间，也只好洒泪分别，各自上学校去了。花明这天在学校里，哪有心思上课，好容易到下午四时敲过，便急匆匆离校，拿了妹妹给她的这枚约指先到当铺里去押了四十万元钱，然后急急乘了江亚轮船四等舱到上海去了。

这夜花明睡在船里，哪里合得上眼，东思西想，觉得茫茫大地，真不知何处是自己的安身之所。耳听着船舱外的波浪之声澎湃不绝，更使她内心感到一阵莫名的恐怖和忧愁。因为自己生长宁波，到上海实在还是第一次去，那么到了上海之后，先到什么地方去安顿一下才好呢？花明这样想着，忍不住连声地叹息，所以便再也睡不着了。

第二天早晨到上海，船靠码头，天还没有发亮，许多旅客都匆匆地拿了行李上码头了。但花明到什么地方去呢？假使不上码头，茶房不是要起疑心吗？万一让他盘问起来，知道自己是个孤零零的女子，那么在这万恶的上海不是更容易受人拐骗了吗？花明在这样盘算之下，也不得不硬着头皮冒充老上海的样子，只好匆匆地跟着旅客们一同跳上码头去了。

外面的天色实在还非常黑暗，花明虽然是上码头了，但那颗芳心是跳跃得厉害，心中又想着道：此刻的上海，好像还是一个黑暗世界，美丽百货公司也不知要几点钟开门？假使在九点以后开门，那么我在马路上难道只管踱着方步吗？花明想到这里，痛苦之情，真是难以笔述。正在这时，有辆人力车前来兜生意。花明灵机一动，暗想：上海不是有许多旅馆吗？那么我此刻还是到旅馆内去暂时安身一下好吗？不过上海的旅馆听说很多，我到哪一家去好呢？因为自己实在不知道上海有哪几家旅馆，忽然又想起在小说中见到上海不是有个东方旅社吗？好像记得还有什么远东饭店的。这就向人力车夫说道：

"东方旅社,几个钱?"

"两万元钱。"

"太贵,一万元去不去?"

"好,来来来,头一趟生意经。"

花明听了,暗想:一定又上他当了,大概这些路连一万元钱都不值得的。不过既然还了价钿,只好跳上车去,让他拉到东方旅社去了。

在东方旅社开了一个小房间,花明洗了一个脸,喝了一杯茶。因为昨晚一夜没有睡,此刻两眼倒想合上来了。花明暗想:反正时候还早,于是她躺在床上却沉沉地睡去了。

花明一觉醒来,时已近午,遂匆匆起身,梳洗完毕。因为肚子有些饿了,遂吩咐茶房拿了一客饭来吃。吃饭的时候,约略向茶房探问了美丽百货公司的地址。吃好了饭后,也没有休息,遂匆匆坐车到美丽百货公司去了。车到门口,花明遂付了车资,正欲举步入内,忽然见到一个西服青年手挽一个摩登小姐从里面走出,跳上停在人行道旁那辆汽车里便呜呜地开去了。花明见那少年不是别人,却就是自己的心上人梅志清。她芳心里这一疼痛,顿时眼花缭乱,只觉一片漆黑,于是身子前后摇摆了两下,却扑的一声跌倒在人行道上了。

第八回

名花溅泪痕　抱恨无穷

　　志清和那个摩登小姐跳上汽车开去了，花明到底有没有看错呢？一些也没有看错，这个青年确确实实就是梅志清。那么这个摩登小姐又是什么人呢？我想诸位也许把她会猜作是陈云萍的。假使这么猜，那就不对了。说起事情来，真是意想不到的。原来志清那天把信寄出后，就到公司去做事。这天下午，他站在柜内正在想着花明，不知道她接到了我这封信之后，心中是欢喜得怎一份样的程度呢？就在这时，便有两个摩登小姐来买化妆品。其中一个，年约二十左右，生得修短合度，纤秾得衷。身材固然十分窈窕，而且容貌更是昳丽，淡扫蛾眉，秋波含情，满面显出风流的风韵。若和花明相较，一个艳如桃李，一个静若幽兰，各有妩媚，真是难分轩轾。那个少女低了头，在橱窗内看了一会儿香水、花粉等东西，一面和旁边那个姑娘低说了几句，便抬头向柜内叫了一声小李。志清听她这样叫，起初倒是愕了一愕。就是那少女抬头一见志清，她似乎也感到陌生的惊奇，不过志清那副漂亮的脸，使她有些好感，遂把秋波斜乜了他一眼，却嫣然地一笑。志清被她这一笑，倒有些神魂飘荡起来，但慌忙又镇静了态度，低低地问道：

　　"小姐，你们要买什么东西呀？"

　　"买两瓶白衣人香水，四盒三花牌香粉。"

　　那少女露了雪白的牙齿，低声回答。在日光灯笼映之下，见到那少女的手，真是葱管儿似的十指尖尖，尤其指甲上涂着朱色的指甲油，衬着那枚挺大的钻戒，真是闪人眼目。志清一面把眼睛掠着看，一面把香水香粉取了出来。那少女问道：

"你们部长彭先生呢？"

"做什么？是不是小姐认识他的？"

"我在这公司里什么人都认识，就是你一个人不认识。"

那少女听他这样问，倒忍不住又好笑起来，遂把秋波逗给他一个媚眼，俏皮地回答。志清暗想：大概这位贵族小姐是这儿老主顾吧。遂点头说道：

"这也难怪，因为我还只有从昨天刚进公司来哩。"

"哦，您贵姓大名？"

"我叫梅志清……小姐，这两瓶香水和这四盒香粉好吗？"

志清一面回答，一面生恐部长见自己只管和主客说话不做生意要受责问，所以忙又这么地问她。那少女点点头，正欲找人似的回眸四望，却见部长彭玉仁含笑走过来。他一见那少女便笑着说道：

"罗小姐，你在买什么东西？像你也来挑我们公司赚钱，那无怪我们公司的生意更好了。"

"彭先生，这不是我自己要买的，是我这位朋友张小姐要买的，你得给我打个特别折扣。"

"这还有什么不好吗？你要打什么折扣就什么折扣，其实你要用你只管拿几瓶去，这也算不得什么呀。"

志清听部长这样说，心中还暗自想道：这老甲鱼色眯眯地倒一味想在女人身上吃豆腐呢。这时听那少女又含笑说道：

"彭先生，你不要开玩笑，照普通职员认识买物打个九折，今天我要打七折，你看怎么样？"

"好的，好的，小梅，你就给罗小姐打个七折吧。"

彭玉仁一连地答应下来，回头又向志清吩咐。志清因为部长答应过了，遂把货价以七折计算，收了钞票，拿到收银柜上去，一面把货物包好，交到罗小姐的手里。罗小姐向志清盈盈一笑，说了一声再见，回头又和玉仁道谢，便自管和那好朋友挽手到别部分去买东西了。

这时志清心中暗暗地感喟着，觉得上海地方，处处都是女人可以占便宜。单买东西说，居然也可以大打折扣呢。正在暗想，另有一个化妆部的职员李信德匆匆由小便处回柜来了。志清想起了那个罗小姐，遂望了信德一眼，微笑着问道：

"李先生，刚才有个小姐来找你。"

"开什么玩笑？我是没有女朋友的。"

"真的，我没有开玩笑，是个姓罗的小姐来买东西，她因为不认识我，所以便问起你来。后来部长到来，给她打了一个七折，你认识这个罗小姐吗？"

"哦，原来是她。"

李信德听到这里，转念一想，似乎有些明白过来般的，"哦"了一声，却笑了起来回答。志清奇怪地说道：

"她是谁？不是你的女朋友吗？"

"我小李有这么一个女朋友那倒好了，我还会在这儿做柜台狮子吗？早已坐汽车住洋房了。"

"你这话是打哪儿说起的？那个罗小姐是谁？莫非是这公司里的老主客吗？想来一定是贵族小姐了。"

"阿梅，我告诉你吧，这位罗小姐原来是这总经理罗大军的千金小姐。你想，她要买东西，其实还用打什么折扣呢？要什么拿什么，这算得了什么稀奇呢？"

志清听他这样告诉，方才恍然大悟，也不禁"哦"了一声笑起来了，说道：

"那就怪不得了，她说这公司里职员都认识，只有不认识我。我还以为她是一个老主客，原来是总经理的小姐哩。"

"这位小姐是个交际名花，她专门爱小白脸。阿梅，你当心一点儿，说不定她也会爱上你。"

"不要吃我豆腐了，我有资格被人家爱，我也不会做小职员了。"

两人说笑了一会儿，也就各自做买卖了。直到下午五点钟的时候，有个练习生来叫志清说："你的电话。"志清听了，暗暗奇怪，我到这儿一共也还只有两天，怎么有谁会打电话给我呢？一面想，一面匆匆地来到电话间。握了听筒，听是一个女子的声音，这就猛可想到了，遂忙问道：

"你是云萍姊姊吗？"

"不，我不是……"

那边喉咙相当清脆，而且还有莺莺的笑声。志清听了，十分惊奇，那颗心不禁忐忑地乱撞，遂忙又问道：

"那么您是谁？找什么人呢？"

"我找梅志清先生，你是不是梅先生呀？"

"我正是梅志清，您到底是哪一位？"

"请你猜一猜吧，梅先生，你记得刚才和你说话的那个姑娘吗？"

志清听她还这样嗲声说，一时暗想：这可糟了，我在公司里做买卖，一天之中也不知要和多少女子谈话呢，我哪能记得清楚呢？这就说道：

"我实在猜不出来，最好请你告诉我您贵姓？"

"我告诉你，我姓罗的。"

"哦！哦！你是罗小姐吗？"

志清一听姓罗，他才想过来了，遂急忙"哦"了两声回答，但心中却在暗暗奇怪，她为什么无缘无故打电话给我呢？因为有了小李刚才开玩笑的一句话，所以他全身一阵子热燥，两颊发红，心头更像小鹿似的乱撞起来了，这就受宠若惊地问道：

"罗小姐，你有什么事情找我啊？"

"我想公司打烊之后，请你看电影，不知道你肯赏光吗？"

这真是做梦也意想不到的事情，志清倒不禁怔怔地愕住了一会子。那边听志清不答，遂"嗯"了一声，嗲声嗲气地继续说道：

"梅先生，怎么啦？是不是你看不起我吗？"

"啊，哪里哪里。罗小姐，你这么说，那可太客气了，真叫我有些担受不了。因为……无缘无故地叫您请客，不是很不好意思吗？"

"没有关系，那么你就答应我吧。五点一刻，我在大光明门口等你，你可千万不要失约，要迟到了一分钟，我可罚你。"

罗小姐说完了话，便即将电话挂断了。志清回到化妆部的时候，那颗心还依然剧跳得厉害，心中暗想：难道说这位罗小姐真的爱上我了吗？否则，如何见一次的面，竟就约我看电影了呢？志清这样想着，心中也不知是忧愁还是欢喜，他呆呆地由不得出了一会子神。

美丽公司打了烊，已经五点十分了。志清站在人行道上，却又呆呆地想了一会儿。自己去好呢还是不去的好？假使不去，那未免失了信用；倘若去吧，自己到了上海之后，已经和云萍发生了这样一回尴尬的事，此刻又和罗小姐去发生了爱情，这叫我心中到底太对不住在宁波的花明了。志清这样想着，他的脑海里便浮现起花明娇小的倩影，觉得花明是个多情而痴心的姑娘，她对我完全有一百二十分真挚热诚的爱。她的爱不是暂时的，也不是虚浮的，我怎么能背着她再故意地另外和别的女人去交朋友呢？志清想到这里，良心受到正义的谴责，于是便死心塌地地管自地回到贵州路四维村的宿舍去了。

第二天下午，志清在公司里又接到了罗小姐的电话，她的话声是包含了娇嗔的成分，想象她脸部的表情一定是十分生气。只听她愤愤地说道：

"梅先生，你太不应该了，为什么给我上了这样一个大当呢？"

"哦，对不起，对不起。"

"对不起有什么用？我在大光明门口足足等候了两个钟头，你得赔偿我损失不可。"

"罗小姐，我……我……并不是故意给你上当，实在因为我有不得已的苦楚，所以千万请你要原谅才好。"

志清听她兴师问罪地责备自己，一时忍不住好笑，但事到如此，也不得不圆了一个谎话回答。罗小姐不肯放松地在那边说道：

"你有什么苦楚呢？你倒说出来给我听听，难道你的太太到公司里来逼着你回去吗？"

"倒并不是为了这个缘故，因为来了一个买客，他拣那样、拣这样地拣了几个钟头，等我做好买卖，已经五点半了。因为你约我在五点一刻，我想总归来不及了，所以也就不来了。"

"那你不好把生意让给别个同事做吗？"

"罗小姐，因为我是刚进公司的职员，况且部长站在面前，我怎么能够偷懒呢？为了饭碗问题，那叫我也没有办法呀。"

"好，我明天跟爸爸说，马上给你升做部长，那么你的行动总可以不受拘束了。"

志清对于罗小姐这两句话，倒不免感到意外的惊喜，遂微微地一笑，低声说道：

"真的吗？罗小姐，你爸爸难道肯听从你的话吗？"

"当然真的，爸爸是只有我一个独养女儿，我说月亮是方的，爸爸不会说是圆的呢！"

"不过，公司里职员们知道了，要被大家笑话的。"

"有什么笑话不笑话？喂，今天晚上六点钟，我在梅龙镇请你吃饭，你到底答应不答应？"

"既然承蒙罗小姐这样抬爱，我还有什么不遵命的道理呢？我准定奉陪就是。"

"要如这次你再失约的话，那你便怎么受罚？"

"罗小姐，你放心，我再不会失信了。哎，罗小姐的芳名叫什么？我还没有请教过呢。"

"我的名字叫畹芬。梅先生，那么六点钟，我等着你。你记牢点，在梅龙镇酒家。再会吧。"

罗畹芬一面说，一面把听筒又搁上了。志清也匆匆出了电话间，一面回到化妆部来，一面暗暗地念了一句梅龙镇酒家。一提起"梅龙镇"三字，志清心中暗暗地感到奇怪，在宁波有梅龙镇酒家，想不到在上海也有梅龙镇。记得在宁波的梅龙镇里，花明曾经给自己饯过行。她握了酒壶，向我敬了三杯酒，她在敬到第三杯的时候，我听她这样说，希望我不要见花折花，明儿到了上海，见了比她更美丽的姑娘，倒把她抛向脑后去了。她又说我假使真的变了心，她没有第二个办法，是只有一死来了结她的一生了。我又记得在中山公园里面，我向她表示感激，说拿什么去报答她，她当时回答我，说别的都不要，只要我那一个不变的心。现在我到上海还没有几天，第一已经和云萍做了不正当的行为，我内心是多么羞愧！如今假使再和罗小姐去谈情说爱，那我真变成一个口是心非无情无义的畜生了，如何还能可算是一个人类了吗？志清这样一想，于是他立刻又硬了心肠，终究是第二次又失信用了。

　　次日，志清在公司里办事，心中却暗暗地怀了鬼胎，觉得回头罗小姐的电话免不了一定又要打来责问的。那么这一次我又拿什么谎话去搪塞才好？所以倒暗暗地担心了一会儿心事。但电话还没有来，从宁波却有一封信寄来了。志清起初以为是花明写来的，心中乐得什么似的，及至仔细一看，却并不是花明的字迹，而且这笔迹很陌生，从来也没有看见过。因此心中倒又奇怪起来，遂推托小便，匆匆来到厕所，一面把信拆开从头至尾地看了一遍。直等这封信看完，把个志清气得两颊发青，手脚发抖，几乎要昏倒地下去了。你道为何？原来这封信就是丁万昌从宁波冒了花明父亲的名字写来的。你想，志清如何不要气得变了脸色呢？当下恨恨地把信笺捏成一团，咬牙切齿，暗暗地骂道：果然不出我之所料，她的父亲想不到真是这样一个势利鬼呢！他们既然这样看轻我，这在我实在是个莫大的耻辱。在当初我早就想到过，像我们这样的环境是很不容易结成一对的，现在果然如此，而且把花明下个月已强迫嫁人了。唉！花明呀花明，你在这个黑暗势力的环境下，一个娇弱的小姑娘又有什么反抗的能力呢？况且你在天涯，我在海角，看起来我们今生是再也没有团圆的希望了。志清想到这里，心中一阵悲酸，眼泪忍不住扑籁籁地滚下来了。但又恐怕被人发觉，遂惊慌收束了泪痕，把信笺撕成粉碎，匆匆回到化妆部来了。不料小李脸色慌张的神气，向志清告诉着说道：

"阿梅，刚才经理派人来叫你去一次，也不知道有什么事情呢！"

"真的还是假的？你不要和我开玩笑。我们是小职员，经理怎么会来叫我进去说话呢？"

"谁和你开玩笑？当然是真的。照我猜测，不是叫你升高，就是叫你回家。"

志清听了这两句话，心中倒着实担忧了一会儿，也只好硬着头皮，拖着沉重的脚步，走到经理室来。在经理室门口，兀是站立了一会儿，因为那边有人来了，所以只好鼓足了勇气，推门入内。只见罗大军坐在沙发椅上看报纸，嘴里还衔了雪茄，于是小心地走上去，恭恭敬敬地鞠了一个躬，含笑叫道：

"罗经理，您叫我有什么吩咐吗？"

"你是谁？"

罗大军放下报纸，拿去了雪茄，望了志清一眼，似乎并不认识他般地问他。志清暗想：这又奇了，自己叫了我，谁知还问我什么人呢？这也可见一个大经理的事情繁多，转背就忘了。这就低声说道：

"我叫梅志清，听说罗经理曾经叫我过来的吗？"

"哦，哦，你就是梅志清吗？请坐，请坐。"

罗大军听了"梅志清"三字，遂向他仔细地打量了一下，觉得果然生得眉清目秀，一表人才，遂含了微笑，向他表示十分的客气。志清见他这样招待自己，不像有什么恼恨的意思，一时也放下心来，但却仍旧不敢就座，还是恭恭敬敬地站着，说道：

"是的，我就是梅志清。"

"你和我小女畹芬曾经做过同学的吗？"

志清听他这样问，一时弄得莫名其妙，倒怔怔地愕住了一会儿，但仔细一想，那一定是罗小姐掉的枪花，我倒不能辜负她一片美意。于是点点头，微红了脸，低声说道：

"是的。"

"你现在是高中毕业的吗？"

"不，没有毕业，因为家庭负担很重，所以不得不弃学经商了。"

志清觉得这句话非说实话不可，因此显出很惭愧的神气，老实地告诉出来。罗大军沉吟了一会儿，遂又问道：

"你家中有些什么人呢？"

"我家中父母都死了，原是依赖叔父过生活的。因为叔父的子女也很多，所以我不忍叔父老人家加重负担，我便决定经商了。"

"你叔父叫什么名字呢？"

"我叔父叫梅咸远。"

"啊，就是他吗？那么你到这里不是还没有多少日子呀？"

罗大军听了"梅咸远"三字，他似乎方才想到了，便"啊"了一声，连自己也笑起来回答。因为前天刚向志清问过履历，怎么隔不了两天就忘得一干二净了呢？志清没有说什么，只把头点了点，罗大军于是又说道：

"那么你和小女是什么时候同学呢？"

"那还是初中的时候。"志清情急智生，只好又这么说了一个谎。

"听说你的国学很不错，我现在想把你调到这里来给我做秘书，不知道你心里欢喜吗？"

"承蒙老伯这样栽培我，小侄如何还有不喜欢的道理？此恩此德，真使小侄感铭心版，永永不忘的了。"

志清一听这话，心中这一快乐，不免乐得眉飞色舞，一面说，一面还向大军连连地鞠躬。就在这个时候，罗畹芬推门进来，笑着叫道：

"爸爸，你是不是把我好朋友在当面考试吗？"

"那也用不到考试，像梅先生这样才貌双全的青年，我想心胸中的才学大概总不会错吧。梅先生，那么从明天起，你就到我这里来办公吧。"

罗大军听了，因为要博得女儿的欢心，所以连忙又笑着说。志清一面答应，一面也就退了出来。畹芬从后面跟出，叫住了志清，笑道：

"梅先生，你真是太无赖了，一次两次地给我上当，现在我问你，你预备怎么样受罚呢？"

"罗小姐，承蒙你提拔我，我现在做秘书了，以后我的身子一定自由多了，绝不会再给你上当了。这两次我实在有不得已的苦衷，所以请你原谅我吧。"

志清回过身子，大着胆儿握了她的纤手，一面表示无限的感激，一面却显出无限温暖的态度回答。畹芬横眸一笑，妩媚地逗了他一个娇嗔，赧赧然笑道：

"没有这样容易，今天非罚你不可。"

"罗小姐，你要打要骂，你就只管罚我吧，我绝不敢哼一声不字。"

志清见她妩媚得好看，心里这就不住地荡漾。因为在花明那里已经死去了这一条心，所以今天志清对待畹芬的态度和前两次是大不相同了。他柔情蜜意的样子，而且还包含了一点儿顽皮涎脸的成分。这瞧在畹芬的眼里，芳心中也更感到他的可爱，于是"嗯"了一声笑道：

"我倒不要打你骂你，因为你这么一个大孩子了，被我打了骂了，你难道不怕难为情吗？"

"那么你要如何罚我呢？"

"我罚你今天晚上陪我一同去跳舞。"

畹芬秋波脉脉含情地斜乜着他，满面含了说不出可爱的娇笑。志清听了，脸也不禁像喝过了酒一般地通红起来了，很不好意思地说道：

　　"罗小姐，说起来惭愧，我却不会跳舞。"

　　"呸！现在青年，还有不会跳舞的人吗？你骗谁？我可不相信。"

　　"真的，我是个时代的落伍分子哩。"

　　"那么我来教你，娱乐比正经事总便当得多，保险你一教便会。"

　　经畹芬这么一说，志清自然再没有推拒的理由和勇气了，于是含笑点头，当下就答应了她。这晚由畹芬请客，两人在金谷饭店晚餐。饭后便到百乐门舞厅去游玩，直玩到子夜十二时，方才尽兴而归。

　　从此以后，志清便在灯红酒绿中跟着畹芬过着糜烂的生活了。这天下午，罗大军命志清到银行里去存款子，齐巧畹芬到公司来游玩，当下就陪了志清，用自备汽车送他一同到银行里去。不料这情形会被花明看在眼里，你想，她心中这一惨痛，如何不要昏厥在地上呢？

　　可怜花明跌倒在地上，路人还以为她是中风了。大家围住了她，有些好管闲事的人连忙把她扶起，问她怎么了。有的要送她上医院去，有的要送她回家中去。但花明却又悠悠醒转，摇摇头，说这是我的头晕病，没有关系。她一面说一面定了定神，因为怕受路人们注意，于是她索性步入美丽百货公司去了。路人见她真的并无生病，也就一哄而散了。

　　这里花明在美丽百货公司四周兜了一个圈子，方才又走出马路上来，心中想着世界上的男子竟会这样靠不住，志清和我的爱情也不算浅薄，谁知他果然会变了心，见了都市里有钱的小姐，就把我在乡下的姑娘忘了。我受尽了多少委屈和折磨，从故乡流浪到上海，原预备在志清身上得到一些安慰，万不料到了上海，却会给我遭到这么一个重大的打击。唉！茫茫人海，知音到什么地方去找啊？花

123

明边走边想，边想边泣，深深地叹了一口气之后，也不觉泪如雨下。她这样昏昏沉沉地一直朝东走着，不知不觉地已走到了黄浦江头。这时日已将暮，江风拂拂，颇有寒意。花明凭着铁栏，远眺茫茫浦江，已经笼上了一层灰暗的暮云，只见三五成群的小鸟掠空飞鸣。花明触景生情，更觉悲酸心疼，暗自又想：生为禽兽，也有同伴结队而行，同归树林。可怜我生为人类，却是孤苦伶仃，在这上海举目无亲，更无一枝之栖。人不如鸟，我命之苦复又何言？假使流落街头，那么将来垢首求乞，岂不是要成为他乡之饿殍吗？想到这里，心痛如割，觉得做人做到这样地步，生不如死，我又何必恋恋于这个黑暗混浊的世界呢？花明想到这里，流泪叫了两声："亲娘，苦命女儿跟着你来了。"话声未完，花明早已纵身一跃，蹿向江中心去了。只听澎湃一声，水花四溅，江边早有行人发觉，这就高声狂叫：

"有人跳黄浦了。"

这急促的呼声在黄昏的空气中流动，其音也颇令人感到有凄凉的成分了。

《花溅泪》到此暂告一个段落，欲知花明生死如何，且瞧续集《情天劫》，自有一个明白交代。

情 天 劫

第一回

人生多变幻　捉摸不定

　　这是一块非常清静幽雅的境地，四周都是满布着浓浓密密高大的树木，在那堵矮围墙外伸出顶尖儿来。深绿色的枝叶儿，衬着红色的砖墙，在淡淡斜阳的笼映之下，倒也显现出美丽的色彩。在围墙的中间，开着一扇大铁门，门顶上两端横着一条像桥形般的牌子，上面有几个黑漆大字，清清楚楚地写着"广福医院"四个字。

　　广福医院是上海最大的一个教会医院，里面设备都很完善。走进大门，有一条水门汀筑成的平坦甬道，这是便利于救护车进出的道路。甬道尽头，便有一座五楼五底的洋房，洋房上面的墙壁，都生长了像野鸭绒那么柔软的小草，绵亘着不断，远远望去，仿佛是晒着一块绿油油的绒毯。五层楼的屋顶尖儿上，高高地悬了一个十字架，尤其在这黄昏的空气里，更显得恬穆肃然的样子，好像是蕴藏了无限救世的意味。

　　呜呜的一阵汽车喇叭的鸣声，震碎了这四周的寂寞，只见大门外开进一辆警局里的汽车，在洋房的石阶前停了下来。里面跳下一个警士，三脚两步地奔入屋子里去。不上三分钟后，里面立刻走出三四个看护小姐，拿着帆布床，挨近汽车旁边，那个警士帮着她们把车厢里一个全身湿淋淋的女子抱了出来，放在帆布床上，就急匆匆地抬进急症室内去了。

　　医务主任是个五十相近的妇人，她的头发已经掺和了几许灰白的颜色，满面显着慈祥的皱纹，还戴了一副靠近四百度近视的眼镜。她姓鸿名叫文卿，不过她的名字很少有人知道，但提起"鸿大夫"三个字，却闻名遐迩，恐怕就没有一个不知道的了。

经过警士的简略报告之后，鸿大夫方才知道那姑娘是因跳江自杀而救起来的，遂即立刻施用手术，把那姑娘腹内所吃下之水量呕吐了出来。幸亏急救得快速，总算还没有生命的危险。警士见那女子已有生望，方才管自地回去了。这里由看护小姐们给她换去了湿淋淋的衣服，一面抬着她到病房里去了。

那姑娘因为神经受过一度重大的刺激，此刻在醒过来之后，便只管呜呜咽咽地哭个不停。鸿大夫见她两颊惨白，同时因为经过一阵呕吐，所以心脏有些衰弱。鸿大夫觉得这姑娘一定是个身世可怜遭遇悲惨的人，否则，这样年纪轻轻的女子，怎么好好儿的会跳江自杀呢？想到这里，心中起了同情的爱怜。而尤其见了她这一副好模样儿的面庞，益发地疼爱她起来，这就给她注射了一枚安神的针药，让她静静地休养了一会儿。

等那姑娘醒转的时候，已经晚上九点多了。因为鸿大夫对她有了一层好感的缘故，所以命看护已把她迁入头等病房来了。头等病房和三等的当然大不相同，里面只有一张床铺，四周清洁而又幽静，设备也特别舒服。那女子微微地睁开眼来，向房内望了一会儿，心中暗想：我难道在做梦吗？这到底是怎么的一回事情呢？就在这时，鸿大夫带了看护又来给她喝药水了。不料出乎意外的，那女子却不肯喝药水，而且又滚滚地落着眼泪。鸿大夫见她这个样子，心中知道她一定有缘故，这就慈祥地说道：

"你这位小姐贵姓？到底为了什么事情要自杀呢？你家住在什么地方？家中父母兄弟可都有吗？你不要哭呀，你有什么为难的事情，能不能告诉我听听吗？"

"医生，你救了我的性命，照理说来，我是应该非常感激你的大恩。不过在我的环境而说，你救了我，倒反而害了我了。所以我不怕你见气，我心中实在还有些怨恨你多管闲事，你为什么要把一个不能活下去的姑娘而救活呢？那你不是硬生生地更加害我多受着无限的痛苦吗？"

那少女边说边泣，说到后面，好像有无限沉痛的样子，益发抽抽噎噎地哭泣起来了。鸿大夫被她这一顿埋怨，一时望着她泪人儿似的粉脸，倒忍不住愣愣地愕住了一会子，接着方才徐徐地说道：

"小姐，你这话错了，我们做医生的，只知道救活病人的天职。所以不管你活得下去活不下去，一到了我们的医院，我们就得负我们救人的责任。况且在这个时代，自杀也有罪的呢。"

"一个人连自己的性命都不要了，那还有什么罪呢？假使果然要犯罪的话，那我一定向法官要求，请他给我判个死罪吧！唉，一样无非是个死，为什么偏还有这许多麻烦呢？"

鸿大夫听她这样视死如归，一时心头格外奇怪，遂坐在她的床边，用了婉和的口吻，一本正经地说道：

"小姐，我看你也是一个知识分子，为什么连这一点都不知道吗？你以为你的性命是你自己的吗？不！不！绝对不是自己的，每个国民的性命都应该归给国家的。所以自杀，等于在毁灭一个国家的人种，自杀者的罪实在很重大的。况且俗语说得好，蝼蚁尚且爱惜生命，这岂但是人为万物之灵呢？小姐，你是一个年轻的姑娘，你将来还有灿烂的前途。你的生命，好像是棵绿色才抽芽的丫枝，你实在还可以干一番轰轰烈烈的事业呢，怎么你却轻轻地预备自杀了？比方拿我来说吧，我是已经五十出头的老年人，但我还很保重我的身子，我还很珍惜我的生命。我觉得一个人生长在世界上，应该要干一番有意义的工作，那么才对得住国家，才对得住爹娘。固然生老病死，这死好像是每个人必经的路程，然而死亦有重于泰山，轻于鸿毛之区别。像小姐这样自杀而死，我觉得你不但不能得到人家的同情，而且还要被社会上人士所笑骂哩。所以我十二分好心地来劝告你，你千万把自杀的主意快快打消。这固然是社会的大幸，

129

而且也是你本身的大幸。"

那少女静静地听了鸿大夫滔滔不绝地说出了这么一大篇劝慰的话，这就凝眸含颦地沉吟了一会儿，心中方才有些醒悟的样子。不过她立刻有了一个什么感觉之后，便颓然地叹了一声，忍不住泪下如雨地说道：

"医生，听了您老人家这一番话，虽然是使我顿开茅塞，但是我的环境太恶劣了，我觉得除了一死之外，我实在没有第二条路可以走呢。"

"环境虽然不好，但也要人们自己去创造的。我以为像你们年轻之人，思想总不要太以消极。小姐，我很想知道你一些可怜的身世，你不妨详详细细地告诉我吧。"

"唉！"

那少女听她这样问自己，遂连声地又叹了两口气，却默然不答。鸿大夫见她欲语还停，好像有什么隐情的样子，遂点头微笑道：

"我知道了，你们年轻的人，总不外乎是为了恋爱问题吧？"

"嗯，不，不是！"

鸿大夫的猜测，想不到会说在那少女的心眼儿上去了，一时绯红了两颊，但表面上却竭力镇静了态度，连声地否认。鸿大夫仍旧微笑着问道：

"你贵姓？叫什么芳名？"

"我叫黄花明。"

"你几岁了？家住哪儿？"

"我十九岁了，在上海没有家的。"

花明这两句话听到鸿大夫的耳朵里，一时又愣愣地愕住了。一面伸手在看护那儿端过药水，亲自地服侍花明喝下，一面奇怪地问道：

"你在上海没有家，那么你是住在什么地方的呢？"

"我家本来住在宁波，还只有今天早晨刚到上海的。"

"你到上海有什么事？"

"找人来的……"

花明这会子回答的话，又有些支支吾吾的样子。鸿大夫觉得这个姑娘真有些神秘，遂皱了稀疏的眉毛，低低地说道：

"你找什么人来呢？那么为何又要自杀了？"

"唉，这事情说起来真是一言难尽。医生，我就从实地告诉你吧。可怜我生成是个苦命的人，所以从小就死了亲生的娘。爸爸那时年纪还轻，他当然还要讨一个续弦，因此我的命运自然也更不好了。幸亏我还有一个祖母，祖母对于我这个没了娘的孙女儿，她自然特别地疼爱，所以我还不大吃苦。但祖母是个年老之人，她终于也抛弃我死了，于是我就成个孤零零的可怜人了……"

"你后母虽然有两条心，但你爸爸到底是亲生养你的，难道他也会两条心待你吗？"

鸿大夫听到这里，心头代为难过，遂忍不住先向她急急地问。花明猛可想起父亲打了自己不算，还掷了一把小刀要叫自己去死的情形，她一阵心痛，眼泪又像泉水般地涌了上来，哽咽着说道：

"俗语说，有晚娘，必有晚爹。爸爸听晚娘的话，把他亲生女儿也就视作眼中钉一样了。"

"这真是太岂有此理了，那么他们难道无理地虐待你吗？"

鸿大夫不但慈悲，而且还具有侠义心肠，她生气的样子，愤愤地代为不平地问她。花明微红了粉脸，顿了一顿，方才说道：

"我后母有个内侄，此人生得油腔滑调，从小就十分荒唐，吃喝嫖赌，没有一样不会的，但是他向我后母要求，欲娶我做他的妻子。我后母不顾死活的，在她反正痛痒不关，竟然答应了他。我虽再三地拒绝，他们不但没有打消这个主意，反而强迫我在最近日子里就要马上结婚。医生，你也许年纪老了，一定会骂我不孝吧？我在抱着不自由毋宁死的宗旨之下，我不得不忍痛抛家流浪到上海来了……"

"苦命的孩子，你真是太可怜了。"

花明想不到她会眼泪汪汪的样子，非常悲哀地说出了这两句话，一时目瞪口呆，望着她倒是出了一会子神。鸿大夫接着又说道：

"黄小姐，你不要以为年老的人，她的思想总是陈旧的，不过我生平最痛恨的就是专制婚姻。唉，这强迫的婚姻，是害了多少姑娘终身的幸福呢！记得我年轻的时候，也被父母强迫嫁人，而我这个丈夫，终日花天酒地，只为了家中多着几许遗产，因此反而害了他的一生。等他想明白的时候，已经来不及，他是荒淫无度地死了……"

花明听了她这一篇话，方才知道这位老医生的身世及遭遇也和自己一样可怜，真所谓兔死狐悲，物伤其类的了，无怪她触言心酸，要盈盈欲泪了。一时倒觉无话可说，呆呆地望着她出了一会儿神。鸿大夫转念一想，觉得自己被情感激动得太厉害了，怎么竟说到自己的头上来了？那不是太好笑了吗？这就慌忙又接下去问道：

"黄小姐，那么你贸然地到上海来，难道一点儿也没有打算吗？"

"我原是找一个朋友来的，希望他能给我介绍一个职业。谁知道这个朋友却搬了场，没有地方再能找他了。我想自己到了上海，无亲无邻，与其是流落街头，向人丢脸求乞，那倒不如爽快地死了干净吗？唉，医生，你倒给我想一想，像我这种女子活在世界上还有什么意味呢？"

鸿大夫听了她这一番话，一时代她的处境设想，也觉得一个孤零零的女孩儿家，在这么困苦的环境之下，除了一死之外，简直是没有第二条生路可以走的了。所以望着她粉脸，由爱怜而激起了一阵慈悲之心，正欲向她低低地安慰，只听花明又抽抽噎噎地哭着道：

"医生，你虽然此刻救活了我，但是我一走出医院之后，在这个寸金之地的社会上站不下去的时候，我没有办法，我仍旧还是要去走上这条死路的啊！所以你救了我，也是枉费心机的呢！"

"黄小姐，你别那么说，我既然救活了你的性命，我自然还得帮助你的生活。因为你是孤苦得太可怜了，所以我非常同情你。不过我得问你，你读书已到什么程度了啊？"

"我这学期刚读高中三年级，还没有毕业哩。"

"这程度已经很够资格了。黄小姐，我预备介绍你在这儿做看护，为病家服务，不知道你心中也愿意吗？"

鸿大夫点点头，微含了笑容，显出了十二分热心的样子问她。花明一听这话，不免惊喜欲狂，猛可从床上跃身跳起，就向鸿大夫倒地拜了下去，连连地叩头。鸿大夫冷不防瞧此情形，倒吃了一惊，慌忙把她扶起，说道：

"黄小姐，你绝不要这个样子，你的身子怕还没有十分复原呢！"

"医生，你待我这样好，你真是我的重生父母了，叫难女怎么报答你才好？"

花明颤抖着声音，说到这里，芳心中也不知是欢喜还是悲酸，眼泪却像雨点般地直滚落下来了。鸿大夫见了，十分感动，遂命看护仍旧把花明扶到床上睡下，望着她泪人似的娇容，微微地笑道：

"我的宗旨，就是救世人。那么请你也把你的精神拿出来，为可怜的病家服务，这便算是你报答我了。"

"好的，我一定听从您老人家的话，我将终身永远地为病家服务，直到我的呼吸延迟至最后的一秒钟为止。"

花明连连点头，她看破了世上的一切情爱，她说这两句话，原预备把这医院作为自己终身归宿的意思。鸿大夫听了，十分欢喜，遂叫她静静地休养，她便要走出病房去的样子。花明忽然想到了什么似的，便又叫住了她问道：

"医生，您尊姓？并请教您的大名。"

"我姓鸿，名叫文卿，大家都叫我鸿大夫，你也这么叫我吧。"

鸿大夫回过身子来，又含笑低低地告诉她。就在这时候，警局里的警士又来调查花明自杀的原因了。鸿大夫因为已经完全地知道底细，遂不愿花明多劳乏精神，就代为地向警士告诉了一遍。警士因为听她上海没有家属，既然医院当局肯收留她做看护，遂也放下责任地回去了。这里鸿大夫方才回到医务室，把白色的制服脱去了，坐在沙发上休息了一会儿。原来鸿大夫本是日班，原在六点以后可以回家的，现在为了花明的缘故，所以她在医院里多逗留了四个钟点，到底是上了年纪的人了，她此刻颇觉有些腰酸，遂慢慢地离了医务室。临走的时候，方才想到黄小姐还没有吃过晚饭，她忙又去关照了看护小姐，方才安安心心地回家去了。

第二天一清早，鸿大夫就精神很好地到医院里来服务了，她在披上白色制服之后，先急急地到病房里来看望花明。不料花明已没有睡在病床上了，心中倒吃了一惊，急问了看护，才知道花明完全地好了，她在医院里四周散步。正欲叫人找她，见花明慢慢地回来了。她一见鸿大夫，便恭恭敬敬地鞠了一个躬，还低低地叫了一声，说道：

"我已完全好了，那么我就可以在这儿做看护了，有什么不懂的地方，千万请鸿大夫不吝指教，这就使我感激涕零了。"

"很好，那么你随我到医务室里来吧。"

鸿大夫点头含笑，便带着花明来到医务室，取出一张看护的志愿书，叫花明填写上了。一面吩咐侍役，把护士长刘莲青叫了进来，向她们介绍着说道：

"这位是护士长刘莲青小姐，这位是我亲戚黄花明小姐，她愿意在这儿学习看护，我把她托付你了，请你以后多多地照顾她。"

"鸿大夫，您太客气，这是我应尽的责任，那还用得了说的吗？"

刘莲青一听花明是医务主任的亲戚，当然另眼相待，含笑回答。花明原是一个聪明的姑娘，她也向莲青含笑鞠躬，还说了几句奉承的话。刘莲青很是欢喜，她便带着花明分配她去工作了。这里鸿大夫也到每一个病房里去，给病家诊治去了。

太阳走完了一天的行程，疲乏得涨红了脸，它向大地万物作别，慢慢地要归到西山脚下去休息了。这里鸿大夫回到医务室，脱了制服，抬头偶然望到窗外天空中飞鸣的小鸟，使她猛可想到花明的安身之所，遂匆匆地来找寻花明。莲青见了鸿大夫，连忙起身相迎，低低地说道：

"鸿大夫，你找黄小姐吗？她此刻服侍病人喝药水去了，有什么事情我去找她吧。"

"不用，不用，等会儿下班的时候，你叫她到我那儿来一趟，我有话跟她说。刘小姐，你觉得她还可以造就吗？"

"黄小姐很聪明伶俐，而且英文程度也不错，她有些药水都看得懂，将来一定有希望的。"

"可是还得刘小姐教导她才好。"

鸿大夫听刘小姐这么说，也知道这一半是为了我介绍来的缘故，但一半当然也是她真的有才干，所以很是欢喜，便含了笑容，又向她低低地拜托。莲青连说当然遵命，鸿大夫方才向她点头，又回到医务室内来了。大约十五分钟之后，花明笑盈盈地推门入内，向鸿大夫小心地一鞠躬，低声儿地问道：

"鸿大夫，您叫我有什么事情吗？"

"黄小姐，我想你在上海既然无亲无邻，那么对于安身之所自然很成问题。不过我家中倒也没有什么外人，假使你欢喜住到我家中去，那么你就跟我回家。否则，我在医院里给你插个铺位也是可以的。"

"鸿大夫肯带我回家去住，那还有什么话说呢？我真是欢喜还来不及哩！"

"你此刻下班了没有？"

"已经下班了。"

"那么你就跟我回家去吧。"

鸿大夫见她那种神情，十分娇媚可爱，因为自己没有女儿，所以十分地欢喜。当下点点头，一面说，一面站起身子，带着花明走出医院去了。鸿大夫自己备了一辆三轮车，车夫阿王见主人出来，遂把车子驶近过来，给她们跳上车厢，就驶行回家去了。

鸿大夫的住家离医院没有多少路，就在环龙路的一幢小洋房里，这是一座三楼两底的房子，楼下是会客室，二楼两间是鸿大夫的卧房和书房。三楼因为没有人住，所以便出租给一个做律师的住着了。三轮车到了家门口，车夫在电铃上按了按，就有老妈子来开了门，鸿大夫和花明走进那条小小甬道，靠左首是块泥土地，里面也植了各种红红黄黄的西洋花卉。踏上石阶，步入会客室，花明抬头第一个看见的，就是壁上挂了一张主耶稣的油画，用金黄色的框子配着，倒也惟妙惟肖，好像活人一样。此外摆设也很简单，一张大餐台，四围八把椅子，两旁大小沙发，收拾得微尘不染，十分清洁。另外还有一间，却是书房陈设，而且还置有钢琴及各种乐器。花明暗想：不知道她家里还有谁是爱好音乐的呢？正在细细地打量，老妈子拧上面手巾，倒上了两杯香茗，给她们揩了脸，用过了茶。鸿大夫把花明手一拉，便匆匆地走到楼上去了。

花明跟着鸿大夫跨进卧房，只见房中全堂红木家具，十分富丽堂皇。壁上悬有一张小照，是个四十左右的西服男子。花明暗想：这大概是她已死的丈夫了。再看到五斗橱上有张镜框，里面一张八寸的半身相片，却是个年轻的男子，浅笑含情，倒是个怪俊美的人。花明心头别别一跳，但立刻掉身转去，打量别的东西了。鸿大夫把手摆了摆，低低地说道：

"黄小姐，你请坐吧，这里就是我的卧房了。"

"鸿大夫，这么大房子难道就只有你一个人住着吗？"

花明在沙发上坐下之后，方才转了转乌圆眸珠，低低地问她。鸿大夫点点头，把手向上面一指，说道：

"为了人太少，我才把这三层楼的房间出租给人家了。"

"那么鸿大夫没有一个少爷和小姐吗？"

花明秋波脉脉地瞟了她一眼，又低低地问下去。鸿大夫把手又指到五斗橱上那张照片上去，回眸望着花明，脸上含了欣慰的微笑，说道：

"我只养了这一个孩子，他的爸爸就死了。现在我的孩子倒也有二十三岁了，他替我很争气。他爸爸是个荒唐的人，谁知儿子倒是个现代的前进青年。"

"哦，鸿大夫，那么你总算也有着安慰了，您少爷还在读书吗？"

"不，他自从军校毕业之后，还在前线曾经打过两年仗哩。现在他是第三军部下，算是一个团长的职位了，最近刚从北方调回到上海来。"

鸿大夫絮絮地告诉着说，她似乎觉得十分光荣的样子。花明知道她的意思，遂也附和着奉承她说道：

"这么年轻的年纪就做团长了，那么将来的前途真是不可限量呢！鸿大夫，你的福气可真不错啊！"

"'福气'两字原也谈不到，只不过我心中总算有着一点安慰罢了。黄小姐，你没有知道吧，我的婚姻，也是被爸妈强迫的。后来结婚之后，他父亲果然是个荒淫无度的浪荡子，我心中觉得什么希望都没有了，遂连忙又读医科大学。当我毕业那年，我已经三十岁了，却养下这个孩子，我给他取个名字叫雁宾。不料又过五年，他父亲便死了，那时我已在仁德医院做医师了。我为了求深造起见，我把孩子寄养给亲戚家里，又赴美国去留学。等我回国时候，雁宾十岁的孩子居然小学毕业，到十五岁高中毕业，就投考陆军学校，我那时候便在广福医院任医务主任了。光阴匆匆，一转眼我已经是到了白发斑斑的暮年时期了。唉！人生真好像是一个梦哩！"

鸿大夫说完了她生命中的经过事情，颇觉感慨系之，这就深深地叹了一口气。但花明却显出羡慕的样子，低低地说道：

"鸿大夫，我觉得像你这样埋头苦干、努力奋斗的精神，实在是

137

太以令人敬佩了。不过今日鸿大夫有这样的地位，给人群谋福利，做一位救苦救难救世人的慈爱天使，那也太有意思了。像我这样知识浅薄的女子，哪里能够学得像鸿大夫这样万分之一呢？所以我要求鸿大夫随时教导我，把我当作女儿一般地爱怜，那我就生生世世都忘不了您老人家的大恩了。"

"黄小姐，你既然这样说，我也是个没有女儿的人，大家显得亲热一点，我们就认作了娘儿俩吧，不知道你心中也喜欢有像我这样一个母亲吗？"

花明对于鸿大夫这几句话，那真是梦想不到的事情，一时眉飞色舞，乐得心花怒放，这就"啊"了一声，也不及回答，就站起身子向她盈盈跪倒，恭恭敬敬地拜了下去，口里方才亲亲热热地叫道：

"妈，我亲爱的妈！啊！天哪！我真不知几世修来的好福气，才会认了这么一个慈悲心肠的好妈妈呀！"

"孩子，你快起来，你快起来！"

鸿大夫见了花明这样惊喜欲狂的神情，她倒忍不住扑哧地笑出声音来，一面把她扶起，一面也十分亲热地叫她孩子。花明这时粉颊上的笑窝儿没有平复过，她偎在鸿大夫的怀里，娇媚不胜地笑道：

"妈，从今以后，我就是你的女儿了，我没有在做梦吧？"

"傻孩子，别说呆话了，这是实实在在的事情，哪里是做梦呢？孩子，不过你做了我的女儿，你得跟着我一同信教，不知道你愿意吗？"

鸿大夫见她说着话，伸手还摸了摸自己的脸颊，好像还有些不相信这是事实的样子，这就搂着她的娇躯，笑嘻嘻疼爱着她地回答。花明连忙一本正经地说道：

"妈，我本来也信教的，我以为一个人只要良心好，不做坏事情，那就强如念一万声弥陀了。"

"你这话很不错，耶稣教不用迷信，也不用烧锡箔，更不必花钱做法事。虽然教堂里牧师传道的时候也讲那些近乎神怪的事情，不过耶稣教对于入教的人，那程度也有浅深的分别。像我们入教，和普通一班不识字的教民，那当然大不相同了。比方说我个人吧，我每次在医院里给病人施用手术的时候，类似剖腹啦、割盲肠炎啦，我就常常这样安慰着自己，我的力量是有限的，全靠上帝的神力来帮助我，使我把那些病家都安全地脱离险境。就是生病的人，他信了教之后，那病也会好得快一点。其实这并不是耶稣真有神力来救助你，无非是病人在心灵上有了寄托，好像把他的一切都也交给上帝了。病人只要不忧愁，不烦闷，那比吃药还好得更快哩。"

花明听她这一番话说得十分透彻，觉得他们做医生的信教，实在是为了本身心灵上有所寄托，便利于治病的缘故，一时深为感动，遂频频地点头，说道：

"妈，女儿一定跟着您老人家学，但愿我也学会了像妈那样的本领。只不过我是庸俗而愚笨的女子，事实上也无非是梦想而已。"

"常言道：有志者，事竟成。所以你也不必这样小觑自己，一个人能努力上进，目的总有会达到的一天。"

鸿大夫遂又低低地安慰她，在这些话中至少还包含了一点鼓励的成分。花明点点头，表示听从她所说的意思。这时天已入夜，鸿大夫亮了电灯，老妈子也把晚饭开上，鸿大夫趁此便向老妈子说道：

"陈妈，这位黄小姐是我的干女儿了，你以后只呼她为大小姐吧。"

"太太，大小姐年纪大，还是大少爷年纪大呢？"

"这个……是大少爷年纪大四岁，她还只有十九哩。"

"那么我说应该称呼二小姐才是，回头少爷回家来，又是大少爷，又是大小姐，那也怪不好听的。"

"好，好，你就叫二小姐吧，陈妈倒会想得周到的。"

鸿大夫忍不住笑出声音来说，陈妈于是向花明叫了一声二小姐，花明含笑点头，遂和鸿大夫一同坐下来吃饭了。饭毕，陈妈出房去倒洗面水。鸿大夫在皮包内取了四万元钞票，等陈妈把面盆水拿上来，就将钞票交到陈妈手里，说道：

"陈妈，这是二小姐赏你的，你拿去吧。"

"哦，二小姐，您太客气了，谢谢您！"

花明因为这钱不是自己拿出来的，虽然自己从宁波到上海也带了四十万元钱，但跳江自杀之后，这些钱也不知到哪里去了，大概是掉落在江水里了，此刻被陈妈一道谢，倒反而红着两颊，说不出什么话来。陈妈自然没有理会到这许多，她便收拾了碗筷，欢欢喜喜地走出卧房去了。这里鸿大夫向花明说道：

"孩子，你喜欢一个人睡一间呢，还是和我在这里一张床上睡？因为天气慢慢地凉了，我们娘儿俩睡一处，不但可以暖和一点，而且也可以热闹一点哩。"

"妈，我们就睡一张床上吧。"

花明要表示亲热的意思，当然是含笑地赞成了，于是这天晚上，她们娘儿俩就睡在一张床上了。鸿大夫是上了年纪的人，所以晚上不大容易入睡。花明因为觉得自己到了上海后的变化，太令人意想不到了，所以左思右想，翻来覆去，一时里也就睡不着。芳心里是只管暗暗地细想：志清和我的情义，究竟不是和平常的可比，照理他是不应该负心我的。谁知他到了上海，就爱上别人了。过去的海誓山盟，天长地久，到今日也无非过眼烟云罢了。说什么千般恩、万重爱，哪晓得都是假，一场空。倘然没有热心肠的好人来相救我，我此刻也不是早已葬身鱼腹，永埋江底了吗？想到这里，把个志清恨入骨髓，但愈是痛恨，却也愈是悲伤，一阵辛酸触鼻，眼泪便扑簌簌地直滚落下来了。鸿大夫听脚后的花明，好像息息地有啜泣之声，这就奇怪地低低问道：

"花明，你怎么啦？你……在哭泣吗？"

"嗯？喔……妈，我梦魇了呢！"

花明被她一问，这就有些难以回答，心中一急，不免情急智生，索性装作被鸿大夫刚叫醒的样子，一面拭干了泪水，一面模模糊糊地回答。鸿大夫听了，倒信以为真，暗想：可怜的孩子，白天里所经过的事情太使她悲伤，所以晚上就免不得做起噩梦来了。但口里却这样地说道：

"你把手不要放在胸口上，因为这样子是容易做梦的。"

"哦，我没有把手放在胸口上呀。"

花明应了一声，把身子转了一个侧，方才不敢再伤心了，暗自又想着道：我这人真也太以傻痴了，志清既然这么无情无义，我又何必为他而伤心呢？好在我已经认了这样一个有地位有才学的好母亲了，那我还怕什么？将来就是不嫁人，独身到老，也绝不会有挨饿的忧愁了。花明在这么思忖之下，她把儿女私情丢过一旁，便一心一意地要想终身为病家服务了。这时钟鸣十二下，夜已深沉，花明恐怕明天贪睡，于是闭着眼睛也就沉沉地入睡了。

从此以后，花明跟着鸿大夫早出晚归，天天到医院里去服务病人，心中倒也有所寄托，因此她的人倒越发白胖起来了。鸿大夫把她也当作亲生女儿一般爱护，所有衣服鞋袜都给她全新地做起来。花明除了向她体贴入微地孝顺之外，也只有暗暗感激而已。

光阴匆匆，不知不觉已有一个月了。花明因为被派在夜班工作了，所以白天里住在家中温习着医学书籍，以便长进知识。这天吃过午饭，花明稍事休息，无意中凭着五斗橱向那雁宾的小照凝望了一会儿，芳心一时觉得很为奇怪，暗自想道，听妈告诉我，说这位干哥哥最近不是调回在上海吗？怎么一个月日子来却不见他回家一次呢？难道说他在军队里没有空吗？我想这是不会的，又不是在前线作战，哪里会抽不出空来呢？那么也许他又调到北方去了吗？我想若真的如此，他一定也要向母亲老人家来告别的，岂会不声不响悄悄地走了呢？左思右想，却是想不出一个道理来。这就拿了他的小照，细细地打量了一会儿。觉得雁宾的脸，和志清一样俊美，不过志清有些懦弱的样子，而雁宾呢却有英武之气概。其实一个男子，应该像雁宾那么具有雄伟的美丽，这才是真正的奇男子。花明捧着照相，一个人正在暗暗地思忖，忽然听到一阵叽咯的皮靴声响入耳朵，这就慌忙放下照相，回身望去，只见房外早已步入一个英气勃勃的美男子来。当他一见到房中会站了一个漂亮而艳丽的姑娘，他似乎也感到意外的惊奇和喜悦，这就似笑非笑地望着花明，倒是愣愣地愕住了。

第二回

意外得手足　一见倾心

　　花明向那少年仔细地一打量，原来不是别人，正是刚才自己手里拿着照相中的鸿雁宾，心头这就像小鹿般地别别乱撞，暗自想道：想起曹操，曹操就到，幸亏我把他小照放下得快，否则让他看见我拿了他的小照出神，这不是叫他要疑心我有爱上他的意思了吗？花明不想倒也罢了，想到了这些的时候，她的粉颊上便像桃花一般地娇艳起来，真有些羞人答答的样子。但仔细一想，他是刚来的人，根本没有知道我的举动，那我又何必这样怕难为情呢？于是立刻转了转乌圆眸珠，显出洒脱的态度，笑盈盈地叫道：

　　"哥哥，你……刚回来吗？"

　　"嗯嗯，我……刚回来。"

　　雁宾做梦也想不到自己忽然会有了这么一个娇艳的妹妹了，一时把他奇怪得目瞪口呆，还只道自己眼花，又以为自己遇到了什么妖魔了，遂伸手摸摸自己的额角，觉得完全是事实。因为人家既然这么在招呼自己，自己当然不能装作没有听到般地置之不理，因此也红着脸，"嗯嗯"地响了两声，低低地回答。接着他又不得不开口问道：

　　"您这位小姐贵姓？我们好像还是初见啦？"

　　"这是难怪哥哥要不明白的，我叫黄花明，我是您妈的干女儿。照这么算起来，您不是我的干哥哥吗？"

花明在这样尴尬的局面之下，她也只好涨红了两颊，含羞地向他做一个自我介绍了。雁宾听了，方才明白这个妹妹的由来了，一时十分欢喜，立刻抢步上来，和花明紧紧地握了一阵手，含笑说道：

"原来您是我的干妹妹，对不起，恕我没有知道，所以这样无礼对待了。妹妹，我们坐下来谈吧，妈上哪儿去了？"

"妈到医院里服务去了，哥哥，您喝杯茶吧。"

花明听他这样说，又被他紧紧地握住了手，一时也说不出是喜悦还是羞愧，一面回答，一面亲自去倒了杯茶，送到雁宾的手里。雁宾连忙接过，含笑道谢，两人方才各自在沙发上坐了。雁宾喝了一口茶，望了花明一眼，低低地问道：

"妹妹，我很想知道一些关于您给我妈做干女儿的经过情形，您肯详细地向我告诉一遍吗？"

"这事情说起来话长，唉，您的干妹妹真是命苦得可怜呢！"

花明未告诉之前，先深长地叹了一口气，然后把自己身世和遭遇，向他约略地说了一遍。当她说完了悲惨的遭遇之后，话声有些哽咽的成分，大有眼泪汪汪的样子。雁宾听了，倒也不禁为之黯然神伤，同情地说道：

"妹妹，好在你已经有归宿之所了，你再不会做他乡之饿殍了。所以你千万不要伤心，自己身子保重要紧。"

"我今后的一切都是母亲恩赐我的，所以我要学母亲的样子，永远地为病家服务，多少替人群造一些幸福。"

"看护小姐本来是慈爱之神，像我们军人在作战受伤的时候，一见到看护小姐，会像见到慈母一般地得到暖意的安慰哩！"

雁宾点点头回答，表示赞成她干这项工作的意思。花明倒又微红了粉颊，秋波脉脉含情地斜睨了他一眼，低低地问道：

"听妈告诉我说，哥哥不是在军队里已任团长之职了吗？"

"是的，在过去我们和鬼子兵作战的时候，什么都觉得兴奋，可是现在，我心里总觉得有些不自然。"

"唉，这事情太难说了，和一个家庭一样，要如兄弟姊妹大家都不和睦起来，这个家庭如何还有太平安乐的日子呢？"

花明叹了一口气，也感慨系之地回答。雁宾似乎不愿再谈这些问题，因为这是使自己徒然感到心痛而已，于是把话锋拉扯到别的上头去了，向花明低低地说道：

"妹妹，你刚才不是说到上海来找一个朋友吗？因为这个朋友搬了家，所以你就起了厌世之念。但这个朋友不知姓什么叫什么，他在上海又是什么地方办事的呢？你告诉了我，我也许设法可以给你找找的。"

雁宾这两句话在外表看来，好像完全是为了一片热心关怀的样子，但按诸实际，在他心中却另有一番作用的。因为花明告诉他时单说"朋友"两字，雁宾当然不知道是男朋友还是女朋友，因为不好意思向她直接地问，所以便这样绕了一个圈子问她。雁宾的意思，是想在名字里面可以分别出男女关系来。花明在鸿大夫那里就没有老实地告诉，那么在雁宾的面前，自然更加不肯从实地诉说了。她竭力镇静了态度，遂圆了一个谎，说道：

"我这个朋友名叫孙兰英，她从前是在一家商业女子银行里办事的，但到了现在，她却不在那里做事了。好在我已有工作做，就是不找她，那也不成什么问题了。"

从花明这两句话之中，已清清楚楚地在告诉他自己那个朋友是属于女性的了。雁宾听了之后，也不知什么缘故，在他心中好像曾得到了一种深深的安慰，这就点了点头，很温和地说道：

"我妈是个最慈祥的人，所以你住在这儿要当作自己家里一样，千万不要受一点儿拘束的。"

"是的，妈待我比亲生女儿还要疼爱，所以我心中真是说不出的欢喜和安慰。想不到我这样一个苦命的女子，倒也会遇到这样一个恩重如山的好亲娘哩！"

花明一面说，一面便掀着酒窝儿娇憨地笑起来了。雁宾见她神情可爱，令人有些心醉，这就脉脉含情地望着她粉脸，笑道：

"其实你的命并不苦……"

"还说不苦吗？若没有妈收留我，我恐怕早已做了他乡之亡魂哩。"

花明不等他说下去，便"啊"了一声，先急急地回答。雁宾摇摇头，却一本正经的样子，向花明打量了一会儿，说道：

"我会看相，你所以投江自杀，这原是你命中一点点小灾难，不足为虑，年轻吃苦不算苦，我知道你将来不会吃苦，而且还有很好的福气可以享受哩。"

"哥哥，您这话可是真的吗？……嗯，我知道您一定在和我开玩笑。"

花明在一度显出感到无限惊喜的神情，十分兴奋地问，但立刻又想到了似的，秋波逗给他一个娇嗔，像孩子那么闹着不依地回答。雁宾对于她这么可爱的意态，真是愈看愈心爱，由不得笑起来，说道：

"妹妹，你难道不相信哥哥的话吗？凭你这么美丽的一个好人才，将来会没有好日子过，那我什么东道都请的。"

"哥哥，你这话也不尽然，常言道，红颜女子多薄命，容貌好又有什么用？她的命总是苦的多。"

"这当然也不能一概而论，照你说来，美丽的姑娘，难道一个都没有好福气了吗？妹妹，我瞧你人中很长，耳朵很大，所以不但福相，而且还是长命得很哩。"

雁宾这几句有趣的话，听到花明的耳朵里，也不免露齿嫣然地好笑起来了。过了一会儿，便也含笑说道：

"我在哥哥家中已住了一个月了，但哥哥今日回家来还只有第一次。我心里有些奇怪，哥哥如何会忙得这份样儿呢？"

"这也有一个缘故，因为白天里妈是不在家的，我纵然到家中来，跟谁去说话好呢？所以我也不高兴回家了。反正军部里的事情也很忙，早晨起来便要训练士兵早操，午后有时候各戏院送来几张免费入座券，那么我们也就去消遣了。"

"不错，在后方的军人，是也应该有一种正当的娱乐，来调剂这枯燥的生活才是。比方说，空下来的时候，约了知心朋友在公园中散步，或是在电影院里看戏，这在哥哥倒的确是免不了的事情。"

花明说到后面这两句话的时候，俏眼儿向他脉脉地瞟，好像是包含了一点神秘的成分，抹了嘴，还哧哧地笑。雁宾似乎也明白她在取笑自己，这就微红了脸，笑道：

"我们做军人的，知心朋友简直找不出一个来。因为我们的生活原没有固定的地点。今日到东，明日到西，漂泊无定。你想，还有谁肯来做我的知心朋友呢？"

"哥哥，照您这么说来，做军人的真也太可怜的了。"

"可不是？况且我们做军人的责任太以重大，一天到晚，脑子里想的是打仗，对于本身的事情，倒好像什么都忘记了。"

雁宾这几句话听在花明的耳朵里，一颗芳心也不免肃然起敬，遂频频地点了点头，秋波凝望着他俊美的脸庞，温柔地说道：

"哥哥，您有这样爱国的精神，真是太以令人敬佩了。假使我国的军人，个个像您这样有为了国可以忘了家的精神和思想，哪怕我国不兴强起来呢？"

"但就是好的军人太少……并非我身为军人，还说军人的丑话，在每个军人一有了地位之后，他们的思想也会转变到自私自利起来，所以言之也颇令人感到心痛的。"

花明见他叹了一口气，好像有说不出感喟的样子，一时却默然了一会儿，因为自己不愿在军人的面前而加以批评军人的话，遂笑盈盈地又说道：

"哥哥，你今天回家，做梦也想不到家中会有像我这么一个妹妹在着吧？"

"那当然啦！假使我早已知道了的话，我怎么会一个月不回家

147

呢？起码一星期来一次，和妹妹做个伴儿谈谈。"

雁宾有些得意忘形的模样，满面含笑地回答。花明被他这么一说，两颊顿时绯红起来，但却镇静着态度说道：

"哥哥，你要一星期一次跟我来谈谈，那恐怕办不到吧。"

"这是为什么缘故呢？你说我办不到，还是说你办不到？"

"我办不到。"

"真吗？难道你讨厌跟我谈话吗？"

"不是为了这样，因为我跟妈一样天天也要到医院里去服务的。那么你来找我，我不是没有在家里吗？"

花明见他满脸显出惊慌的神气，遂连忙摇摇头，向他低低地解释。雁宾方才明白过来了，但还有些不了解似的奇怪地问道：

"那么你今天如何没有到医院里去服务啊？"

"今天碰得很巧，因为我调在夜班里，所以白天是休息的。"

"妹妹，你不知调几个夜班？"

"这倒说不定，也许三天，也许明后天就做日班了。"

"我希望你能够做一星期夜班。"

雁宾似乎做祷告般的样子，虔虔心心地说。花明听了，秋波瞟了他一眼，笑盈盈地问道：

"这是为什么呢？"

"你若做一星期的夜班，那么你白天里就有一星期可以休息了，我不是可以天天到家里来跟你做伴谈天了吗？"

雁宾说到这里，两眼含情脉脉地望着她出神。花明不免羞红了娇颜，低下头来，默不作答，暗想：听他这两句话，不是明明对我已有感情作用了吗？但自己在情场中已经是个失意之人了，我实在没有勇气再来恋爱圈子里自寻烦恼了。雁宾见她这样赧赧然的样子，一时还以为她怕难为情，遂故意又低低地说道：

"只怕妹妹心中觉得我这人有些讨厌，不愿意和我多说话吧？"

"不，哥哥，你这是什么话？叫我听了，不是太不好意思吗？"

花明心中一急，方才抬起头来，急急地辩白。雁宾见她红晕的粉脸，又白又嫩，真仿佛芙蓉出水一般，心里一阵荡漾，遂又笑着问道：

"那么你心里没有讨厌我吗？"

"哥哥，你不要那么说，这个家本来是你的，我现在住在这里，你不讨厌我，我已经是够欢喜了，我怎么还会来讨厌你呢？况且哥哥是个有才学的人，妹妹时常和哥哥有谈话的机会，那不是更会长进不少的知识吗？所以我心里只有感到一万分的喜欢哩。"

雁宾听她絮絮地说了这么一大篇的话，一时越听越爱听，越听越欢喜，他情不自禁地站起身子，正欲和她去握手的时候，忽然见陈妈端了一盘炒面上楼来，含笑说道：

"大少爷，二小姐，你们请用点儿点心吧！"

"啊呀，怎么一忽儿已经四点多了？哥哥，你肚子饿了，那么快坐下来吃些吧。"

花明看了一下手表，这就"呀"了一声，一面笑盈盈地说。雁宾遂叫花明一同吃点心，花明自然没有拒绝，他们干兄妹俩遂坐下来一同吃了。吃毕点心，陈妈拧上手巾，给两人拭了脸，然后把盘筷收拾了拿到厨下去。花明望了雁宾一眼，又低低地问道：

"哥哥，你对于音乐很有研究吗？"

"也不见得，但是很喜欢弄弄的，现在好久不玩了，所以也生疏得多了。妹妹，你怎么知道的呢？"

"楼下那间书房里不全是音乐器具吗？我想家里除了您，还有谁会玩这些乐器呢？"

"妹妹，我们一同到下面去玩玩音乐好吗？"

雁宾趁此机会，方才向她低低地要求。花明含笑点点头，兄妹俩遂匆匆地走到楼下去了。在书房里，雁宾弹着钢琴，要花明唱歌。花明起初不答应，后来经雁宾再三地央求，方才一个弹一个唱地玩了一会儿。雁宾听她歌喉很不错，清脆悦耳，真可说是珠圆玉润，

149

遂拍手笑道：

"唱得好，唱得好，妹妹，你很有音乐天才呀！"

"哥哥，你这人真不好，人家不肯唱，你偏叫人家唱，人家没有办法地唱了，你倒又吃人家的豆腐了。我不要，以后我再也不高兴唱了。"

花明噘着小嘴儿，故作娇嗔的神态，妩媚地说。雁宾见她可爱，遂情不自禁地去拉住她手，赔了笑脸，央求地说道：

"好妹妹，你不要生气，我以后再不会拍手叫好了。那么你就马马虎虎再唱一个别的好吗？"

"不要，我不会唱了。像我这样愚笨的人，哪儿能称得起有音乐天才呢？"

"其实，我倒并没有吃你的豆腐，你唱得实在好。唱歌也非有天才不可，但这个时代，唱歌到底救不了国家，所以也无非是家庭中一种最高尚最正当的娱乐而已。妹妹，你能不能再让我饱饱耳福吗？"

花明听他再三地向自己央求，在他眼睛里是充满了无限热情的光芒，一时向他娇媚地一笑，方才频频点头，温情蜜意地答应了。干兄妹两人你弹我唱地消遣了一会儿，不觉日影西斜，夜色已降临了宇宙，忽听有人在笑道：

"你们这两个孩子倒玩得高兴，连天色黑下来都不知道了。"

"啊！妈回家了，妈，你多早晚进来的？"

花明回头一看，原来是鸿大夫回家了，这就连奔带跳地走到鸿大夫身旁，攀着她的手臂，笑盈盈地问。这时雁宾也站起身子，盖好钢琴，走了过来，向母亲恭恭敬敬地鞠了一个躬，说道：

"妈，您回来了？"

"你好久不回家了，今天什么时候来的？这是我的干女儿，也是你的干妹妹，你得好好儿照顾她，别把她欺侮了，那我可不依哩。"

鸿大夫抚摸着花明的粉脸，表示那份儿疼爱的样子，一面望着儿子笑嘻嘻地说，在她神态上看来也可以知道她是十二分的得意。花明听了，秋波斜乜着他，益发有股子小女儿娇憨的样子。雁宾是一个孝顺的孩子，他听了母亲的吩咐，却小心地回答道：

"妈，您放心，我怎么会欺侮妹妹呢？今天我回家来，想不到会伴了这位干妹妹闲谈了一下午哩。"

"雁宾，你在军队里忙不忙？来，我们大家到楼上去说话吧。"

鸿大夫一面说着话，一面已走向楼上去了。这里花明、雁宾也跟着上楼，大家在房中坐下，花明重新给鸿大夫倒茶，听他们母子说了一会儿话，因为时候不早，遂站起身子，说要到医院里接夜班去。鸿大夫点头说你去吧，花明于是向雁宾含笑一点头，方才坐了车子，急急赶到广福医院去了。

花明自从见到了雁宾之后，这夜在医院里服侍病人空下来的时候，心里便好像会多了一件心事般地不安宁。思潮起伏，只管暗暗地一阵阵细想，觉得这位干哥哥今天和自己谈话的情形，以及对待自己那种亲密的态度，处处地方没有不显出是万分爱我的样子。在第一次见面之下，已经有这样好的情感，那么往后日子长哩，他不是慢慢地会向我求起爱来吗？虽然我现在不过是一种猜测而已，但这猜测万一成了事实呢？那么我到底接受他的爱好，还是拒绝他的爱好？因为我是个情场失恋之人，为了谈情说爱，把自己赤胆忠心对待爱人，而结果却让人家把自己抛却了，那我再有什么爱情好谈呢？倒还不如一心一意为病家造些幸福，安安静静地过着一世好得多了吗？不过雁宾既然热情地爱上了我，我若使他感到失望，那么在他不是也会感觉失恋的痛苦吗？假使因此而丢送了他的前途，那么在我岂非是恩将仇报，叫我又怎么地对得住干妈呢？花明这样想着，甚觉左右为难，因此倒暗暗地忧愁了一会儿。忽然转念又想：你这妮子真是太该死了，为了这些事情，何必这样操心呢？志清是个没有情义的人，难道雁宾也会这样没有情义吗？我想世界上的男子当然也不可一概而论，有好的，自然也有坏的，我为了志清的不良，岂能把社会上一班男子都当作负心人了呢？何况雁宾究竟是有没有爱我的意思，这也还是一个问题，你这样胡思乱想，那也太不害羞了。花明这样责备着自己，方才把这些烦恼抛过一旁，安安静静地去服务病人了。

第二天早晨，花明还没有落班，鸿大夫就到来了。花明在落班之后，便先来医务室见母亲。鸿大夫向她略为问了问病人的情形，遂叫她快些回家去休息。花明到了家里，陈妈早已给她预备好一杯牛奶，这就是太太关照好的。花明见鸿大夫这样疼爱自己，心中又感动又欢喜，遂匆匆喝了牛奶，倒身躺进被窝里，便沉沉地睡去了。

等花明一觉醒来，时已午后两点。只见卧房里的沙发上坐着一个西服青年，却在看报纸。花明偷眼一望，原来正是雁宾，芳心里不觉又喜又羞，微红了粉颊，"哎"了一声，低低叫道：

"哥哥，您什么时候到来的呀？"

"啊！妹妹，你醒了吗？昨夜辛苦了，时候还早，多睡一会儿吧。"

雁宾静悄悄地看着报纸，一听花明这么招呼自己，遂把报纸放下，望着她笑嘻嘻地回答。花明一看手表，笑起来道：

"还说早哩，已经两点了，哥哥吃了中饭没有？"

"我在军部里吃着回来的，陈妈说你七点钟睡的，那么到此刻还只有睡七小时，其实应该睡八小时才对，您再睡一个钟点吧。"

花明含笑摇摇头，说不睡了，让您一个人坐着，不太冷静吗？一面便披衣下床，两手拢了拢头发，还伸了臂膀打了一个呵欠。雁宾见她那种娇懒的神态，煞是可人，遂站起来笑道：

"我给你叫陈妈倒脸水来吧。"

"不，哥哥，你坐着，我自己会叫，怎么劳驾您？我太不敢当。"

"给妹妹做个侍役，那是应该的事。陈妈，二小姐起床啦，快拿盆洗脸水来。"

花明红着脸，拉住了他很不好意思地说，但雁宾却笑嘻嘻地已走到房门口，向楼下高声地叫了。陈妈在厨房里答应了一声，便端着面盆水匆匆拿进房来。花明便对着镜子洗脸梳妆了。雁宾坐在旁边，一面望着她梳洗，一面心中暗想：水晶帘下看梳头，古人以为韵事，现在我身历其境，觉得真是不错。这就脉脉地望着花明，脸上只是微微地笑。花明在玻镜内望到后面的雁宾，目不转睛地只管呆呆地向自己出神，这就回过身子，逗给他一个媚眼，笑盈盈地问道：

"哥哥，怎么？您难道不认识我了吗？"

"妹妹，你这样一梳妆之后，益发显得白是白、红是红，像朵美丽的玫瑰花了。我不相信你是一个凡人，我觉得你是天上一个仙女。"

雁宾有些痴然的神气，絮絮地这样地称赞着说。花明心中是涂上了一层糖衣那么甜蜜，但是在喜悦之中更掺和了一成赧赧然的羞涩。她的粉脸上本来已经是涂着一层淡淡的胭脂了，此刻自然格外娇艳得好看了。她把秋波似嗔非嗔地白了他一眼，"嗯"了一声，低低地说道：

"哥哥，你又胡说白道地取笑我了，昨天妈关照你的话，你难道完全地忘记了吗？"

"妈关照我什么话啦？"

花明这些话，倒叫雁宾有些莫名其妙了，这就皱了眉尖儿，似乎满腹在寻思的样子。花明抹嘴扑哧地一笑，说道：

"妈说你欺侮我，她老人家可要不依你哩。"

"啊呀！那真是天晓得的事情，我对你这么一个美丽的妹妹，心中要想保护你还来不及哩，怎么会欺侮你吗？那你真也太以冤枉好人了。"

雁宾被她这么一说，方才知道自己的言语有些近乎浮华，不过自己实在是把她爱入骨髓的缘故，因此倒反而使她误会起来。心中一急，不免两颊浮上了焦灼的红晕，只好"啊呀"了一声，向她笑嘻嘻地辩白着回答。花明方欲再说什么，只见陈妈又端了饭菜上来，这就坐到桌边去，向雁宾一撩眼皮，说道：

"哥哥，你要不要再吃些饭吗？"

"那你把我当作饭桶看待了。"

雁宾这句话，引逗得陈妈也忍不住好笑起来了。花明吃毕饭，又拭过了嘴和手，陈妈把碗筷收拾下去。这里雁宾看了看手表，向花明低低地说道：

"妹妹，今天天气很好，风和日暖，云淡天青，虽然是秋天的季节，但却有春天的感觉。我想请妹妹一同到外面去玩玩，不知道妹妹肯答应我吗？"

"哥哥有兴趣，那我当然一同奉陪。"

花明含笑点点头，表示同意的意思。雁宾十分欢喜，遂即站起身子，和花明一同走到楼下去了。花明在厨下又关照了陈妈几句，方才出了大门，两人在人行道上先蹓了一会儿步。花明从宁波到上海之后，这一个月来的日子，和异性并肩地走路，实在还只有今天破题儿第一遭，所以当路人向他们身上默默地注目的时候，她一颗芳心里觉得十二分的难为情，这就红晕了娇颜，秋波斜乜了他一眼，低低地问道：

"哥哥，我们到什么地方去玩一会儿呢？"

"现在已经快三点钟了，看电影的时间已经过去了，除非要看四点半的一班了。我想此刻还是到舞厅里去坐一会儿，你说好吗？"

"不过，我不会跳舞。"

"不会跳舞也没有关系，听一会儿音乐也很好啊。妹妹，你喜欢到哪一家舞厅去玩？"

花明听他这样问，便红了脸，赧赧然地一笑，似乎有些难为情的样子，说道：

"你问我哪家舞厅好玩？说起来真不好意思，我到了上海之后，根本没有踏进过舞厅的大门，你叫我怎么回答好呢？"

"真的吗？妹妹这才是个真正的现代女性哩。"

"你不要骂我好吗？与其说我是个现代女性，那倒还是说我是个不见世面的乡下姑娘好哩。"

"哪里哪里，其实舞厅并不是个好地方，为了跳舞而堕落的青年男女，也不知道有多多少少呢。不过话也得说回来，跳舞只能逢场作戏，不能当一种事业，有些青年男女，简直把舞厅像上写字间一般地起劲勤力，你想，这如何不要堕落做瘪三呢？妹妹，我们闲话少说，离这儿近一点是大华舞厅，我们就到那边去坐一会儿吧。"

花明点头说好，两人遂各自坐上一辆人力车，拉到大华舞厅去了。在舞厅里两人拣了一个座桌坐下，侍者泡上两杯香茗。大华舞厅的布置虽不及百乐门、米高美的富丽堂皇，但在花明的眼睛里看起来，已经颇觉得光怪陆离、美不胜收了。花明见舞池里对对男女青年，好像是蝴蝶一般婆娑舞蹈。有的勾肩搭背，有的相倚相偎，甚至于互相贴着面孔，做出种种肉麻亲热的举动。花明一个朴实的姑娘，对于此种情形似乎有些看不大惯，一时觉得上海真是一个万恶的地方，我以为舞厅是个怎么样的所在，原来是个公开出卖色相的场所。那就无怪一个少年老成的志清，在到了上海之后，立刻就变换人样儿了。花明一个人自思自叹，正在呆呆地出神，雁宾拉拉她的手，低低问道：

"妹妹，你觉得这里的音乐还算好吗？"

"音乐倒是不错，但跳舞的情形，似乎太不雅观了。"

花明秋波斜乜了他一眼，羞答答地回答。雁宾忍不住好笑起来，他向舞池里望了一会儿，但却有些感喟的口吻，说道：

"舞池里这些做出肉麻举动来的都是舞女，但她们为了要吃饭，所以也没有办法。"

"我说跳舞就只管大大方方地跳舞，何必要贴了面孔呢？难道说不贴面孔也是没有办法吗？"

雁宾听她这样辩驳自己，遂又笑了起来，说道：

155

"对于这些，在舞女就是叫迷汤。迷汤功夫好些，生意也好了，迷汤功夫不好，舞客就少了。假使以她们的事业盛衰为着想，的确，她们给客人贴面孔，也是没有办法的事。所谓醉翁之意不在酒，真正为跳舞而舞的男子能有几个人呢？"

"照你这么说，到舞厅里来跳舞的男子都不是好人了？"

花明俏皮地问他，粉脸含了神秘的微笑。雁宾知道她心中的意思，遂把手指点点自己的鼻子，说道：

"不过我是例外的，因为我也不常到舞厅来玩的。"

"你是好人，你的肚脐眼一定没有的了。我听人家说，胜利之后，上海的舞厅里，都是你们军人的市面呢。"

"不，不，这你完全是冤枉的，军人根本不能玩舞厅，除非穿了便服，那就不受注意了，否则宪兵是要巡查的。假使发现军人穿了军服在舞厅玩，要军法从事哩！老实说，那一班舞女，胜利后越发骚形怪状了，这完全是受了美国水兵所害的。"

雁宾说到后面这一句话，花明听了，倒弄得有些莫名其妙了，这就凝眸含颦地望了他的脸，奇怪地问道：

"你这话是什么意思呢？"

"胜利之后，普天同庆，舞厅里都是充塞了盟邦水兵。他们喝醉了酒，色眯眯地无所不为，只要称了他们的心，反正他们有的是美金。所以这班舞女见了美金，一切都肯牺牲了，什么贴面孔、接吻，简直当场也会拉下裤子来。这样久而久之，在这灯红酒绿的场所，淫风是更加地盛炽了。"

"唉，这就无怪现在当局要禁舞了……"

花明不胜感慨，浩叹了一声，低低地回答。雁宾沉吟了一会儿，似乎有些为难的样子，说道：

"在报上自从发表禁舞消息之后，到现在也不知有多少日子了，但却还没有断然地实行。可见'禁舞'两字，也谈何容易。第一，这么许多舞女的出路将怎么办？第二，市府现在已经穷得这个样子，若再减少这一笔娱乐捐收入，那也更不能维持了。所以在这口硬骨头酥的局面之下，也只好拖延着再作道理了。"

"唉，我真想不到胜利后的中国，竟会弄到这个地步。报上登着日本货又可以畅销中国了，这是多么痛心呢！"

两人感叹了一会儿，因此他们到舞厅来游玩反而感觉苦闷起来。这时音乐台上的那班黑人大乐队，却在大敲其康茄舞了。舞侣们都是右肩一耸，左肩一翘，胸部一凸，屁股一甩，在花明看来，简直是在大胡闹，不由暗暗感叹，中国人除了只知道歌舞升平之外，别的就什么都不知道了。康茄舞下来，是歌星李萍小姐唱流行歌曲。雁宾见花明望着麦克风前的李萍，呆呆地出神，遂低低地说道：

"我听李萍的嗓子还不及你好，假使你去客串一曲，准会压倒她哩。"

"哥哥，你又跟我说笑话了，阿拉不高兴了。"

花明红着脸，"嗯"了一声，却撒娇似的向他闹不依。雁宾见她妩媚得可爱，遂握了她的手，笑嘻嘻又说道：

"我说的都是真话，你若下海做了歌星，凭你那副脸蛋儿和金嗓子，还可以赚大钱哩。"

"哼！我情愿辛辛苦苦地做一辈子看护，再也不愿意抛头露面供人作玩物一般地干这歌唱的工作。"

花明冷笑了一声，她却立刻沉着脸色，一本正经地说出了这两句话。雁宾听了，在无限羞愧之中，又十二分地敬爱，这就情不自禁地说道：

"妹妹，你有这样伟大高尚的思想，真是叫人太可爱了。"

"……"

雁宾说着，还用了热情的目光，呆望着花明的粉脸出神。花明通红了娇颜，因为他说了一个可爱，所以一时不知怎么的回答才好，垂了蛾首，默不作声。雁宾这会子却用了颤抖的口吻，直接地说道：

"妹妹，我想爱你，不知道……你肯接受我的爱吗？"

"哥哥，你……"

　　这叫花明真是感到万分的惊异，想不到雁宾这样快地就会跟自己求起爱来。她抬头向他望了一眼，叫了一声哥哥，方欲有所回答，忽然瞥眼看见迎面走来一对青年男女。女的打扮得花枝招展，万分艳丽；男的西服革履，光可鉴人的头发，风流翩翩，一路走来，好像找寻空座桌的样子。花明眼尖，早已认出这个男子，原来就是梅志清哩！

第三回

纸醉金迷　荒唐男女乐逍遥

　　梅志清自从接到了丁万昌冒了黄人俊的那封信之后，他心中当然是万分愤怒，认为自己和花明的缘分，看来总是没有成功的希望了。本来他对于畹芬的热爱还远而避之，为的是花明对待自己的情分太深厚了，自己若再另外地结交女朋友，在良心问题上实在很说不过去，所以畹芬当初两次相邀，都被他失信拒绝了。现在他既然明白花明是已经属于别人了，那么我又何必苦苦地为她死守着呢？因为他对畹芬的热情，也就慢慢地接受起来。何况畹芬是个贵族豪华的小姐，她的一切，似乎也胜过花明多多的了。

　　这天志清到银行里去解款子，畹芬便用自备汽车送他去。解好款子之后，又送志清回到公司，一同到经理室，志清把公事向罗大军交代完毕。畹芬见时候已近五点，遂向大军低低地说道：

　　"爸爸，今天大华戏院一张影片真不错，我想跟您一同去瞧，你此刻不知可有空间工夫伴我一同去玩吗？"

　　"你这孩子越大倒显得越像小孩子了，爸爸怎么有工夫伴你一同去瞧电影呢？你要看电影只管自己去看好了，难道还怕谁来拐骗你吗？"

　　罗大军坐在写字台旁，一面吸着雪茄，一面笑着回答。畹芬却把小嘴儿一撇，好像生气地逗了他一个白眼，说道：

　　"谁叫您做爸爸的？做爸爸原不容易做，女儿要看电影，人家做爸爸的总归陪女儿去看的。谁像您，总是推三阻四，我的命太苦，没有一个疼爱我的好爸爸。"

"啊呀呀！你这孩子要这么地说，真太没有良心了。爸爸把你爱得像掌上明珠一样了，你说什么，我就依你什么。老实说，这样好的爸爸，你提了灯笼满街去找，怕再也找不出第二个来呢！虽说你是个没有了娘的女儿，但我几时给你吃过一些苦吗？好啦好啦，瞧你又是眼泪鼻涕的，我说还是叫梅先生陪你一同去玩玩好吗？钱够不够？喏，拿一百万去吧！"

畹芬说着话，却像要哭的神气。罗大军心中不免急起来，遂站起身子，一面低低地说好话，一面还把一叠簇新的万票，亲自藏到她的皮包里去。畹芬一听这话，正中下怀，不免欢喜起来，遂向志清斜乜了一眼，娇媚地笑着说道：

"志清，爸爸吩咐我们的，那么请你陪我去瞧电影吧。"

"还没有下办公的时间，说不定还有什么事情要做哩。"

志清搓了搓手，低低回答，表示他不愿有误公事的意思。罗大军听了，却挥挥手，说道：

"没有关系，你给我做代表吧，我的皇帝女儿要怎么样就怎么样。梅先生，你就伴她去玩玩好了。"

"爸爸，我们去玩啦！"

志清听罗经理这样说，却还有什么推却的话吗？遂把抽屉打拢，站起身子。畹芬却挽了他的手臂，回头向大军含笑招招手，他们两人便步出经理室去了。

汽车把他们送到大华影戏院，由畹芬抢着买了花楼票子。两人挽手上楼，由侍女领票对号入座。志清望着畹芬，含笑说道：

"罗小姐，你爸爸真疼爱你，你说的话，瞧他没有一样不依顺你的。的确，这样好爸爸，实在是太难找寻了。"

"是吗？假使爸爸不爱我的话，你也不会一跃而做总经理的秘书长呀！"

畹芬秋波斜乜了他一眼，俏皮地回答。志清听了，不免有些惶恐，遂微红了脸，很感激地握了她的手，低低地说道：

　　"罗小姐，在我真可说是青云直上，所以我不知道该怎么样来报答你才好。"

　　"你要报答我，第一不许叫我小姐。"

　　"那么叫你什么呢？"

　　"我叫你名字，你也叫我名字好了。"

　　"这个自当遵命，畹芬，我心里太……"

　　"太什么？你爽爽快快地说出来好了，是不是太爱我？还是太感激我？"

　　志清说到"太"字的时候，却顿了一顿，因为恐怕人家恼怒，所以不敢冒昧地说出来。不料畹芬这人特别直爽，她却料到一般地望着志清赧然的脸，笑盈盈地问出了这两句话。志清见她并无恼意，这就大了胆子，说道：

　　"畹芬，我不瞒你说，我实实在在是太爱你了。"

　　"你这话是真的，还是敷衍着我？"

　　"当然真的，你待我太好了，我生生世世都忘不了您的恩情，假使我没有真心地爱你，那我还能算是一个人了吗？"

　　"那么你以后不会变心了？"

　　"不变，不变，我到死也不会再变心的。"

　　志清把她手握得紧紧的，满面显出十二万分诚恳的样子，表示至性流露地回答。畹芬微微地一笑，却摇摇头说道：

　　"不过，我心中还有些怀疑。"

　　"你怀疑什么呢？难道说你不相信我真心地爱你吗？"

　　畹芬见他焦灼的神情，向自己涨红了脸追问，遂沉吟了一会儿，方才一撩眼皮，秋波一转地说道：

　　"那么我两次约你，你为什么都失信了呢？"

　　"哦，这……当然也有一个原因的。"

161

志清听她这样问，心头别别乱跳，因为在她面前，又不好说是我为了花明的缘故，所以他不得不圆了一个谎，正经地回答道：

　　"畹芬，你该知道我是刚从宁波到上海的人，我的胆子说来可怜，实在比耗子还小，恐怕被公司知道，停了生意，那叫我怎么办呢？因为那时候我还不知道你是什么人，陌陌生生的，我总觉得有些不敢冒昧。畹芬，对于这一点，你当然应该要原谅我才好啊！"

　　"你这话我也有些不大相信，我第一次打电话给你的时候，你不是开口就问我可是什么姊姊吗？显然你在上海是早有女人认识的了。"

　　"哦，哦，你说的是我问云萍姊姊吗？"

　　"对了对了，就是问的这个，云萍姊姊到底是你的什么人呢？我想也许是你的爱人吧？"

　　畹芬连说了两声对了，便又急急地问下去说。志清虽然很慌张，但表面上也不得不竭力镇静了态度，笑着说道：

　　"你知道云萍姊姊是谁？她是我的表姊呀。"

　　"表姊？那就更讨厌了，表姊妹之间，搅七念三的事情更多哩！"

　　"罪过罪过，你说这话太罪过了。我这位表姊已经四十多岁了，人家儿女也有一大群哩，难道我还跟一个四十多岁的表姊去谈爱情吗？"

　　志清这两句谎话说得十分认乎其真，听在畹芬的耳朵里，一时倒也相信起来，遂沉吟了一会儿，又低低地问道：

　　"那么你在上海除了这个表姊之外还有什么认识的人吗？"

　　"一个也没有了，哦，哦，还有一个。"

　　"还有哪一个？"

　　"是您。"

　　畹芬脸色由紧张方才又感到轻松起来，秋波逗给他一个白眼，这才忍不住嫣然地笑起来了。志清也笑嘻嘻地说道：

　　"畹芬，你相信我，只要你不讨厌我，我就是你永远忠实的奴仆。"

"好，凭你这句话，我就收录你这个奴仆吧！"

婉芬扬着眉毛，乌圆眸珠一转，便得意地笑出声音来了。就在这个时候，全场灯光黑暗下来，银幕上也映现着影戏了。在看电影的时候，婉芬是嗲得使志清有些神魂颠倒，几乎整个的心都陶醉起来了。原来婉芬偎着志清，初以粉脸靠着志清肩头，兼则将香腮偎贴到志清的脸颊上去。志清只觉一阵浓郁的香气触入鼻端，昏陶陶的，几疑置身在梦境了。

这部影片名叫《泰山探险记》，所以内容的镜头有紧张处也有香艳处。婉芬看到香艳地方，两颊更加热辣辣得有些发烧，看到紧张地方，心头更是别别乱跳。她把志清的手放到自己胸口上去，低低地说道：

"这部片子太紧张害怕，你摸我的心，不是跳跃得很厉害吗？"

"嗯，好像要从口腔里跳出来似的，你胆子真是太小了。"

"咦，你瞧泰山和这个女人接吻了……"

婉芬忽然低低地又这样说了，同时她把小嘴儿更移近了过来。志清只觉一阵阵吹气如兰的口香，他明白婉芬心中的热情是快像火山一般地爆发出来了，心里暗想：反正电影院里是黑暗世界，那怕什么呢？这种机会若错过了，不但太可惜、太老实，也许在婉芬心中，还要说我是寿头麻子哩！志清既然这样想着，他就把嘴唇也凑近到婉芬口边，两人照影戏上主角在表演一样，紧紧地吻住了。

志清口里虽然是享受着无限的甜蜜，但他此刻那只手也还仍旧放在婉芬的胸部上，当然他也并不老实地活跃起来。在这样情形之下，他们两人倒好像不是在看电影，简直和电影里的主角在大别苗头哩。

看完了这场电影，全场灯火又亮了起来。志清回忆黑暗中所干的工作，仔细想想，到底有失人格，所以红着两颊，非常羞愧。但婉芬却若无其事地挽了志清手臂，脸上还含了一种扬眉得意说不出喜悦的笑容。

走出戏院的大门,外面已经是万家灯火了。志清望着她粉颊,小心似的低低地说道:

"我送你回家去了好吗?"

"不,我们外面吃饭吧。"

"你爸爸会不会记挂你?"

"放心,爸爸此刻不知他早到哪一个小公馆里去了,哪里还会来记挂我?"

畹芬一面笑着说,一面早已走到人行道旁来。车夫连忙开了车厢的门,给他们跳上,问小姐到什么地方。畹芬说晋隆饭店,车夫答应,便把汽车开到目的地停下。畹芬跳下汽车的时候,向车夫关照,可以开回家中去吃晚饭,晚上不必再开出来了。

车夫答应一声,遂把汽车开回公馆里去了。这里畹芬和志清携手上楼,由侍者招待入座,点了两客最名贵的西餐,问志清喝什么酒,志清说拿一瓶啤酒吧。畹芬还叫拿两瓶可口可乐,然后在皮包内取出一包白锡包的烟卷,笑道:

"电影院不好吸烟最讨厌,我整整熬了两个钟点,真有些熬不住。志清,你要抽一支玩玩吗?"

"我不会抽烟,你自己抽好了。"

"不会抽,学学就会抽了。现在这个世界,要如烟酒都不会的,那还能算是一个人了吗?你不会抽,我偏叫你抽一支。"

志清被她这么一说,因此只好把烟卷接了过来,一面划了火柴,一面给她燃火,但口里兀是笑着说道:

"别的倒不怕,所顾虑的是把烟卷吸会了之后,倒又多着一笔开支了。这年头儿吃饭不容易,怎么还能再吸烟呢?"

"瞧你说得那么一副穷相,放心吧,有我在着,吸吸香烟总不成什么问题。从明天起,我给你三十万一个月香烟钱,你就只管吸好了。"

164

婉芬把秋波白了他一眼，似乎埋怨他地说。志清笑了一笑，不敢违拗，从此便也学会香烟了。不多一会儿，侍者把刀叉盘碟拿上。另有侍者捧上一盘花旗冷盘，叫他自己拣欢喜的东西吃，同时又把啤酒和可口可乐拿上，志清叫侍者多掺和可口可乐。婉芬等侍者走后，便逗给他一个娇嗔，说道：

"怎么？难道连啤酒都不会喝吗？"

"多喝了要头痛的，你会喝，你多喝些吧。"

志清微蹙了眉尖，笑嘻嘻地说。婉芬却把啤酒瓶拿来，在他杯子里又倒满了，瞅了他一眼，笑道：

"我偏要你多喝一点，你若醉倒了，我送你回去。"

"好，好，我今天就喝个痛快吧。"

"对了，你是堂堂男子汉，为什么这样娘娘腔呢？以后你什么事情都跟着我学，保险你不上一个月会成个时代青年。"

"那么我准定跟着你学习吧。你做先生，我就做你的学生。来，来，婉芬，我们喝个碰杯吧。"

志清见她这样放浪的神态，想到自己是个男人家，当然很觉不好意思，因此也显出大方的态度，举起杯子来，还和她手里拿着的杯子碰了碰，然后凑在嘴边喝了一口。两人且谈且饮，一道一道的西餐上来，直吃完了最后一道，时候已经八点三刻了。侍者开上账单，婉芬便即把账付去，两人一同走下楼来，出了晋隆的大门。志清因为多喝了一点酒，所以有些头晕脚软的。他对婉芬低低地说道：

"婉芬，我送你回家去吧。"

"奇怪，你干吗这样喜欢送我回家呢？是不是我回去了之后，你可以另外跟女朋友会面了吗？"

婉芬的粉脸，也因为了一点酒的关系，她是娇艳得像朵映日海棠那么好看了。在她听到了志清的话之后，心中似乎有些生气的样子，恨恨地瞅住他，薄怒娇嗔地问他。志清"啊呀"了一声，急得口吃了成分，说道：

"这可不是打棚的事，你不要太以冤枉我好吗？"

"那么你何必老是要送我回家去呢？"

"你不要回家，你还预备到什么地方去玩呀？因为时候不早了，你瞧，快九点钟哩！"

"别说呆话了，在上海九点钟是正上市的当儿，你看南京路上霓虹灯光可热闹吗？我们到对面米高美舞厅去玩吧。"

志清听了，如何还敢违拗呢？遂点头说好，一面拉了她的纤手，一面穿过对马路，走进米高美舞厅去了。两人在一个黑暗角落里坐下，侍者上来问喝什么茶，畹芬先说道："拿两杯柠檬茶来。"侍者答应，便即去泡了。志清今天来舞厅已经第二次了，所以没有像第一次那么东张西望。他又因为头脑晕涨的缘故，所以靠在沙发上静静地养神。畹芬把侍者泡上的那杯柠檬茶交到志清的手里，叫道：

"喂！喂！你怎么啦？到舞厅里来睡觉了吗？"

"我有些头晕，让我靠一会儿吧。"

"这柠檬茶是醒酒的，你快喝一杯，保险你不会头晕了。"

志清听了，方才微微地睁开眼睛，接了茶杯，凑在嘴边喝了几口。畹芬把手拍拍他的额角，笑着说道：

"真是不中用的东西，喝不了一杯啤酒，就这个样子了。"

"我不是预先声明说不会喝的吗？你偏要我喝，因此害得我有些醉了。"

"那么我送你回去吧。或者我们到新世界饭店去开个房间，让你去睡一会子好吗？"

"那可不用了，我就在这里靠一会儿，说不定过一会儿就好了。"

"知道你真的这样不会喝酒，那我就悔不该叫你多喝了。"

志清听她这样说，好像包含了一点抱歉的口吻，一时只好坐正了身子，勉强支撑着，手按在她的肩上，笑道：

"我并没有大醉，只不过稍有些头晕罢了。其实，我也很需要学会了喝酒，因为这样和你在外面一块儿游玩，也不至于使你太扫兴致了。"

"我的好宝贝儿，照你这么说，你喝酒完全是为了我吗？"

"不但是喝酒，就是吸烟、跳舞，还不都是为了你吗？因为你是一个时代女性，样样都有擅长的本领。我若样样不会，那我怎么配得上和一个新女性常在一块儿游玩呢？"

畹芬见他这样奉承自己，一时芳心里更加欢喜，遂紧偎了他的身子，叫他脸在自己肩上靠着，笑道：

"你这样肯称我的心，我非常喜欢你。那么你就在我肩头上靠一会儿吧。"

"谢谢你……"

志清说了三个字，真的把脸靠着她，两人默默地温存了一会儿。约莫十五分钟之后，畹芬方才低低地又问道：

"你此刻觉得好一点儿了吗？"

"好得多了，你这样坐着觉得太冷静吧。"

"你既然好了，那么我们就跳舞去。"

"可是我跳得不好，当心踏破了你的真丝袜。"

"没有关系，一个人不是生成就什么都会的，慢慢地学，哪有不会的道理呢？"

畹芬嫣然地一笑，遂拉了志清的手，一同步入舞池里去了。在舞池里，两人都搂得紧紧的。其实他们并不是在跳舞，无非是在踱方步而已。志清觉得胸口上的感触是怪软绵绵的，好像偎着两个沙利文的面包，同时脸上的感觉，光滑滑的也好像贴着一个剥出的鸡蛋。他想到了和云萍曾经有过一幕神秘的演出，他那颗心立刻会忐忑地乱跳起来，全身的血液也流动得快速，使他每个细胞都感到异样的变化了。畹芬见他起初还移动着脚步，到后来竟是愕然地站住了，这就微侧粉脸，秋波向他一瞟，笑问道：

"怎么？连步子都不移动了吗？"

"……酒后两脚有些发软，本来不会跳舞，因此便更加地不会跳了。"

"那么你席梦思舞会跳吗？"

畹芬见他两颊红喷喷的，颇有女孩儿家妩媚的风韵，一时芳心荡漾了一下，情不自禁笑嘻嘻地问出了这一句话。志清到底还是一个老实的青年，他竟是听不懂畹芬说的这一句话，因此呆呆地愕住了一会儿，低低地问道：

"畹芬，你说的是什么叫作席梦思舞呀？"

"你不懂吗？那你就别问了。"

畹芬还以为他是假痴假呆地装腔，所以两颊也发烧地红起来，赧赧然地回答。志清有些纳闷，遂忙又问道：

"我真的不知道呀，你卖什么关子呢？这席梦思舞到底是怎么样跳法的呢？"

"席梦思舞就是沙发舞……"

志清一本正经地问她，畹芬觉得他真老实得有趣可爱，这就扑哧的一声，便哧哧地笑起来了。就在这时，音乐停止，两人方才携手归座了。畹芬取了一支烟卷，燃着了火，一口一口地吸着，两眼水汪汪地望着那烟卷子呆呆地出神。志清见她不声不响，眉尖儿上好像隐现了一股子喜气，遂低声问道：

"畹芬，你想什么心事吗？"

"不，我有些头晕起来了。"

经志清这么一问，畹芬忽然眉毛一皱，却表示有些痛苦的样子，嗲声地回答。志清见了，真感到有些莫名其妙的奇怪，遂温和地说道：

"既然你有些头晕，那么我送你回家去吧。"

"也好，我们还是回去吧。"

畹芬这会子却不再嗔怪他老是要送自己回家，反而点头答应了，一面取钱付了茶账。志清很不好意思地望了她一眼，说道：

"我吃你的，玩你的，什么都是你的钱，我真觉得怪不好意思的。"

　　"瞧你，还说这些话，那不是太以见外了吗？此刻你吃我的，玩我的，明儿我就得吃你的了。"

　　畹芬说到末了，无意之中忽然想到了一个神秘的感觉，因此抹着嘴儿倒又笑起来了。志清也弄不懂她笑的是为什么，遂不再言语，站起身子，和畹芬一同步出米高美舞厅去了。两人走在人行道上，畹芬又说道：

　　"我想今夜不回家去了。"

　　"不回家，你上哪儿去？"

　　志清望着她粉脸，有些奇怪地问她。畹芬轻轻地叹了一口气，好像有些悲哀的神情，逗了他一瞥凄凉的媚眼，说道：

　　"回家是多么冷静呢，没有一个兄弟姊妹，没有一个亲爹亲娘，孤零零地住在这偌大的屋子里，真像是个坟墓呢！"

　　"怎么？罗大军不是你亲生爸爸吗？"

　　"爸爸并不住在家里，他总是在几个小公馆里宿夜的。你想，我有了爸爸，和没有的又有什么分别呢？"

　　畹芬说到这里，大有凄然欲泪的样子。志清听了，倒也勾引起心中的悲伤来了，遂叹息地说道：

　　"我的身世比你更可怜呢。你倒还有一个会赚钱的爸爸，爸爸虽然有小老婆，但他待你也不算坏，百依百顺，我说你的福气就比我好得多了。像我呢，在这异乡客地，孤苦伶仃，若没有你这个知心人来安慰我，我恐怕也要常常地感伤了。"

　　"哦？你倒把我认作知心人看待吗？"

　　畹芬忽又转悲为喜，紧紧地握住了他的手，笑盈盈地问。志清一手也环抱了她的腰肢，热诚万分地说道：

　　"我不但把你当作知心人看待，而且把你当作我唯一的心上人看待。但是，我也不知道自己可够得上资格做你的心上人吗？"

"志清，你何必还问这些话呢？我自从一见到了你，我那颗心就时时刻刻飞到你的身上来了。所以我再三地约你游玩，同时又竭力地帮助你升高，那我还不是把你当作知心人了吗？况且我是一个孤零零的女子，见了你就认你当作哥哥那么亲热了。此刻在我的心中，最好我们永远地在一块儿不分开，因为我心中尚有千言万语要对你诉说，我们就是谈了这么一整夜，恐怕话也谈不完哩！"

志清听她这样真挚的情意，心头感动得不知到什么程度。他几乎要流下泪来，心中暗想：花明虽然待我好，但她到底是个意志薄弱的女子，在这专制家庭压迫之下，她竟没有一些反抗的能力，甘心地嫁给别人去了。唉！花明，你怎么及得畹芬这样真心可爱呢！志清这样想着，遂忙着说道：

"畹芬，那么我们就在这人行道上踱来踱去到天亮吧，这样我们不是可以痛痛快快地谈上一整夜了吗？"

"现在虽是初秋的季节，不过夜深的街上也有露水，所以容易受寒。况且我身上衣服又穿得单薄，再说万一路上窜出几个强徒来，那我们不是要大受惊吓吗？所以我的意思，我们还是到这里面去谈一夜好吗？"

畹芬说话的时候，已和志清踱步到东亚旅社的门口了，于是她说到末后，便站住了步，把手向里面一指，低低地问。志清因为天生老实，所以倒愕住了。因为东亚旅社是在先施公司里面，他以为畹芬要到先施公司里去谈天，遂连忙说道：

"这里面难道也有供人谈天的地方吗？"

"里面是个东亚旅社，我们开一个房间，怎么不可以谈天呢？"

"哦，哦，你预备开房间吗？"

志清方才恍然大悟地回答，他不知怎么的那一颗心便怦怦地乱跳起来了。畹芬见他不作声，并没表示意思，遂急又问道：

"怎么啦？你难道不赞成吗？"

"倒并非是不赞成，我怕被人家知道了，对于你的名誉，恐怕会受影响吧？"

"上海地方，谁吃饱饭有这样空闲工夫地会管别人闲账呢？所以对于你所考虑的，可说完全不成问题。"

"你既然这样说，那么我们就进去谈个通宵吧！"

志清听她这么说，又见她两眼水汪汪的，好像透现了无限春情的样子，一时猛可想起了云萍这一段雪白的肌肉，因此连带想到畹芬这一个肉感的芳体，他心中就存了一种不可思议神秘的希望。遂也欢欢喜喜地含了得意的笑容，跟着畹芬一同步入东亚旅社去了。

在东亚旅社四百三十号的房间里，志清和畹芬坐在沙发上便谈天了一会儿。谈到时候已近十二时了，夜阑人静，他们窃窃私语，笑声莺莺，这就互相拥抱住了，接了一个甜蜜的吻。男女的嘴唇好像是发电机一般，当他们接触在一处的时候，两人全身细胞便开始起了异样的变化。尤其是畹芬两颊血红，呼吸迫切，她的芳心真要从口腔里跳出来的样子，忽然她轻轻地推开志清，秋波逗了他一瞥勾人灵魂的目光，说道：

"我觉得太闷热了，我想洗一个浴。"

"好的，你去洗吧。"

志清颤抖着语气回答，这也是由于他心跳得剧烈的缘故。畹芬嫣然地一笑，遂站起身子，步入浴间里去了。这时志清脑海里，浮现的是一个美丽而肉感的幻想，尤其在听了这洒洒放水的声音，更使他神魂飘然，一切的情欲已把整个理智都遮掩了。

突然之间，浴间里畹芬"啊呀"了一声竭叫起来。志清听那叫声很是急迫，好像遇到什么危险的样子，心中这就别别乱跳，因此管不了许多地就奔入浴室内来。只见畹芬全身精赤地躺倒在浴缸内，好像晕厥的样子。志清向她连叫了两声，却也不听她答应，一时急得没有办法，只好把她从浴缸里水淋淋地抱了出来。在通明的电灯光芒笼映之下，志清的两眼好像发现了珍宝那么愕住了。不过为了急救她的性命关系，一时也没有好好儿地欣赏这名山大川，先把她

171

身子揩干，抱到床上去了。一面摇撼她的身子，一面低低地呼唤，一面又把茶水用自己的口灌到她的嘴巴里去。过了一会儿，畹芬方才悠悠醒转。志清急急说道：

"啊呀！我的好宝贝，你真把我吓死了！你……你……这是怎么的一回事情呀？"

"我……不知怎么的一阵头晕眼花地晕过去了。志清，谢谢你，若没有你来抱起我，我真要被水淹死了。啊！我……快把衣服去给我拿来呀！"

畹芬说到后面，似乎方才觉察到自己全裸的身子，这就急忙拉过被来盖上了，一面娇红了粉脸，一面羞答答地说。志清微微地一笑，遂把浴室内她脱下的衣服鞋袜拿进房来。畹芬伸手说道：

"快把小衣裤拿给我穿上了吧！"

"横竖要睡觉了，还穿什么呢？"

"嗯，我不要！你……太无赖了！"

"你不要，我也不要，这会子我可依不了你。"

志清被色情已引诱得再也熬不住了，他绯红着脸笑嘻嘻地回答，一面伸手把电灯熄灭，一面便也跳到床上去了。四周是黑漆漆的，而且也静悄悄的。这室内的空气是相当紧张，好像密布着战云的样子。经过良久的时间之后，只听畹芬有阵细微的笑声，低低地说道：

"这可是你给我吃的时候了……"

"那么难道算是我的还礼吗？哈哈！"

志清随着也大笑起来，但畹芬却"嗯嗯"地啐了他一口，在寂静的空气里也流动了她轻盈而淫荡的笑声。这整个繁华体面的都会，却蕴藏了无数卑鄙龌龊的阴影。

第二天早晨，志清先一觉醒来。他望着旁边睡得香甜的畹芬，觉得她好像一头白花狗，全身雪肤，一无斑疤，而放浪于形骸之外的作风，更令人心醉魂销。若和云萍相较，细细回忆，真是别有风味。不过她这个身子，恐怕亦非完璧，难道她是个浪漫女子，在我

172

之前已经先和别人发生过关系了吗？这也难说，否则，一个女孩儿家如何有这样风流的态度呢？志清这样想着，不免有些悔恨。正在呆呆地出神，忽然畹芬也已醒了，她却娇嗔地说道：

"好！好！原来你假装老实人，怎么平白地来欺侮我呢？"

"这我是爱你的意思，怎么能说欺侮你呢？好妹妹！亲妹妹！你全身白似羊脂，香如幽兰，我实在太爱你了！"

志清只好把她搂在怀内，甜言蜜语地向她安慰。畹芬方才柔软地偎住了他，显出那样痴心可怜的神气，说道：

"我现在把清白的身子已交给了你，你……以后会抛弃我吗？"

"不会，不会，你放心，只要你愿意嫁给我，我们顶好马上结婚。"

志清虽然觉得"清白"两字有些反感，不过他口里却不敢加以否认，而且还显出十分热诚忠实的样子，低低地回答。原来志清心中也有他的想头，因为自己已经把童贞交到云萍手里了，现在娶个不是处女的妻子，那也可说是冥冥中的报应。况且畹芬有财有势，自己要有飞黄腾达的日子，这就不得不借重她的力量。再说她爸爸是个大富翁，又没有三男四女，将来这一份家产，我至少也有些可以分分。志清心里有了这几层打算，所以并不嫌她是个残柳之身，仍旧把她爱若珍宝地奉承她。畹芬听了，十分欢喜，遂连忙点头说道：

"我当然愿意嫁给你，你已得了我宝贵的处女，难道你还不相信我吗？"

"我相信你，我绝对地相信你。"

志清听她还一味地说她自己是处女，这就含了说不出的苦笑，低低地回答。畹芬心中暗想：他真的没有知觉吗？那好极了，我就准定嫁给他吧。遂笑道：

"今天我跟爸爸去要求，要他马上给我们结婚，你说好吗？"

"那还有什么不好的吗？但只怕你爸爸嫌我是个穷鬼，他不要我

173

做他的女婿，那可怎么办呢？"

"凭我一句话，不怕爸爸不答应我，你何必胆子小呢？"

"亲爱的，我真是到死都爱你的。"

志清听了，乐极欲狂，遂把她紧紧地搂住，像疯狗一般地把她热吻了一会儿。两人方才披衣起身，梳洗完毕，吃了点心，一同走出东亚旅社。志清到公司去办事，畹芬方才回家去了。小丫头翠琴见小姐清晨回家，这也原是司空见惯，不足为奇，遂低低问道：

"小姐，你早点心吃了没有？"

"吃过了，我还要睡一会儿，你吩咐厨房把中饭的菜做得好一点。"

翠琴不敢怠慢，答应一声，便匆匆奔到厨房去了。这里畹芬躺在床上，因为昨夜过分兴奋，此刻又沉沉地睡去了。等她醒转，时已近午，畹芬先到浴间里去洗了一个浴，然后对镜梳妆。翠琴开上午饭，畹芬匆匆吃了两碗，一瞧手表，已经两点相近，遂打个电话给罗大军，约他在皇后咖啡馆有事面谈。大军听了女儿的电话，知道她又有什么花样精了，遂问她什么事情，只管在电话里说好了。畹芬急道："这不是三言两语所说得完的，我叫你来，你就来好了。我不是绑票，你何必这样害怕呢？"大军在这个女儿面前，真没有了办法，只好坐车急急赶到皇后咖啡室，父女相见，开始会谈。大军方才知道女儿要嫁丈夫，所以要叫自己答应，当下暗想：女儿浪漫成性，几年来也不知闹过几件桃色案子，把人家男子竟当作玩物一般。现在她既然肯安分守己地嫁人了，那还有什么话说？当下连连答应。并且说梅志清这个青年很有才干，而且貌又俊美，所以自己也很欢喜他。他们父女商定之后，婚事举行，便立刻筹备起来。不上半个月，志清和畹芬便在国际饭店十三层楼上结婚了。

新婚之乐，不用细述，好在志清是不费一兵一卒，居然在罗公馆里做起大少爷来。但按诸实际，志清好像是一个雄媳妇，因为畹芬娇气十足，处处地方反而要志清来服侍她。譬如早起穿丝袜、拿旗袍，晚上脱皮鞋，服侍她吃点心，给她敲背捶腿。虽说闺房之中，小夫妻恩爱情深，互相调笑也是有的，但久而久之，志清倒真的好像是她奴仆一样了。这天下午，畹芬叫志清一同到大华舞厅去游玩，万不料事有凑巧，却和花明、雁宾碰见在一块儿了。

第四回

黯然销魂　辛酸难言泪暗抛

当花明发现志清和畹芬挽手入舞厅的时候，那志清的目光也已看见花明跟一个西服男子坐在一块儿了。四目相接，各人都吃惊地不安起来。志清心中很觉奇怪，花明怎么也会到上海来了？她身旁这个男子莫非就是她的丈夫了吗？因为彼此见了面，倒反觉不好意思，所以索性装作不认识的模样，挽了畹芬手臂，管自走到音乐台面前的座桌旁去了。

花明待他们走远，芳心始觉安定，但不知为什么缘故，总觉得有股子气愤塞住在心胸，暗想：志清这黑良心奴才，真是无情无义，他今日见了我，居然当作陌路人一般，唉，世界上的男子哪一个有真心的爱呢？花明只管暗自地感叹着，因此把旁边雁宾向她求爱的事情倒忘记了。雁宾见花明惊讶地向自己叫了一声哥哥，接着便低下头来呆呆地出神，一时心中倒起了误会，暗想：我突然向她求爱，莫非花明心里认为我太没有礼貌吗？因为我们算来是兄妹，在她恐怕认为兄妹之间是不能相爱的吗？不过我们的兄妹，到底不是同胞手足，原是异姓的干兄妹，那么照理说来，就是互相恋爱，那也不算是越范围的事情呀。所以他红了脸，轻轻地把花明衣袖一拉，说道：

"妹妹，你……你……莫非认为我这话说得有些失人格吗？"

"不，不，我并没有这个意思，你倒不要误会了。"

"那么你干吗没有给我一个表示呢?"

"因为我心中很奇怪,哥哥是个有才学的青年,我不过是一个庸俗的脂粉,我怎么有资格能够来接受您的爱呢?"

花明红晕了芳容,有些赧赧然的语气,低声儿谦虚地回答。雁宾听了,却觉得花明说的无非是一种推托之词,大概在她的芳心里一定有不爱我的意思吧,这就很惭愧地说道:

"妹妹,我真冒昧,我真自不量力,所以我……大着胆子竟向您求起爱来了。因为我们之间,虽说是干兄妹,但到底还只有第二次的见面。我究竟是个怎么样性情的青年,在你当然也还不大知道,所以彼此讲到'相爱'两字,那未免是太以盲目一点了。不过,请你千万原谅我,因为我从小到现在,并没有谈过爱情,今天的举动,实在是被情感激动得太厉害一点了。"

花明被他这样一说,心中倒觉得局促不安起来了,暗自想道:我本来再也不想谈什么爱情了,因为我已看破世界上的男子,没有一个是靠得住的。现在听他所说的话,好像自己另有所爱,故而不愿接受他相爱的样子。那么他的母亲到底是我的恩人,我若使他受到失恋的痛苦,这叫我如何说得过去?况且志清这黑心人,自得其乐地挽了女人手臂,在我面前居然视若无睹,不理不睬,那我为了报复起见,我也得再爱上一个比他更健美的青年看看啊!花明这样想着,遂把俏眼儿斜乜了他一眼,低低地说道:

"哥哥,你别那么说,因为我是母亲相救收留下来的,她老人家要把我当作女儿看待,我怎么能……来爱恋你?万一母亲说我负恩忘义,没有廉耻,勾引了哥哥,那叫我还有什么脸做人了吗?"

"妹妹,你假使果然为了这一层缘故,那你倒可以不必顾虑。母亲收留你,也无非是爱怜你的人才,她会要你做女儿,自然也会要你做媳妇的。因为女儿长大了,将来免不了还是要嫁出去的。若是做了她的媳妇,那么你就一辈子都不会离开她老人家了。所以照我的猜测,我们两人肯亲亲热热地相爱着,我妈知道了,不但不会生气，而且一定会十二分赞成欢喜哩。"

雁宾这一番话听到花明的耳朵里，仔细想想，也觉甚为有理。但自己到底是个女孩儿家，事情说得这样赤裸裸的明显，那究竟感到很难为情。因此娇羞万状地瞟了他一眼，却抹着小嘴儿嫣然地笑起来了。雁宾见她虽然并没有表示也爱我的意思，但她既然会向自己妩媚的娇笑，可见她对我总没有什么恶感的影像，那么我又何必急急地要她答应爱我呢？因为男女间的感情都是从无形之中增加的，只要我有真挚的情意对待她，她不是铁石心肠，怎么会无动于衷呢？雁宾想到这里，于是也不再向她说求爱的话了。两人默然地坐了一会儿，花明见雁宾呆然出神，好像闷闷不乐的样子，一时暗想：我没有答应他的爱，莫非他有些生气了吗？这就搭讪着说道：

"哥哥，你这样坐着不是很寂寞吗？我想你有舞兴的话，不妨和舞女一同去跳几次呀。"

"不，我这样坐着听一会儿音乐也很有意思，其实我对于跳舞倒也并没有感到特别的兴趣。"

雁宾微含了笑容，方才低低地回答。花明听了，觉得他所以这样说，无非是在我面前特别装出正经的意思，遂忍不住抹嘴一笑，说道：

"你既然没有感到特别的兴趣，那你为什么要到舞厅里来玩呢？到舞厅里来的人，没有一个是不喜欢跳舞的，其实跳舞本来也是一种高尚的娱乐，哥哥，你不用为了我而不去跳舞女，你只管去跳着玩玩好了。"

"我不去跳，要么，我跟妹妹去跳一次。"

花明说的似乎包含了一些俏皮的作用，雁宾听了，由不得红了两颊，索性涎着脸，向花明憨憨地傻笑。花明沉吟了一会儿，笑道：

"我也很想跳着玩，但是不会跳，被人家见了多难为情的。"

"那倒没有关系的，会跳舞的人也都是慢慢学会的，难道谁是生下来就会的吗？妹妹，你若肯赏我一个脸，我心中就非常感激你的了。"

"好，我就跟着你试试看。"

花明为了不忍拂逆他的意思，并且恐怕他对自己又要发生一种误会，所以也只好厚着面皮，站起身子，表示答应他的意思。雁宾心中这一快乐，好像是不胜荣幸的样子，就笑嘻嘻地挽了花明手臂，一同步入舞池里去了。

事情凑巧得很有趣，舞池里遇到志清和畹芬也在跳舞，而且畹芬的脸紧紧地贴着志清，志清望了花明一眼，却依然装作没有看见的神气。花明的心中气得什么似的，她为了报复起见，遂把粉脸也偎到雁宾的颊旁去了，故意表示分外的亲热。雁宾当然不晓得花明心中还有这一层缘故，所以乐得眉飞色舞，连心花也几乎朵朵地乐开了。一曲音乐完毕，舞侣们大家各自携手回座，雁宾望着花明娇颜，十分喜悦地说道：

"妹妹，你虽然说不会跳舞，但刚才试验之下，就觉得你的舞也跳得着实不错啊。"

"还说不错，把你皮鞋尖儿都踏坏了。"

花明秋波羞涩地望了他一眼，却报报然地笑起来了。茶室舞到五点为止，雁宾和花明从舞厅出来，还要请花明到瘦西湖去吃点心，花明恐怕到医院误了接班时间，遂婉言谢绝，说明天又可以吃的，今天不必了。雁宾不敢勉强，遂给她讨好了街车，目送她到医院里工作去了。

花明在医院里做了半个月的夜班，这似乎成全雁宾和花明有亲热的机会，雁宾一天没有间断过地回家和花明来做伴儿，不是到外面去游玩，就是在家里闲谈。这半个月的相聚，两人感情也渐渐地深厚起来了。但半个月之后，花明又恢复做日班了，因此雁宾和她接触的机会也减少了，但他们虽然同在上海，却也互相地时常通信，在书信中互诉衷情，所以倒也并不寂寞。

已经是深秋的天气了，街上的树叶儿像小鸟一般地纷纷飞舞，两旁百货商店的橱窗里，已陈设着冬季御寒的货物了。这季节在多愁善感的人们心眼儿里，好像总觉得有阵莫名的凄凉。这天黄昏的时候，花明和鸿大夫从医院里回家，只见雁宾已先等在家中了。他今天的神色有些不大好，似乎有些黯然的样子。花明先含笑叫道：

"哥哥，你多早晚回来的？"

"刚来了不多一会儿……"

雁宾低低地回答，好像欲语还停的神气。鸿大夫似乎也发觉他的神情和往常有些不同，遂望了他一眼，问道：

"雁宾，你今天有什么心事吗？"

"妈，我……我们军队又要开拔了。"

这消息送入鸿大夫和花明两人的耳朵内，大家都吃惊地"呀"的一声叫起来了。鸿大夫关怀地问道：

"你们开拔到什么地方去呢？"

"开拔到东北去。"

"哥哥，几时开拔呀？"

花明的芳心忐忑得像小鹿般地乱撞，慌张了粉脸，也迫不及待地问他。雁宾望了她一眼，说道：

"大概在这最近三天之内吧。"

"既然做了军人，那开拔总也是免不了的事情。孩子，我也没有别的话好对你说，你在外面，一切保重点儿吧！"

鸿大夫口里虽然这么说，但她喉间是有些暗哑的成分，显然她老人家心中也感到了无限惜别之悲哀。雁宾见母亲这个样子，他也不禁心酸起来，颤抖着声音，低低地说道：

"妈，我一切都知道，您老人家只管放心好了。"

随了雁宾这两句话，大家又沉默了一会儿。这时陈妈开上晚饭，鸿大夫、花明、雁宾三个人一同坐下，虽然是吃着饭，但各人有各人的心事，大家真有些食而不知其味的光景了。雁宾见母亲把筷子拨着碗内的饭粒，一粒一粒地送到嘴里去，好像难以下咽的样子，遂忍不住开口问道：

"妈，你怎么啦？听了儿子要开拔了，难道你心中有些不高兴吗？"

"唉，孩子，我年纪老了，我的思想竟也会变了。在当初你要投考军官学校去，我心里非常赞成，我想着你爸爸荒唐了一生，所以我更希望你能够为国家做一番轰轰烈烈的事业，不过到了今天，我看了自己孤零零一个老年人，同时又看了这四周的环境，我觉得很需要你能够伴在我的身边。只要你不离开我，任他们天翻地覆，我也觉得十二分安慰了。然而事实上又怎么能够呢？孩子，你这次离开我后，我们也不知道什么时候才能再相逢哩！"

鸿大夫说到这里，心头无限哀怨，眼皮一红，泪水便滚滚地落下来了。经鸿大夫这么一伤心，雁宾和花明也感伤起来，不过她老人家已经在难过了，他们两人也只好竭力熬住了悲痛的发展。雁宾强颜含笑地说道：

"妈，你何必这样多愁多虑呢？孩儿此去，一定平安无事。虽然您老人家的年纪老了，但您不是也在负着重大的责任在工作吗？所以这工作也可算你最大的安慰了。况且如今还有一个妹妹和您老人家做伴，我知道妹妹会代替我尽孝道，随时地侍奉您，所以我倒放心了不少……妹妹，我走之后，妈需要你照顾，那我身子虽在外面，心中也深深地感激着你了。"

雁宾说到后面，回头又向花明望了一眼，低低地托付着。花明微蹙了眉尖儿，点了点头，轻轻地说道：

"侍奉母亲，那是我分内之事，哥哥不说，我也知道的，所以你尽管放心吧。妈，哥哥开拔之前，我们只有暗暗祝祷他一路平安，您千万不要伤心，倒叫哥哥看着心中难受。"

鸿大夫听花明这样说，也觉有理，因为儿子在开拔之前，理应取一个吉利，怎么能伤心流泪呢？于是不再说什么，勉勉强强地吃完了一碗饭，便坐到沙发上去了。这里花明和雁宾也吃完饭，陈妈知道少爷又要打仗去了，所以太太很难过，遂匆匆地把碗筷收拾下去。三个人相对默然了一会儿，雁宾望着花明，虽然有千言万语要对她诉说，但碍着母亲在面前，所以要说的话却再也说不出口来。这样有了十多分钟的时候，雁宾忽然站起身子，向鸿大夫一鞠躬，说道：

"妈，我走了……"

"雁宾，你……今夜就开拔了吗？"

鸿大夫这才很急促的口吻，向他急急地问。雁宾摇摇头，说道：

"说不定在哪一天开拔，大概就在这三天之内。假使我预先知道了的话，明后天还会到母亲那儿来拜辞的。"

"那么你此刻是到什么地方去的呢？"

"我回军部去了，也许还有事情要召集开会呢。"

被雁宾这样一说，鸿大夫没有勇气再留他在家中多待一会儿了。花明情不自禁地移动着沉重的脚步，慢慢地跟着雁宾走到楼下，一直送到大门口。雁宾回过身子来，向她望了一眼，低低地叫道：

"妹妹，你能不能陪着我在人行道上走一会儿路呢？"

"这还有什么不能够吗？"

花明低声地回答，她已跟着雁宾一同向前走了。这条马路本来是住宅区，所以非常幽静。尤其在秋天的夜里，那当然更显得冷清清了，树丫枝在暗弱的街灯光芒下伸长了臂膀，参差不齐地映在地上，黑魆魆的，令人感到了一阵无限的恐怖和凄凉。雁宾紧紧地握着她手，微微地叹了一口气，说道：

"妹妹，我们这两个月来的相聚，彼此的感情总算不坏吧？"

"是的，哥哥待我比什么人都好，我心里真有说不出的感激你。"

花明点点头，颤抖着语气回答，从她蹙着眉毛的表情上看来，可见她内心是觉得怎一份样儿的悲哀了，一时也感情地问道：

"那么我们要分别了，妹妹对于我这一次的开拔，心里有些什么感觉呢？"

"我感觉我的胸口是空洞洞的，好像是掉了一件什么不可少的东西一般。不过，哥哥既然身为军人，那又有什么办法呢？我在这里虔虔心心地给你祈祷着，但愿哥哥身子平安，将来好好儿地回家，那么我从哥哥开拔之日起，就给你吃终身长斋。"

雁宾听花明说出这些话来，那真是做梦也意想不到的事情，心里这一感动，把她手握得更加紧了，说道：

"妹妹，你……果然为我终身长斋吗？"

"是的，这不是开玩笑的事情，我怎么能欺骗你？"

"不过，你已经跟着母亲信耶稣教了，你怎么还能信佛教呢？"

"哥哥，你以为吃素一定是信佛教才可以吗？那也不尽然呀。我所以终身长斋，无非是不食有生灵的动物，从此不开杀戒，暗中能够保佑您在外面平安无事的意思，即使有什么小灾难，也会逢凶化吉，转危为安。虽说这好像是我的迷信，但也无非是我一点点诚心而已。"

"不错，诚则灵，假使我果然能够如你所说的平安回来，那我就生生世世忘不了你的恩惠了。但……只不过有一点，我感到十分忧愁。"

雁宾说到这里，皱了眉毛，好像有些顾虑的样子。花明仰着粉脸，秋波斜飞了他一眼，急急地问道：

"哥哥，你忧愁的是什么呀？"

"我想着一个军人在外面打仗，几时可以凯歌回家，这是很难说的。万一十年八年的话，那么难道我也叫妹妹等我十年八年吗？所以我觉得这样在我未免是太自私一点了。"

雁宾说到这里，望着花明粉脸呆呆地出神。花明的两颊立刻像玫瑰花朵儿般地娇艳起来，沉吟了一会儿，方才低低地说道：

"哥哥，你放心，只要你在外面不……"

"不什么呢？妹妹，你说下去呀！"

花明被他这样一催促，因此益发不好意思说出来了。雁宾知道她一个女孩儿家，无非是怕着难为情的意思，遂低低地代为说道：

"妹妹，事到如今，我也只好直接地说了，你是不是说我在外面会另外爱上别人吗？"

"是的，因为一个男子都是心眼儿很会活动的，我比方么说一句，哥哥在外面高升了，一直升到了军长的地位，那时候免不得想娶一个军长太太了，就是你自己没有这个意思，旁边人也会奉承你，而给你做媒，找个好的人才啊。那时候我想哥哥就会身不自主的了。"

雁宾听她这样说，由不得笑了，但在笑过了之后，立刻又显出一本正经的样子，握着花明纤手，说道：

"妹妹，你所考虑的固然很对，不过你请放心，我绝不会这样没有情义。假使我是这样见一个爱一个的话，那我敢向你发咒，我绝没有好死，也不必想到这'高升'两个字了。"

"哥哥，你何必说死说活呢？我无非跟你说说笑话而已。"

花明见他念了重誓，心中一急，眼泪便夺眶流下来了。雁宾连忙也含笑说道：

"我也无非向你表明我的心迹而已，只要我没有两条心，那我自然不会死的啰。妹妹，你不要傻了，伤心什么呢？"

"哥哥，想我本是一个苦命之人，今生若没有妈收留我，我恐怕早已不在人世了，所以我原本也不想谈什么爱情，我只预备继妈的志愿，终身为病者服务。现在承蒙哥哥这样痴情地爱怜我，我为了报答母亲的相救之恩，所以不得不以身相许，使哥哥得到安慰，当然更能为国干一番轰轰烈烈的大事业。虽然你今日要和我分别了，你说十年八年的日子觉得嫌太长，恐怕我有些等不住会另嫁别人的样子，那你可不用这样多心，我除了哥哥之外，情愿独身到老，再也不嫁第二个人了。话已赤裸裸地跟你说明了，哥哥，你就放着一百二十个的心吧！"

花明厚着面皮，含了热情的眼泪，也只好把心眼儿上的话向他至性地流露出来了。雁宾听了，真是感到心头，爱入骨髓，遂也至诚地说道：

"妹妹，我听了你这一番话，我的心里实在太高兴了，你这么痴心痴意地爱着我，我将拿出我浑身的热血来报答你啊！"

花明听了，回答不出什么话来，她的秋波逗给他一个倾人的媚眼，却是嫣然地笑起来了。两人温情蜜意地走了一会儿，花明忽然说道：

"哥哥，我忘记告诉了你一件事情，明天我又要夜班了，假使你明天有空的话，不妨到家里来我们谈上一整天。此刻我想不送你了，因为母亲一个人等在家里，她很冷静哩！"

"妹妹，你真孝顺我的妈，我非常感激你。好吧，我明天下午来望你吧，此刻我们再见了。"

雁宾听了，认为很不错，遂握着她的手，低低地说。花明也点头说声："明儿见。"眼望着他跳上街车匆匆地离去了。晚风吹在身上，花明的心头不知怎么的总感到一阵说不出的凄凉，慢慢地回到家里。鸿大夫望着花明，黯然地问道：

"雁宾走了吗？"

"我送哥哥走了一截路，他才坐车回去了。"

花明显出若无其事的样子，平静了脸色回答。但鸿大夫却微微地叹了一口气，眼泪从眼角旁流了下来。花明这才显出难受的表情，用了温和的口吻，低低地劝慰她说道：

"妈，你不要难受呀！我相信哥哥前程远大，将来飞黄腾达，慢慢儿高升上去，做了军长、总司令的时候，妈的心中才感到欢喜哩！"

"孩子，你知道我心中难受的是为了什么呢？可怜我在这儿辛辛苦苦地费尽心机把病人一个个地救活起来，但他却又要到战场上去屠杀生灵了。我救活一个人是多么困难，他们一个大炮弹子残杀几百几千的同胞也算不了一回稀奇的事啊。所以我很悔恨，当初不该让这孩子去投考军官学校。唉！我心里是多么痛苦呢！"

花明听鸿大夫这么说，又见她眼泪滚滚地落了下来。她知道一个医生的慈悲，是完全具有博爱的心理，她所以伤心，是为了这成千成万无辜被牺牲的可怜虫，因此自己在万分哀怨之余，也不免暗暗地伤感了一会儿。母女俩相对地伤心着，默默无语，耳听窗外飒飒的秋风之声，更觉无限凄凉。花明恐怕母亲老人家受了感冒，遂劝着她一同熄灯就寝了。第二天下午，花明吃过了午饭，正在凭窗远眺，见雁宾匆匆地到来了。他紧紧地握住了花明的手，有些难舍难分的样子，说道：

"妹妹，我们今夜就开拔了。"

"啊！真的吗？今夜几点钟呢？"

"我就是告诉了你，你也不能来送我的行呀。"

雁宾说着话，大有凄凉的神色，花明眼皮一红，她却慢慢地低下头来了。雁宾伸手抬起她的下巴，凝望她的粉脸，低声说道：

"妹妹，你心中难过吗？"

"不，我没有……我……"

花明想拿一句什么话来掩饰，但却是再也说不出来。雁宾拉着她一同在沙发上坐下，给她拭拭颊上的泪水，说道：

"妹妹，在今天这一个下午，真可以说是一刻值千金了。因为明天这个时候，我是再不能瞧见你的脸了……"

"我们都是年轻的人，虽然暂时的分别，将来总有相逢的日子，所以我倒没有什么稀奇的。哥哥，我最近拍了一张小照，给你留在身边好吗？"

"好的，好的，那是再好也没有了……"

雁宾欢喜得什么似的，忍不住笑嘻嘻地回答。花明站起身子，遂把她一张四寸半身小照拿来，交到雁宾的手里。雁宾接过看了看，不住地点头，一面藏好，一面说道：

"这张照相拍得很好，姿势美妙，光线适当，角度也好。妹妹，我把你这张小照藏在我贴身的怀内，那么妹妹好比时时刻刻伴在我身边一样了。"

"哥哥，你这五斗橱上那张照片也拍得很不错，风流翩翩，真像是个二八佳人哩！"

"好，妹妹，你取笑我吗？我可不依你。"

雁宾见她神情可爱，一时也忘记了别离的悲哀，遂把花明身子抱在怀内，伸手要到她胁下去胳肢。花明很怕肉痒，一面讨饶，一面躺在雁宾怀内忍不住哧哧地笑。雁宾是个年轻的小伙子，他怎么能够受得了呢？因此情不自禁地挽了她的脖子，低下头去，在她小嘴儿上紧紧地吻住了。花明被他一吻之后，芳心里猛可想到和志清在轮船上临别的一幕，不知怎么的，她由甜蜜的感觉而渐渐地转变到悲哀起来，暗自想道：在当初和志清絮絮话别之时，彼此海誓山盟，共祝天长地久，谁料到言犹在耳，志清却已负心我了呢？那么雁宾此刻对我柔情绵绵，明天到了外面，谁能保险他不会变心呢？假使我第二次再遭到失恋的痛苦，那我做人还有什么滋味？倒不如早些死了干净吗？花明在这样思忖之下，眼泪却在眼角旁涌上来了。雁宾脸部上的感觉忽然润湿起来，连忙仰起脸来一看，谁知花明却像海棠着雨一般地满面是泪，这就吃惊地说道：

"妹妹，你……你……这是为什么呀？"

"……"

花明回答什么好呢？她红了脸，一面用手臂拭去了泪痕，一面却默不作声。雁宾倒不免急了起来，遂摇着她的肩胛，又急急地问道：

"妹妹，你……你莫非怨恨我的举动太没有礼貌吗？"

"不是……"

"那么你干吗哭起来了？妹妹，你好歹向我告诉一个明白呀！"

花明被他问得急了，一时也没有了法子，只好转了转乌圆眸珠，显出那份儿可怜的模样，楚楚地说道：

"哥哥，我的心，我的身子，已全部属于你的了，我希望你不要忘记今天这一个吻才好。"

"唉！妹妹，你……你难道还不相信我是个忠实的青年吗？我这次上前线去，除了被弹子打死了，我再也不会负心抛弃你的了。"

雁宾很焦急地回答了这两句话，倒叫花明扑簌簌地又流了不少的眼泪。雁宾把嘴儿去吮吻她颊上的泪水，表示无限亲热的神气，安慰她说道：

"我是这么比方着说一句，妹妹，你千万别伤心，保重你的身子要紧。"

"我真也糊涂得很，原不该老是伤心呀。哥哥，你今晚要开拔了，我应该给你送行才是。"

花明忽然又含了娇媚的娇笑，表示十分欣喜的样子。雁宾也很高兴地说道：

"送行倒不必了，我们在没有分离之前，我们应该到外面去多玩一会儿，不知道妹妹肯陪我去玩玩吗？"

"那还用问吗？只凭哥哥说一句，你要我到什么地方去，就什么地方，我绝没有回答一个不字的。"

"好，我们还是瞧电影去，大家留一个纪念。"

雁宾一面说，一面站起身子。花明早已披上了一件枣红呢的大衣，挽着雁宾的手臂，两人坐车到大上海电影院去看戏了。今天这张影片，齐巧也是战争片子，内容非常激昂慷慨，可歌可泣，叙述一个陆军少将忠勇之精神，并伟大之牺牲，令人又敬佩又痛伤，同时那少将有个爱人，在得知少将殉难的时候，便穿了修道院的衣服，永远地独身到老了。这故事看在雁宾和花明的眼睛里，大家都觉得很触心，所以非常懊恼，不该来看这一场电影。尤其是花明的两眼哭得红红的，因为在她看电影的时候，还道是在扮演着他们的事实哩。当他们走出电影院的时候，雁宾心中也很闷闷不乐。他见花明脸上沾着泪痕的神情，心头更觉得悲酸难受，但表面上却含笑搭讪

188

着说道：

"妹妹，我们大家去吃一点儿点心好吗？"

"好的。"

花明低沉地回答，好像有气无力的样子。两人遂走进一家附近的点心店，侍者招待入座，雁宾叫了一盘鸡丝炒面。两人在吃点心的时候，雁宾方才微笑着说道：

"刚才这张影片的故事太令人感动了，不论是镜头还是演技方面，都使人感到满意，就只不过太悲惨一点罢了。"

"嗯……"

"我很愿意效那个少将这么英勇伟大的精神，但是我却不希望像他那么得到这样悲惨的结局。"

"是的，我相信你绝不会这样的……"

花明点头回答，她喉间已经有了哽咽的成分，泪水几乎夺眶流下来了。雁宾心中也有些黯然，他深长地叹了一口气，低低地说道：

"我在没有看到这一场电影之前，我却没有想到这许多。现在我觉得这是应该有所顾虑到的一回事情，所以不得不向妹妹关照几句……"

"哥哥，电影本来是人们构成的故事罢了，看过了也无非消遣而已，你何必为影戏中的主角而耿耿于怀呢？所以我劝哥哥别提这些事情吧。"

花明不让他说下去，微蹙了细长的眉毛，秋波含了哀怨的神情，向他逗了一瞥，低低地劝阻他说。但雁宾却还是一本正经地说道：

"常言道：戏剧是人生，人生是戏剧。虽然这是一个故事，但和我们的环境却是太仿佛了。一个军人，不论他的职位大小如何，但死在枪炮之中，这是很可能的事情，所以我认为那少将的壮烈牺牲并不算悲惨，因为他的精神是永远和日月共存的。只是他的爱人，为了他硬生生地把她青春掩埋了，把她终身丢送了，一个多么可爱的姑娘呀，却在这古墓似的修道院中去过那悠悠的岁月，这是太凄惨太令人悲痛了。所以我心里非常不忍，我觉得她是不应该受这样残酷环境的束缚。因为她没有正式地给那少将做过妻子，她似乎可以不必一定要给那少将守节的……妹妹，假使我也遭到了像那少将同样的命运，请你千万听从我的话，只管为你的终身作打算，另外地嫁人是了……"

雁宾从影片中的主角而慢慢地说到自己的身上来，但说到后面的时候，他喉间好像有骨相哽，连他自己再也不忍说下去了。花明听得早已泪下如雨，咽不成声，良久，才抽抽噎噎地说道：

"哥哥，你为什么要说这些话呢？我相信我们一定有美满的结局。"

"但愿能够这样子，那当然是谢天谢地了。"

雁宾当然也不忍多伤了她的心，遂点点头，低低地回答。花明恐怕被人家看见了，引起误会，遂收束了泪眼，但这一盘鸡丝炒面，两人却一筷也吃不下了。呆呆地默坐了一会儿，花明见表上的时针已指在五点钟了，于是向雁宾说道：

"哥哥，你还没有到妈那儿去告诉过吧？我想时候也不早了，此刻我们就一同到医院里去好吗？"

"好的，我们就去吧。"

雁宾点头说好，他便付了账单，和花明一同坐车到广福医院里去。鸿大夫见儿子和花明一同到来，心中已经有些料到了，虽然十分难过，但是却不便把悲哀的表情显到脸部上来，低低问道：

"你们兄妹俩怎么在一块儿呀？"

"妈，今天晚上我们军队就要开拔了，所以孩儿特地向您老人家来拜别的。孩儿走后，唯望您老人家身子保重要紧，孩儿不能侍奉左右，只有在外刻刻地祈祝妈福体康强。"

雁宾竭力镇静了态度，含了勉强的微笑，低声儿地回答。鸿大夫点点头，沉吟了一会儿，方才说道：

"我也没有别的话和你说，你在外面一切小心些吧。"

"是，孩儿知道。"

母子两人正在说话，但护士长刘小姐却来请鸿大夫去医治病人了。鸿大夫遂向雁宾又教导了两句，方才匆匆地管自走了。雁宾含了眼泪，望着母亲去远，便和花明握手，也珍重道别。花明依依不舍地送着他走出医院大门，瞧望他跳上车子走了，她忍熬了许久时候的泪水，此刻又滚滚地落下来了。

自从雁宾走后，花明的芳心里总觉得像失了一件什么珍宝般地十分难过，但一星期后接到了雁宾一封来信，方才使花明得到了一点安慰。这又是花明值到一个夜班的晚上，在子夜一时左右之间，忽然来了一个急症，原因是服毒自杀，自杀的是个很华贵年轻的少妇，陪着那少妇来的是个西服青年。当花明和那青年见面的时候，大家都是一惊。原来这个青年不是别人，却就是花明所痛恨的梅志清哩！

第五回

我行我素　小夫妻各有千秋

罗畹芬本是个水性杨花浪漫成性的女子，她因为自己在外面已经发生了许多桃色事件，假使照这样下去，那么一个女孩儿家的名誉将不堪设想了，所以她见志清很老实，而且品貌又很端正，便用手段勾引他，借此和他结婚，在外界说来，她总算也是个有夫之妇了。但是江山好改，秉性难移，日子久了，畹芬把志清慢慢地又感到讨厌起来。这天志清从美丽公司下了写字间回家，畹芬却不在家中，遂向小丫头翠琴问道：

"小姐到哪里去了？"

"不知道。"

翠琴心不在焉地回答，她勉勉强强地给志清倒上了一杯茶之后，便匆匆地要向房外奔了。志清心中不免有些生气，遂把她拉住了，又问道：

"你这么要紧做什么去？我还有话问你哩，你小姐什么时候出去的？"

"午饭吃过后出去的……"

翠琴一面说着，一面还是要向房外走的神气。志清平素就觉得这小丫头很刁滑，畹芬叫她做的事，她就像狗颠屁股似的十分起劲，自己吩咐她做事，终归装聋作哑似的显出那副死样怪气的态度，所以此刻就发作几句道：

"他妈的！你这小丫头真变死了，外面哪一个亲家等着你？你就站不住脚地一心只想外面跑呢！"

"姑爷，你口里清爽一点，我还没有吃你梅家的饭哩，开口不要骂人好吗？小姐也从来没有骂过我的妈，你倒骂我的妈起来，这才是天大的笑话哩！"

志清见她这会子倒站住了步，回身过来，却逗给自己一个轻视的白眼，冷言冷语地嘲笑自己。一时气得两颊由红发青，不免恨从心头起，遂赶上一步，伸手在她颊上啪啪两记耳光，也大声怒骂道：

"什么？什么？你这该死的贱人胆敢顶撞我吗？我难道不能骂你吗？今天我就偏偏打了你，看你有什么戏法儿变出来！"

"好，好，你打，我给你爽爽快快地打死好了！喔哟！像煞有介事地想做大少爷了，不拿面镜子自己照一照，你狠什么？你有本领给我去另外组织一个公馆给我看看啊！靠着我们小姐福气才住这么大洋房，否则，你有这样的日子过吗？那你真是在做大乱梦哩！"

翠琴被他打了两记耳光，起初倒是愕住了，两手摸着自己面颊，暗自想道：听说小姐近来对他也没有什么好感了，我就跟他吵一场，那也没有什么杀头罪名的。想定主意之后，方才把脚一顿，一面号哭，一面回嘴，一面还把头向志清撞了过去。志清到底也是一个有志气的青年，他如何受得了翠琴这几句侮辱的话呢？要想跟她理论，但她是个无知无识的小丫头，自己和她吵作一堆，倒反而失了自己的身份和人格。所以忍气吞声地也不理她，管自地奔出房外去了。翠琴以为自己占了上风，所以姑爷害怕让自己走了，因此益发猖狂起来，她追了上去，狠命一把地抓住了志清，还唠唠叨叨地说道：

"你打了我，预备一走完事了吗？哼！哼！没有这样容易，我不吃你的饭，你得摆一句闲话给我听听……"

"啊！反了，反了，你这狗眼看人低的势利鬼！你敢这样欺侮我吗？我非打死你不可！情愿我给你抵命！"

志清想不到这丫头有这样泼辣可恶，心中不由痛恨到了极点，铁青了两颊，一面大声地呵斥，一面伸手把她推倒。本来要想把她踢几脚，但仔细一想，恐怕闯了祸水，他就飞也似的奔到屋子外去了。

志清怒气冲冲地奔出了罗公馆，跳上了一辆三轮车，立刻叫车夫拉到维纳斯舞厅去。车到舞厅门口停下，志清刚付了车资，忽然背后有人把他肩胛一拍。志清慌忙回头去看，这一看不由他"啊呀"一声叫起来了。原来不是别人，正是和自己第一次发生肌肤之亲的陈云萍，因为自己这几个月来和畹芬打得火热，把个云萍早已抛到脑后去了。此刻见了云萍，心中自然颇感不安，这就紧紧地握住了她的纤手，笑嘻嘻地叫道：

"姊姊！姊姊！我真想念你啊！巧得很！我们今天在这儿会遇见了！"

"哼！想念我？你这负恩忘义没有良心的东西！……"

但云萍却冷笑了一声，而且还柳眉倒竖，无限哀怨而恼怒的表情，秋波白了他一眼，愤愤地骂出了这一句话，但她愤怒还抵不住辛酸和悲哀的侵袭，所以眼皮一红，泪水便像雨点一般地滚落下来了。志清看了，也十分抱歉，但在人行道上，到底受人注意，所以慌忙拉住她的手，一面向维纳斯舞厅里走进去，一面显出特别亲热的表情，低低地说道：

"姊姊，你不要伤心呀，千错万错，说来总是我的错。但我实在也有不得已的苦衷，我回头好好儿地告诉了你，你听了，一定也会原谅我了。姊姊，我们到舞厅里去坐下了再说吧。"

云萍听他这样温情蜜意地说着，一时要想骂他几句，却再也骂不出口来了，只好收束了泪痕，跟着他一同到舞厅里坐下。志清吩咐侍者泡上了香茗之后，便先取出雪亮的烟盒子来，拿了一支，亲自递到云萍的口里，还给她燃着火，低低笑道：

"好姊姊，你不要生气，我给你先吸一支烟，消消胸口的气吧。"

"哼！你到了上海真的进步不少了，记得你本来是不会吸烟的，

194

现在居然把烟卷也学会了。"

云萍见他紧偎了自己的身子，口里叫着好姊姊，还一味地奉承自己，那种态度好像是亲热得无以复加的样子，觉得第一次和他见面，他那种老实的样子，和现在的他，真是大不相同。可见环境移人之厉害，真是太有力量了。这就冷笑了一声，娇嗔地回答。志清却贼忒嘻嘻地只管向她笑着，一面拉了她手，说道：

"好姊姊，我们先去跳一次舞好吗？"

"怎么？你花言巧语地想混过去吗？慢慢来，我一句一句地要问你，你要详详细细地回答，你到底是不是在美丽百货公司里办事情呀？"

"是的，我确实是在那里办事。"

"那么我打电话去找你，他们如何说没有你这个人呢？后来我亲自到公司里来找你，上上下下的部分都找到了，也不见你的人影儿，这到底是什么缘故？"

云萍吸着烟卷，把秋波怨恨地瞅住了他的脸，很奇怪地追问。志清想了一会儿，点点头，说道：

"我到美丽公司不到三天工夫，就调任到经理室内做秘书了，所以你来柜台上寻找我，那当然找不着了。不过你打电话来找我，他们说没有我这一个人，这倒是太可恶了，我明天非向他们去责问不可。"

"这些问题我们且不必去追究，或许人家不知道你的名字，那也是有的。不过你为什么和我分别之后，却一去而不回了呢？这是什么缘故？你倒给我说出一个道理来。"

志清被她这样一问，倒是问得愕住了，因为一时之间，也很难编谎，所以红了脸，却笑嘻嘻地沉吟了一会儿。云萍不等他开口，先代为说道：

"是不是因为你高升了，做了耀武扬威的秘书长了，所以把我这个穷姊姊抛到九霄云外去了吗？"

"姊姊，你千万别这么说，叫我听了，心中难受。"

"难受？哼！我这么说了你两句，你倒知道难受了吗？可怜我早也思想，晚也思想，想得饭也吃不下，觉也睡不着，难道我倒不难受吗？虽然我是一个败花残柳的女子，固然不足你的眷恋和爱惜，但是一个人也要想想自己过去在患难的时候，你病在床上连一些气力都没有，若不是我衣不解带地服侍你，你那时候的痛苦，又将何以为情呢？虽然这也算不了什么大恩大德，但是你也不应该把我丢得这样快速呀！唉！我一番可怜痴心，竟是得到这样的报答，我还有什么可说？只要你认为是对得住我的，那么我今天就是死在你的面前，我也口眼紧闭的了。"

云萍滔滔不绝地说了这一大篇的话，说到后面，一阵悲酸，这就忍不住又声泪俱坠了。志清亦觉自己太无情义，不该这样狠心，连一次也不去看望她，想起过去在病中情形，若没有她帮助自己，自己说不定已在马路上做乞儿了。想到这里，内心一阵惭愧，两颊浮上了惶恐的焦红，遂忍不住也流下泪来，偎着云萍的身子，低低地说道：

"姊姊，我错了，我实在太该死了，请你千万饶我这一遭儿吧。"

"你也不必说些这好听话，反正我也不是你的妻子，就是你要丢掉我，我也没有法子，总不能到法院里去告你呀。不过我已经跟你说过了，我不希望你完全地来爱我，只要你分给我三分之一的爱，我也已经很满足了。谁知你连十分之一的爱都忘记了，唉，这还有什么话可说呢？日久见人心，这句话才是至理名言了。"

云萍见志清也流着眼泪，虽然心头有些软了下来，不过想过这几个月来的杳如黄鹤，心中如何不要痛恨入骨呢？这就把他身子推开了，用了俏皮的口吻，向他讽刺地回答。志清听了，羞愧得真有些无地自容，遂伸手拍着自己的额角，恨恨地骂着自己说道：

"该死，该死，我这个人不但忘恩负义，而且连人情的气味都没有了。那我不是和畜生一样了吗？好姊姊，你要打只管打我，要骂只管骂我，可是千万不要跟我生气。从此以后，我再也不敢把你忘记了。你假使再不肯饶我，那我没有办法，只好向你跪下来了。"

"哼！几个月没有看见，一个老老实实的青年，竟学成这样的油腔滑调了。我有资格来打骂你吗？这真是太以笑话了。不敢得罪你一句，你尚且把我讨厌得这个样子，假使我要骂了你，你在路上碰见了我，只怕连脑后也不会来向我看一看了。算了算了，在我的面前何必也来这一副手段呢？我又不是你的未婚妻，我怎么能受你的跪拜呢？岂不是活活地把我折死了吗？"

志清越是涎皮嬉脸的样子，云萍心中也越是怨恨，因此始终绷住了粉脸，表示怒气冲冲地向他一再地讽刺。志清因为这是在大庭广众的舞场里，所以要真的向她跪下也觉得不好意思，因此只好偎在她的怀里，一味地求饶赔不是，说了许多楚楚可怜的话。云萍又恨又爱地白了他一眼，嗔骂着说道：

"好了好了，我现在问你，你和你的未婚妻莫非已经结婚过了吗？否则，如何把我忘得这样干净呢？"

"姊姊，你快不要提起我的未婚妻了，一提起了她，我的心头会觉得万分痛恨呢……唉，说来真是太气人了。"

志清呼起了面孔，很生气地回答。云萍听了，一时倒不禁为之愕然，皱了眉毛，秋波脉脉含情地凝望着他，低低问道：

"这是为了什么缘故呢？你快些告诉我吧。"

"她的父亲忽然赖婚了，把他女儿另外配给一个有钱人家的少爷了。谁知我的未婚妻竟甘心负情了我，情情愿愿地嫁给别人了。你想，这种水性杨花、爱好虚荣的女子，不是太可恨了吗？"

云萍听他这样告诉着说，心头方才有些恍然了，但是还有些将信将疑的样子，望着他沉吟了一会儿，说道：

"你的未婚妻既然负了你，那么在你确实是受到了一重刺激。照理说，我待你不薄，你应该也想到了我，而到我这里来找一些安慰啊？谁知你反而石沉大海，叫我也找不着你，莫非你另外又爱上别个小姐了吗?"

"姊姊,我不敢瞒你,我实在已和另一个女子结婚了。"

志清微红了两颊,他在支吾了一会儿之后,方才又老老实实地告诉出来。云萍听了,一颗芳心里只觉得有股子酸溜溜的滋味,虽然是很不受用,但表面上还镇静了态度,显出毫不介意的样子,淡淡地一笑,说道:

"哦? 不知道你又和哪一个姑娘结婚了呢?"

"这个姑娘姓罗名叫畹芬,她是美丽百货公司总经理罗大军的女儿,因为她爱上了我,所以把我立刻升到经理室内任秘书长的职位去,同时便马上和我结婚了。"

"好了,你不用说下去了,我已经明白了。因为你们新婚燕尔,闺房之乐,卿卿我我,难舍难分,所以把我这个患难之中的姊姊忘记了是不是?"

云萍不等他再往下说,就冷笑了一声,气得灰白了脸,向他俏皮地问。志清慌忙口吃着语气辩白着说道:

"不,不,我虽然在新婚之期,但我的心里,实在是没有一刻不在想念您姊姊对待我的好处。"

"喔哟! 承蒙你这样多情,那倒是难为了您啊……"

云萍越想越气,越气越恨,遂用了冷讥热嘲的口吻,向他俏皮地表示感激的意思。志清涨红了脸,自然有苦说不出来,只好愁眉不展地装出那副死样的态度来,呆呆地默无一语。云萍冷冷地笑了一声,接着又说道:

"我觉得你的未婚妻一定和我一样,也是被你抛弃的,绝不是她抛弃你另外去嫁别人的。你刚才对我所告诉的,完全是你卸脱干系把责任推到别人头上去的意思。哼! 你以为我是木人,会听信你所说的这一片鬼话吗?"

"姊姊,你这是一种猜想,不免太冤枉我了。"

志清被她这样一说,方才急得口吃了成分,好像要哭出来的样子，慌慌张张地辩白。云萍把嘴儿一噘，啐了他一口，说道：

"我真不会来冤枉你，我完全是有根据而说的。"

"姊姊，你有什么根据呢？"

"因为罗小姐是个贵族千金，她要爱上你，而且把你一手提拔，这在你好像青云直上，那还不是死心贴地地转变你爱的方针了吗？老实说，你的未婚妻虽然我在照相中看见过，生得还算美丽，但她到底是个乡下女子，比不得都市里的小姐，况且又是富家之女，所以你见了新的就忘了旧的，抛弃了家中糟糠，在外面另娶有财有势的妻子了。我这些猜想可说是一些也不会错的，你凭良心说一句，到底是也不是？"

"不，不，这你倒完全是冤枉了我，实在是未婚妻先抛弃我的。"

"算了吧，何必一定还要假充多情人呢？难道说我也是先把你忘记先把你抛弃的吗？哼哼！我真想不到你一个怪老实的青年，竟会这么心狠如铁，我到此方才明白薄情郎是古今一样的哩！"

云萍越说越气，气得柳眉倒竖，杏眼圆睁，恶狠狠地望着志清，似乎要把他咬几口的样子。志清在这个情形之下，真所谓虽有百口也难辩说，因此心中一急，急得双泪交流，呆若木鸡般地愕住了。云萍却还是怒气未消地说道：

"假使你是和自己的未婚妻结婚了，因此而忘记了我，那我觉得倒还有情可原，因为你心爱的本来只有未婚妻一个人，在我也无非是后面生出来的罢了。所以我不但不恨你，而且还同情你。不过现在你结婚的却是另一个女人，你把最心爱的未婚妻都丢了，那何况是我呢？并非我和姓罗的女人有什么仇恨，她要越过我们两个人，而和你结婚，这实在是太不近人情了。单拿认识的先后而说，也是我和你认识在先，她和你认识在后，论情感，我们也并非普通的交谊。现在你对我的态度，完全把我当作妓女一般，所谓走马看花，把我看过了完了，哪里还来管我死活呢？所以照你的行为来说，我也不敢再来和你结交了，因为和一个没有情义的人来做知心人，这还不是自寻烦恼找痛苦吗？"

云萍絮絮地说到这里，似乎灰心到了极点的样子，站起身来，预备要走的神气。志清听了，虽然觉得她其中所说的一半是完全误会了自己，但把她忘记，这总是一件负恩的事情，所以慌忙把她拉住了，苦苦地说道：

"好姊姊，你千万息怒，你且坐下来，我还有许多痛苦要对你说哩。"

"哼！你现在做人找到靠山了，再快活还到什么地方去找？哪里还有什么'痛苦'两字呢？这才是笑话了！"

云萍虽然被他拉住了，又在沙发椅子上坐了下来，但她脸上还是紧紧地绷住着，冷笑着回答。志清低声下气地叫道：

"姊姊，我错了，不过，我要跟你声明的，是我的未婚妻她确实先负心了我，我才跟罗小姐结婚的。现在这些事我们且不要再谈，总而言之，我对姊姊是太无情了，我简直是个没有心肝的畜生一样。姊姊，我今天向你深深地忏悔，请你千万就原谅我，可怜我吧……"

志清含了哭里带笑的神情，一面说，一面还靠近了她的身子，把手搂到她的胸部上轻揉地抚摸着，这举动无非表示给她消气的意思。云萍自从那天晚上和志清有过一度缠绵后，对于志清健强的体格，真所谓念念不忘，几乎相思得刻骨起来。今天在这无意中又会遇到了志清，在她真是获到了宝贝一样欢喜。不过想到他狠心抛弃的无情，自然对他少不得有阵薄怒娇嗔的做作。此刻见他一再地认错赔罪，而且还用手向自己胸部这样揉摸，一时被他撩拨得真有些想入非非起来，绯红了粉脸，芳心却是不住地荡漾，但表面上还恨恨地摔脱了他手，白了他一眼，说道：

"别给我涎脸吧！"

"姊姊，我们跳舞去吧。"

志清依然笑嘻嘻的样子，拉了她手，低低地要求。云萍这才不再生气，站起身子，跟着他一同到舞池里去了。在志清的心中，因为要想消她的气，所以竭力显出亲热的态度和动作来，意欲博得她的欢心。而云萍的心中呢，她也有她的想头，因为姓罗的是个贵族小姐，若拿金钱和她比赛，这是比不过她的，那么只有用另一种柔媚的手腕去笼络他，使他觉得我也有一门功夫是比姓罗的可爱，那么他也就不会把我完全地忘记了。云萍和志清都存了这一种互相热爱的想头，所以他们搂抱在舞厅里的举动，实在亲热得不堪入目。不料事有凑巧，这情形却会被畹芬瞧在眼里了，当时气愤得满面血红，心中妒火像烈焰般地燃烧起来。因为当时她身旁也有一个男朋友约着一同跳舞，所以不便发作，也只好暗暗怀恨在心。

　　说起畹芬这个男朋友还是在最近一星期中认识的。诸位你道是哪一个？原来却是花明表哥丁万昌呢。万昌怎么会到上海来呢？这当然也得表白一个清楚。原来花明出走之后，人俊夫妇自然大为震惊，虽然登报找寻，却是消息杳然，好像石沉大海。只有黎明心中明白，暗暗感到好笑而已。万昌原知道花明另有爱人，他的存心倒也并非真的要爱花明，无非想拆散花明的姻缘而已，此刻见花明出走，他也不在心上，就此丢开完事。至于黄太太的心中，反正女儿不是自己养的，她肯抛家出走，好比拔去了一枚眼中钉，倒也暗暗称快。只有人俊的心里，想起她是个没娘的孩子，一时未免怨恨自己太以专制，害得女儿不知流浪到什么地方去了，因此倒着实伤感了几天。这样过了一星期，人俊的行里行员忽然有些调动了，遂把万昌调到上海总行里去办事。万昌真是求之不得的事情，所以非常欢喜。因为万昌本是荒唐成性的青年，到了上海之后，那酒绿灯红的歌榭舞台中也就时常有他的足迹了。齐巧畹芬对志清正在有些厌了的时候，今见万昌也是风流倜傥的人物，而且谈吐比志清灵活，说起来又是一个银行界办事的，畹芬不免心动，所以在志清办公的时候，偷偷地常约万昌出来一同跳舞。万昌见有漂亮的女子竟然移樽就教，那如何还有不乐而结交的道理？所以在这一星期之中，他们两人之间已经是打得火炭一般地热烈了。

当时畹芬坐在万昌的身旁，眼巴巴地看着志清和云萍表演着那种亲热肉麻的举动，心里又恨又妒，不禁暗暗地骂着想：原来志清瞒着我也在偷野食吃了，那还当了得，不是太浑蛋了吗？我非和他吵一场不可。她皱了眉尖，沉吟了一会儿，忽然计上心来，遂扯了扯万昌的衣袖，说道：

"万昌，我们到外面吃点心去吧，茶舞的时间也差不多了。"

"好的，只要您吩咐一声，那还有谁敢说不好呢？"

万昌回眸望了他一眼，用了奉承的语气，笑嘻嘻回答。畹芬逗给他一个娇嗔，横波一笑，遂挽了他的手臂一同出舞厅去了。两人走到大东旅社的门口，畹芬停止了步，向万昌又低低地说道：

"万昌，你先到这里面去借一个房间，我到朋友那儿去转一转，最多半个钟头，马上就来找你。我们今夜就宿在这房间内，你心里感到欢喜吗？"

"畹芬，你这话可是真的？不要跟我寻什么开心吧？"

畹芬这两句话听到万昌的耳朵里，不免受宠若惊，乐得心花怒放，含了无限甜蜜的笑容，但到底还有些不大相信的样子，急急地问她。畹芬很认真地说道：

"你这人不要寿头寿脑，我说的话，向来一是一二是二，绝不花言巧语哄骗人的，那你尽管放心吧。"

"那么我去开三楼房间，片子上写我的名字，你回头可以容易寻找一点。不过别叫我空等，放了我的生，那可太恶作剧了。"

"你不要太胆小了，我们明天不是不见面。假使我放你的生，你明天见了我，我可以赔你一切的损失，难道你还信不过我吗？"

"我相信，我相信，那么你马上就要到来的。"

万昌听畹芬并不像开玩笑的样子，一时心中的快乐实在难以再形容的了，遂把畹芬手紧紧地一握，方才三脚两步奔入大东旅社去开房间了。畹芬待万昌走入大东之后，便即跳上人力车，立刻叫他拉到维纳斯舞厅。其实大东旅社离开维纳斯舞厅，也不过一箭之路，这也可见畹芬心中焦急的一斑了。她匆匆奔入维纳斯舞厅，走到她所发现的志清和云萍那个座桌上去，谁知已不见了他们的人影子。畹芬连忙问了侍者，方知这一对男女已在三点钟之前走了。畹芬听到这个消息，心中真是说不出的懊伤。原来畹芬这次到舞厅来，原想把志清旁边那个女子大打一顿，然后拖了志清走的，现在扑了一个空，这当然是万分恼恨了。一时还暗暗地思忖：他们离开舞厅，当然是一同吃晚饭去，至于晚饭后的一个节目，说不定他们也开了房间去幽会了。想到这里，咬紧银齿，恨不得马上和志清拼命的样子。忽然转念又想：他会跟别人去欢娱，难道我就不能够吗？畹芬于是奔出舞厅，匆匆坐车又回到大东旅社去了。

畹芬到了大东旅社之后，她和万昌自然会展开了一幕亲热达到沸点的表演。不过在他们互叙幽情的时候，志清和云萍却也在大东旅社内干着一种恩恩爱爱的工作。说来倒很有趣，畹芬是在三楼，志清却在四楼，他们夫妇两人倒也可说我行我素，男女平权了。

畹芬为了要想捉住志清的错头，所以这晚她没有睡在大东旅社内，是在子夜十二点的时候，便急匆匆坐车回家。丫头翠琴还在房中等着门，一见小姐回来，便连忙起身倒茶，显出那份儿小心的样子。畹芬一面脱了大衣，一面坐到沙发上，翘起脚来，这是日常的规矩。翠琴在给她挂好大衣之后，立刻拿了一双绣花拖鞋，蹲在畹芬身边，给小姐脱了皮鞋，换上拖鞋。畹芬一进门就知道志清尚未回家，但此刻也不得不问着道：

"姑爷回来过没有？"

"五点钟的时候回来过，一问小姐不在家，便又匆匆地出去了。"

翠琴站在旁边，低低地回答。畹芬冷笑了一声，只觉一股子气愤塞上心胸，遂连忙说拿烟来。翠琴慌忙在烟罐子里取了一只茄力克烟卷，交到她的手里，一面很快地给她划了火柴。畹芬吸了一口烟，抬头喷烟的时候，瞥眼见到翠琴眼皮有些红肿，这就奇怪地问道：

"怎么？你哭过了吗？"

"唉……"

翠琴被小姐这么一问，便假痴假呆先叹了一口气，装出十分受委屈伤心的样子，却呆呆地沉吟了一会儿。其实她在窥测小姐今晚回家的神情，好像对姑爷有什么不满的地方，假使真的这样，那么我也可以趁此机会诉说姑爷一番坏话了。畹芬见她不说话，却大有盈盈泪下的神气，于是又追问着说道：

"翠琴，是谁欺侮了你？你快告诉我呀。"

"这话我本来也就不敢说，现在小姐既然问我了，我也不得不告诉小姐知道，姑爷的人真有些变了。"

"什么？是这个小贼欺侮你吗？他对你莫非有什么无礼的举动吗？"

畹芬一听翠琴这样报告，气得铁青了粉脸，把身子猛可从沙发上跳了起来，怒目切齿地恶狠狠地问着说。翠琴听小姐居然称呼姑爷小贼，知道他们夫妻间感情已经破裂了，这就索性搬弄是非地说道：

"小姐，姑爷倒并没欺侮我，因为姑爷见小姐不在家，便骂小姐一天到晚只想在外面游玩，一些不知道做主妇的样子。他还说小姐在外面交男朋友，做不规矩的事情。我听了气不过，遂和他争论。不料姑爷反而动手打我，还把我踢倒在地，可怜我从小到大，也没有挨过人家一记打，谁知在姑爷身上竟吃这一种苦楚……"

"什么？什么？他敢这样红口白舌地侮辱我吗？好，好，我回头不给他一点颜色看看，我也不做人了！"

畹芬听了翠琴这一番话，当然更气得柳眉倒竖、杏眼圆睁了，不料就在这个时候，忽听一阵皮鞋脚步的声音，原来志清也回家来了。志清是因为怕畹芬吃醋，所以在外面也不敢完全地宿夜，在大东旅社只和云萍做了半场戏，就匆匆地回来了。畹芬这时见了志清，好像遇到了七世冤家一样痛恨，所以不问三七二十一地奔上前，撩起手来，在志清颊上啪啪地就是怪清脆的两记耳光，打得志清七荤八素，手按着脸颊，倒是怔怔地愕住了。但畹芬还不肯罢休地把他胸襟一把抓住，怒气冲冲的模样，高声骂道：

"你这个没有良心的小子！你这个困弄堂的瘪三！你也不拿面镜子照照吗？你有今天这个日子，你是靠谁的福气？什么你敢骂我是个不规矩的女人吗？你胆敢丢掉我到外面和野女人去荒唐胡调吗？你……这个没出息的下流种，你只配做瘪三！你现在算神气活现了吗？你没有我，哼！你是个什么狗东西？"

"哎哎哎！有话好好儿地说，动手动脚地打人，那还成个什么样子呢？"

志清听她话中好像已经知道自己和云萍在旅馆内的这一回事情样子，心里似乎也有些吃惊，本来被畹芬打了耳光，原也没有这样老实，为了自己有虚心的事情，所以只好还低声下气的神情，向她好好儿地回答。畹芬见他死样怪气，还只道他是一个好欺侮的人，遂又恶狠狠地骂道：

"我打了你怎么样？你……你和烂腐货在外面白相得窝心吗？"

"你……不要胡说白道了，因为今天是我的朋友做寿，所以我是去吃寿酒的。晚上大家有兴趣所以玩了一会儿牌，请你不要冤枉我好吗？"

"哼！哼！在维纳斯舞厅里，我亲眼目睹看见你和一个烂腐货跳得多么亲热啊，你还想瞒骗我吗？"

志清听她说出这些话来，知道事情是赖不掉了，遂含了笑脸，只好低低地说道：

"这是我同事的太太，我们不过偶然跳一次舞而已，想不到竟被你看见了。畹芬，这是我的错，我下次再也不敢了，请你原谅我吧。"

"原谅？哼！哪有这么容易？你自己做了好事，你还敢骂我不规矩吗？你这不要脸的东西，我……和你拼了命吧！"

205

志清的态度越软弱，畹芬的神情也就越凶强了。她哼哼地一阵子冷笑，说到后面的时候，却握了拳头，向志清没头没脑地乱打起来。志清在这个情形之下，觉得畹芬未免泼辣得有些过分，自己是个堂堂七尺之躯，虽然是靠着裙带的福气而有今天的日子，但也不能受这样的侮辱，一时气得两颊发青，用尽气力，把畹芬身子狠命一推。畹芬站脚不住，早已仰跌了一跤，翠琴一见，慌忙奔上去扶她。但畹芬这一跤跌得不轻，躺在地上却是站不起来，志清火星冒顶地也恨恨骂道：

"我从来也没有见过像你这样泼辣的贱货，我瞧在你父亲的面前，所以让你三分。谁知道你越弄越凶，竟然爬到我的头顶上撒痾来了，这还成什么体统？我承认是个穷光蛋，你为什么要嫁给我？既然嫁了我，我到底是你的丈夫，你能把丈夫这样痛打吗？你这女人真是无法无天，简直把我当作你的奴隶看待了，这……还成个什么世界呢？"

"好，好，你有种气，你有胆量，你竟敢动手打我，虐待我吗？你……也不想想从前，你现在算得意了吗？不要做梦，你的饭碗还在我的手掌之中，我要你饿死，还是很便当的事情。你头脑子摸摸清楚，你知道吗？"

畹芬好容易被翠琴扶起身子来，一面坐到沙发上去，一面还戟指向他痛骂。她也不哭，也不流泪，满面显出一种杀气的样子。志清听她这样说，觉得夫妻间恩情已断，遂也冷笑了一声，瞪着眼睛，气呼呼地说道：

"好，你既然这样说，我也不稀罕你给我这一个金饭碗。我们明天就办离婚的手续也不要紧呀！"

"用不到办什么离婚的手续，你根本是我养着的一个雄媳妇。我不要你了，你就给我滚出去，这儿哪一样东西是属于你的呢？哈哈！你这个靠女人吃饭的狗奴才！"

畹芬冷讥热嘲地骂完了这些话，便疯狂地大笑起来了。气得志清全身瑟瑟地发抖，他顿着脚，大叫道：

"啊呀！气死我了，你这贱人，你这烂货！原来你是存心把我当作玩物看待吗？好啊！当初我还给你留些脸面，现在我顾不得许多地说出来了！你是个什么东西？你是个十足道地淫娃！你嫁给我的时候，你根本不是一个处女，你早已跟十七八个男子发生关系过了。你……比妓女还不要脸，你……是个社会上的妖孽！你这害人志气的尤物，我要给你去登一张报纸，给你宣传宣传丑史，使社会上一班青年知道你是一个专门玩弄男性的妖精，大家再不会来上你的当了！"

志清这一番话骂得畹芬两颊绯红，因为是被他直刺到心眼儿里去了，所以又怨又恨，又羞又愧。一时预备故意吓吓他，便猛可站起身子，在梳妆台上拿了香水瓶，意图自杀。翠琴和志清突然见了这个情景，也不免心慌意乱地连忙上前抢夺。因了他们这一个抢夺，倒反而是弄假成真，畹芬在越装越像的情形下，竟糊糊涂涂地把香水瓶凑到嘴边咕嘟咕嘟地喝下去了。

第六回

无志无气　浪荡子狡兔三窟

　　花明见那男子就是梅志清，一时心中倒觉得暗暗奇怪，难道这个自杀的少妇就是志清的妻子吗？他们在舞厅里挽手同行，不是无限亲热吗？怎么好好儿的又会发生争吵了呢？花明心里虽然这样想，但表面上却绝对装出毫不认识的样子，管自和同伴们把畹芬的身子用帆布软床抬到急症室内去了。经过医生的细问和视察之后，方知是吞服香水精自杀，原因是为了偶然口角。吞服香水自杀，倒还只有第一次听到，所以医生们忍不住都暗暗好笑。一面施用手术，用蛋白汁给她腹内的香水呕吐出来，一面给她注射了安神的针药，嘱她静静地休养一会儿。但畹芬却是呜呜咽咽地哭泣着，口里说着你虐待我，你没有良心，我们离婚好了。又说什么你不要脸的东西，你给我滚出去好了。志清这时也随她骂一阵，心里又急又怕，灰白了脸，只管向医生问畹芬有没有生命危险。医生拍拍他的肩胛，说她腹内的香水完全已呕吐尽了，香水不是十分厉害的毒汁，所以现在绝对没有危险，你只管放心是了。正在这时，翠琴领了罗大军急急地奔进房来。因为大军已经听过翠琴一番加油加酱的报告，所以气愤头上，也顾不得众人在旁边，一见了志清，劈面地就是打了志清两个耳光，还怒容满面地大骂道：

　　"你这个小子太没有良心，我把千金之体的女儿嫁给了你，你倒要把她逼入死路里去吗？我问你是人还是畜生？"

"爸爸，爸爸，哦！可怜女儿被他虐待死了，这样下去，我还做什么人，倒不是死了干净吗？喔喔……"

婉芬一见了父亲，觉得这是一个好机会，遂故意哭得更加伤心的样子，好像真的受了不知多少委屈的神气，抽抽噎噎地哭诉着说。可怜志清这时候白白挨了人家的打，而且还没有一些辩白的余地，因为大军早已舍了志清，奔到床边，抱着女儿，急急问道：

"孩子，你到底要紧不要紧？你……若不幸死了，我一定给你报仇，把这个没有良心的小子关到监狱里去处死不可。他妈的，你这狗王八蛋！你竟把我女儿欺侮得这个样子吗？我马上拉你到警局里去拘留起来！"

罗大军真是一个粗鲁的人，他听了女儿的话，完全信以为真，一面说着话，一面猛可回过身子，拉住了志清的衣襟，恶狠狠地又要伸手痛殴的模样。这时旁边那个医生有些看不过，遂连忙用了温和的口吻向大军低低地说道：

"您这位老先生且不要发怒呀！你女儿吞服的香水我已施用手术给她呕吐尽了，她现在已没有什么危险了，就是马上出院那也不妨事情的了。我说呢，小夫妻偶然口角几句，也是常有的事情，也许您小姐气头上，糊糊涂涂地吞服香水了。若说您的女婿十分虐待您女儿，这也绝不会的。我看您女婿是个斯文的青年，而且刚才他也急得脸色灰白的样子，所以绝不会是逼你女儿自杀的。好在并没有闹什么人命案子，那么大事化小，小事化无事，这样是最好的了。您若然认乎其真地要拉他到警局里去，固然是伤了彼此的感情，而且盘问下来，假使并没十分了不得的缘故而自杀，那么照现在法律而说，自杀的人倒先要定个罪名了。老先生，是我为了你们一家幸福而着想，您千万要三思而行才好啊！"

罗大军听了医生这一番劝告之后，同时又见志清果然泪流满面的神情，他把扭住了志清衣襟的手，也终于慢慢地放了下来，心中暗想：医生这话不错，我一时倒不要气糊涂了。因为女儿的脾气，我也很知道，她岂是一个老实无用之人？别人不给她欺侮也已经够好了，人家怎么有胆量去欺侮她呢？再说女儿浪漫成性，莫非她在外面另有了情人，所以要和志清离婚了？倘然真的是为了这个缘故，那叫我做父亲的可真也弄得没有办法的了。大军呆呆地想着出神，志清便凄凉地说道：

"爸爸，我实在实在没有虐待她，我……不是吃粪的人，我怎么会去虐待她呢？她自己把我打了骂了还不算，反而拿了香水要喝下去，我伸手去抢夺还来不及哩。"

"放你臭屁！放你狗屁！你是好人？你没有打我没有骂我吗？喔喔……爸爸，我和他缘分完了，我再也不稀罕和他做夫妻了。他的心比猛兽还毒，我和他久在一处，早晚总要死在他手里的，我不要，我一定不要！"

畹芬听志清这样告诉，便急得跳起来，一面骂，一面哭，一面诉说，一面撒娇，闹个不休。罗大军搓了搓手，皱着眉毛，似乎左右为难地说道：

"好了好了，在医院里大家也不要吵闹了，明儿到了家里，我再给你们批评谁是谁非吧。今夜畹芬就在医院里，或许肚子里还有余毒，可以请医生医治。志清在医院里陪着畹芬，不许回去，罚罚你为什么和她多口角吵闹。"

志清在这个情形之下，也只好忍受着一肚子委屈和气愤，点点头，小心地回答。但畹芬却连声地冷笑着说道：

"谁要他陪着我？我死了也不要他陪。从此以后，我看见他就讨厌，他给我滚开，我永远也不要见他。"

"畹芬，你也不要一味地使性子了。夫妻到底是夫妻，何苦要闹到这样决绝的地步呢？就说你受了他的欺侮，但志清也被我打过骂过，他一句也不敢回嘴，照说你也可以消气的了。好了好了，你有什么话，到明儿再说。时候也不早了，我明天还有许多公事呢。翠琴，你跟我一同回去吧。"

罗大军这时候却有些嗔怪女儿不该太过分的意思，一面说着话，一面回身向医生拜托了几句，方才带着翠琴管自地回去了。医生和看护小姐们也都出病房去了，这里只剩下志清和畹芬两个人。畹芬转了一个侧身，背着志清，表示不愿见他的样子。志清呆呆地站在病床前，却是想了一会儿心事，觉得畹芬这种脾气，实在把男子看得太不值钱了。她曾经说我是个雄媳妇，那么她不是明明存着玩弄我的意思吗？况且她根本不是个处女，可见她平日的生活也是浪漫到怎么一份样儿程度的了。我若和她夫妻做下去，将来总要戴绿头巾做乌龟。一个男子，最要紧的是应该有志气，现在被她这样侮辱，我们夫妇之间还有什么感情可言？假使她一定要和我离婚，我也绝不勉强她，情愿冻死饿死，也不愿再想靠这个裙带的福气了。志清想了一会儿，甚觉愤恨，遂回转身子，便欲走出房外去了。不料这时病房外齐巧走入一个看护小姐，手里拿了一盘药水，险些和志清撞了一个满怀。幸亏两人停步得快，志清在定神一看之下，这就"呀"的一声叫起来。原来这个看护小姐不是别人，正是黄花明。志清当初因为吓昏了，所以房中有三四个看护小姐，他也没有注意到其中一个是花明，此刻在打个照面的情形之下，他心里自然有说不出的惊异。在呀了一声之后，正预备叫她的时候，但花明却理也不理他地装出并不认识的样子，把药水端到病床旁边去了。志清恐怕被畹芬发觉又要多生是非，遂也不再叫花明了。直等花明服侍畹芬喝毕药水走出病房去了，志清方才悄悄地跟了出来，低低叫道：

　　"花明，你……原来在这儿做看护了吗？"

　　"喂，你不要认错人吧，谁是花明？你……又是什么人呢？陌陌生生地乱招呼人，岂不是笑话吗？"

　　花明倒也有趣，回头恨恨地白了他一眼，却显出薄怒娇嗔的样子，冷冷地回答，一面端了药盘，又步入另一个病房里去了。志清被她这样一说，还以为自己真的认错了人，所以等在那个病房门口

211

呆呆地出了一会子神。等花明又回身出病房的时候，志清把手揉揉眼皮，向花明又仔细看了一会儿，暗想：这不是花明，难道还有第二个人吗？于是又跟上去叫道：

"花明，我怎么会叫错人呢？你是我从小一同读书的好朋友，就是我病糊涂了，我也认识你呀！花明，你……能不能和我谈一小时的话吗？"

"不要啰里啰唆地讨人厌吧，给我走开一点！"

花明在志清被罗大军打骂的时候，也在病房里看得清清楚楚的。同时又听畹芬口口声声要和志清离婚，不愿再和志清白首到老。所以在花明的心中，觉得志清这个人实在是没有志气的饭桶，被人家这样侮辱，他还低声下气地一点没有反抗的意思。这种懦弱的庸夫，如何还有能力在社会上干轰轰烈烈的事业呢？所以芳心中除了痛恨他之外，更加多了一层轻蔑的成分。此刻见他又来和自己搭讪，心中想起在舞厅里对自己视若无睹的情形，她越想越气，越气越恨，所以头也不回地冷笑了一声，对他十分讨厌地叱喝着说。志清呆了一呆，接着又追上两步，拉了她的衣袖，说道：

"花明，并非是我负心你，实在是因为你先负心我的呀。"

"什么？我负心你？你不要在说梦话吧？"

花明被他这样一说，方才停住了步，回过身子，恼恨十分地反问他说。志清见她开口说话了，遂连忙说道：

"是你爸爸写信给我的，他向我大骂了一顿，而且还说把你已经嫁了别人。我接了此信，真是啼笑皆非，因为你也没有信息给我，我只道你也甘心地另嫁他人了。"

"你这话可是真的吗？"

花明猛可想到志清曾经有封信写给自己，被爸爸从中没收拆阅了，那么爸爸难道一面写信给志清，一面便强迫我嫁表哥了吗？她在这样转念之下，芳心自然非常疼痛，蹙了眉尖，急急地问道。志清点点头，好像有些悲伤的样子，说道：

"我实在没有骗你，完全是真的事情。我想你既然嫁给别人了，那么我也只好和……她结婚了。"

　　"我嫁给别人？哼！我曾经一度想嫁给黄浦江，因为黄浦江不要我，所以又把我退回来了。"

　　"花明，你……这是打从哪儿说起的呢？难道你为了我曾经投黄浦自杀过吗？那么你到底有没有嫁过丈夫呀？"

　　"这儿不是谈话的地方，你既然误会我先负心你，那我似乎倒要向你表白一番不可了。明天下午有空吗？在复兴公园门口等我，我现在要干工作去了。"

　　花明说完了这几句话，也来不及等他回答，又要到另一个病房内去了。志清连忙赶上去，又急急地问道：

　　"明天下午几点钟呢？"

　　"下午两点钟，你等着我是了。"

　　志清眼望着花明步入病房去了，他才黯然神伤地走回畹芬的病房中来，心里只管暗暗地思忖，照花明的口气所说，显然她是从黑暗专制家庭里逃到上海来找过我的。既然她是逃婚到上海来，为什么我没有见她的人影儿？况且那天在舞厅里见到她和一个西服青年坐在一处，这青年又是她的什么人呢？难道不是她的丈夫吗？不过转念一想，花明假使真的嫁人过了，她又怎么会到医院里来做看护呢？显然其中的情形，一定十分曲折。大家在没有说明之前，我胡思乱想地又哪里能猜得到呢？志清想到这里，听床上的畹芬忽然又呜咽地哭泣起来，遂悄悄地走到床边，见畹芬的眼睛还闭着，显然她是在做梦，于是低低地唤道：

　　"畹芬，畹芬，你醒醒吧，你醒醒吧。"

　　"哼！要你叫我做什么？真讨厌！"

　　畹芬被他叫醒，睁开眼来，一望是志清在叫自己，这就柳眉一蹙，逗给他一个嗔恨的白眼，冷笑着说。志清却微笑着说道：

　　"畹芬，你为什么把我竟恨到这个地步呢？常言道，一夜夫妇百

213

夜恩，百夜夫妻海样深。我和你结婚到现在，算来也有三个多月的光景了。我纵然有十分的错，但到底也有三分的好，你也想想过去你再三爱我的时候，你把我当作宝贝一般地看待。曾几何时，却把我当作眼中钉一样。唉！一个人要想想自己，想想别人，那就心平气和，再不会一门心思地把我痛恨入骨了……"

志清说到后面的时候，忍不住深长地叹了一口气，大有无限凄婉的样子。畹芬听了，细细地一想，心头倒也软了下来。因为当初爱他的时候，确实是自己先去看中他的，现在要把他恨到这样地步，实在连自己也说不出一个充分的理由来。不过她口里还怒气未平地说道：

"过去是过去，现在是现在，那是不能拼在一块儿谈的。从前你有和野女人去跳舞过吗？现在为什么瞒着我去胡调了呢？你既然爱情不专一，与其是将来我给你抛弃，那倒还不是现在先爽爽快快地分手好吗？"

"昨天因为你没有在家，而且我又受了翠琴丫头的气愤，所以到舞厅去玩一会儿。这个女人原是舞女，又不是我的相好，你何必吃这些干醋呢？"

志清听她这样说，遂只好圆了一个谎话，向她低低地回答。畹芬使劲地向他啐了一口，冷笑着骂道：

"你这张嘴比人家屁眼都还不如呢，一会儿说吃寿酒，一会儿说这女人是朋友的太太，一会儿又说是舞女了。你自己想想看，哪一句话作得了准吗？现在别的也不用多说了，我觉得我们之间难以偕老，从今以后，你依旧睡到宿舍里去，我的公馆没有你住的份了。看你可怜，美丽公司的生意依然给你做下去。假使你要说一个不字，那么就不要怪我手段凶强，连这个饭碗也要给你打个粉碎了。"

"那么照你说来，你是预备这样不明不白地和我分手了吗？"

"有什么不明不白的？你有能力相舞女，那么你去讨舞女好了。"

畹芬冷讥热讽地回答，神情是非常冷酷。志清听她这样决绝的口气，可见她的无情无义和婊子是差不多的了，心中一气，两颊就绯红起来，遂又郑重地说道：

"不过我们结婚的仪式是很隆重的，不但有结婚证书，而且也有证婚人的圆章。你要随随便便地分手，那可没有这样容易吧。"

"啊呀！这真是太笑话了，莫非你还要我来给你一笔养老金吗？喂，你不要弄错，你是一个堂堂男子汉，到底是我嫁给你，不是你嫁给我的呀！老实说，我千金之体，白白给你受用了三个多月，这实在是你的意外福气。告诉你，便宜货是没有永久享受得到的，你想一辈子做我的丈夫，那你简直是在做梦了。"

志清对于她这几句新奇思想的话，确实是做梦也想不到的事情，一时气得两颊发青，忍不住哈哈地狂笑起来，说道：

"好，好，你放心，我绝不会来敲诈你，我也绝不会要你一个子儿的臭铜钿。原来你是存心拿我玩玩的，也好，也好，反正我也不吃什么亏，只不过我到今天才明白你是一个水性杨花的淫贱女子，从今以后，我们就一刀两断吧！"

"哈哈！你想明白了才好，本来早可以给我滚了呀！"

畹芬见志清一面骂，一面便怒气冲冲地向外奔了。她倒并不感觉愤怒，反而感到胜利地大笑起来了。这笑声送到志清的耳朵里，他恨得咬牙切齿，摩拳擦掌，意欲返身再奔进病房去把畹芬痛殴一顿，但转念一想，我又何必多生是非？总算在情场之中也受过一个教训了，一面想，一面奔出医院，跳上一辆三轮车，只把手向前一指，也不说到什么地方去。当车夫问他上哪儿去的时候，他似乎感到黑夜沉沉，四顾茫茫，竟没有自己安身之处。忽然想到了云萍，她尚在大东旅社，我还是到她那儿去吧，于是向车夫急急地吩咐，车夫方才驾驶着前进了。志清两眼望着前面黑漆漆的道路，除了几盏暗淡的街灯之外，一切都浸在深夜的恐怖里。尤其是秋风凄厉地吹在身上，他不住地打着寒栗，觉得过去三个月中的日子，那好像是一场春梦，如今梦醒了，才明白世界是这样黑暗啊。志清想到这里，孤零零地激起了无限的悲哀，只觉一股子辛酸触鼻，他的眼泪便再也熬不住地滚落下来了。

睡在大东旅社四楼四百五十号房间内的陈云萍，她是做梦也想不到志清会去而复返的。当下被志清弄醒之后，便急急地揉了揉眼皮，睁开眼睛，向他一望，由不得"啊呀"的一声叫了起来，显出奇怪的神气，笑嘻嘻说道：

"弟弟，怎么啦？你此刻又会到我这里来了？现在几点钟了？"

"这事情说来话长，现在已经三点敲过了。"

"什么？三点敲过了？那么你在这三个钟点里到什么地方去的呀？难道在半路上发生什么乱子不成？"

"不是，不是，姊姊，我实在气都气死了。"

"到底为了什么？哦，莫非和你太太争吵了吗？啊呀！你的手干吗这样凉，快脱了衣服，我给你暖暖身子吧。"

云萍见志清铁青了脸，气鼓鼓地说，一时乌圆眸珠在长睫毛里一转，心中暗暗地有些明白过来了。因为知道志清在太太那儿受了气，自己当然更要显出温情蜜意的态度去对待他，所以伸手去拉他，表示十二分的亲热，忽然摸到他的手很凉，于是连忙把他拉到怀内，还亲自地给他脱衣服。

志清见云萍始终拿这样柔软的态度对待自己，一时想到从前生病的时候，觉得云萍才是个至性真情的女子，她实在可说是自己患难之中的知心人。虽然她是一个寡妇，但和畹芬这种水性杨花女子相较，实在是有天壤之别了。因此心里实在有些感动，当他躺进被窝的时候，把云萍紧紧地抱住了，却流着泪说道：

"姊姊，你待我太好了，我生生世世都忘不了你的恩情。"

"喔哟，别说好听的话了，三个月来忘得一干二净的时候，你也在向我说这一句话吗？这种花言巧语骗骗三岁小孩子的话，我是脑后也听不进去哩。"

云萍见他含悲忍泪的神情，虽然知道他这些话在今天也许是从至性流露出来的，不过表面上兀是撇了撇小嘴，逗给他一个娇嗔，不相信地回答。志清偎着她的粉颊，一本正经地说道：

"姊姊，请你相信我，我今日才明白世界上的女子，只有姊姊是最好最多情的人。"

"在别人那儿受了气，便在我面前说这些话了。明天别人又把你迷得神魂颠倒的时候，恐怕最好最多情又挨不到我的了。"

云萍始终拿了俏皮的话去讽刺他说，不过她粉脸上却含了妩媚而又得意的笑容。志清听了，不觉满面羞愧，急急地说道：

"姊姊，我若再把你忘记，那我一定没有好死的。"

"啊！弟弟，你……不许发咒，我是跟你开玩笑而说的，你又何必认起真来呢？那不是太没有意思了吗？好弟弟，亲弟弟，你不要难过了，还是详详细细地把事情告诉我吧，刚才十一点三刻的时候，你不是回家去的吗？怎么到现在三点钟的时候，又匆匆地来了呢？"

"姊姊，想不到事情竟有这样巧的，我们在舞厅里跳舞的情形，却被我那个贱货看见了，因此我一回家，她就如狼如虎地赶过来好像要和我拼命的样子。所以我们起初口角，继而就动手大打起来。"

志清说到这里，满面立刻又浮现了愤怒的神色，语气是包含了气呼呼的样子。云萍遂冷笑了一声，代为生气地说道：

"这女人也太以泼辣了，就是做丈夫的在外面跟女朋友跳跳舞，也算不得犯法的事情，何必要吵得这么凶恶呢？弟弟，那么你不会这样问她吗？她如何一个人也在舞厅里游玩呢？谁知道她的身旁是不是也带着男朋友呢？你做丈夫的不去管束妻子已经是客气了，她做妻子倒反而来管教丈夫，这也太不成体统了。"

"姊姊，你真是料事如神呢。"

云萍见他拍拍自己的身子，称赞地说，一时倒不禁为之愕然了，遂望了志清一眼，有些不了解的样子，说道：

"怎么，哪一件事情被我猜到了呢?"

"你不是说这贱货有男朋友的吗? 姊姊，事到如今，我就老实地告诉你吧，我跟她结婚，实在是她先来勾引我的。并且她根本不是一个姑娘，恐怕事先早已跟许多男子发生过关系的呢，可恨她凭了几个臭铜钿，就把我们男子当作玩物一般看待了。今夜跟我大吵大闹之后，忽然用手段恐吓我，你猜她吞服什么东西自杀了?"

"什么? 她曾经闹自杀了吗? 现在怎么样了呢?"

云萍一听他这样说，芳心倒是吃了一惊，遂向他急急地问。志清笑了一笑，咬着牙齿，恨恨地说道:

"这贱货居然吞服香水自杀了，可笑不可笑? 但是当初我在糊里糊涂之间，倒也吃惊不小，立刻把她送到广福医院去救治。你想，香水怎么会丧命呢? 所以经医生一施用手术，便救活过来了，于是这个泼妇便和我闹得完全地决裂了。她甚至于赶我出来，说从此不许我再住到她的家中去。唉! 我只恨自己没有能力，当初和她结婚，好像入赘女婿一般，因此现在受到这样的侮辱。早知这贱人如此可恶，我真是悔不该跟她成亲的了。"

"弟弟，你不要难受，不住在她家又有什么关系? 放心吧，总不见得会困弄堂给她看的，只要弟弟不嫌我家地方小，你就住到我的家中去吧。哦，不不，我说错了，我的家原来就是你的家。弟弟只要喜欢这种小地方当作你自己的家，我不但把家给了你，而且把我整个的身子都奉送给你了。弟弟，你到底要不要我啊?"

云萍关于体贴志清的心理功夫，真是好到了一百二十分，她说到后面，又"哦"了一声，紧紧地搂着志清，显出那种柔媚的意态，笑盈盈地问。志清在这不知何处是归宿的环境之下，听到了云萍这两句知心着意多情的话，他心中的感动当然比普通的更加胜过了万万倍，所以他红了脸，浮现了羞愧的颜色，仍旧流着眼泪说道:

"姊姊，你这样真情真意对待我，那叫我还说些什么好呢? 你固然说身子是属于我的了，那么我的身子也永远地属于你的了。"

"弟弟，你这话可是真的吗？那么你不再向任何姑娘去发生爱情了吗？你预备永远地跟我做夫妻了吗？"

志清所以这样说，也无非一时间被情感激动得太过分的缘故，此刻被云萍这么惊喜欲狂似的问了三个你字，他的心中倒不免又有一层考虑起来，暗想：花明今夜约我在明天复兴公园见面，届时定有一番误会要说明。假使花明为了我，曾经和专制家庭反抗过，因此受尽千辛万苦地流浪到上海来。那么我们在互诉苦衷之后，也许还有重圆破镜的希望，那时候我少不得又要和花明正式结婚，对于云萍，只好仍旧给她做个外室的名义。所以她这三个问话，叫我如何回答她好呢？志清心中是这样犹疑着，但口里当然不忍使云萍再感到失望，于是点头说道：

"是的，我亲爱的姊姊，你永远做我的妻子吧，我有你这样一个贤德而良心好的妻子，我还会再跟别人去闹恋爱吗？这未免是太以自寻烦恼了。"

"弟弟，你若真的有这样存心，那么你就和姓罗的贱货一刀两断吧，美丽公司的生意也不要去做了。"

"姊姊，你叫我不做生意，那么日后的生活又将怎么办呢？"

"啊！弟弟，你忙什么呢？我的话还没有说完哩。姊姊穷虽穷，但到底还有一点积蓄，我想把这些积蓄拿出来，交给你去做一点买卖，这个年头儿，物价又像敌伪时期一样狂涨，不论卖些什么货色好了，都可以赚钱呀。"

志清听她这样说，知道云萍对自己确实很痴心，因为她只道自己对她爱情是专一了，所以把她秘密私蓄也跟我说出来了。这种女子很可怜，在她也无非是想找一个一夫一妻的对象，以便终身的归宿罢了。不过自己实在有些口是心非，因为自己还想跟花明去破镜重圆，虽然以后不再抛弃云萍，但对她总存一个外室的心理罢了。假使我接受了她的私蓄，那我不是变成一个拆白党之流了吗？志清这样想着，内心非常痛苦，遂沉吟了一会儿，低低地说道：

"姊姊，你的意思虽然很好，不过我在美丽公司做秘书的薪水，数目倒也很可观。假使自己把生意回头，我觉得倒有些可惜。"

"你每月拿多少薪水呢？"

"连津贴一共四百五十万元一个月，我想这数目的薪水在外面恐怕很不容易赚到的。"

"弟弟，你真糊涂，你所以拿这样许多钱一个月的薪水，这完全是为了你是他女婿的关系。现在你和他女儿既然闹翻了，他不是瘟生，怎么还会给你这样优厚的待遇呢？照我猜想，恐怕他们先要请你滚蛋哩，与其是被他们来辞歇，我觉得还是你自己辞职比较有面子多了。"

云萍这一番话也相当有理，志清听了，不免沉吟了一会儿，然后说道：

"不过她的父亲倒还讲一些道理的，我想明天对她父亲去说，并且问他是不是还得用着我做秘书，就是回歇我的生意，那也没有这样容易。我没有什么错处，如何可以莫名其妙地叫我走呢？起码也得问他要几个月的解职金。"

"照我的意思，你实在可以不用再去自讨没趣了。但是你既然不肯死心，那么你明天就不妨去试试也好。"

志清听她说话的神情，好像有些不喜悦的样子，一时只好用行动去博她的欢心，两人温存地又亲热了一会儿，方才沉沉地入梦乡去了。次早醒来，时已十点敲过，两人匆匆起身，梳洗完毕，吩咐茶房拿上两碗汤面，大家吃了点心，志清便预备到美丽公司去了。云萍哀怨地望了他一眼，低低地说道：

"你今夜到群和坊来不来？"

"来的，你家几号门牌？我倒忘记了。"

"唉，连门牌都忘记了，这就难怪的了。我告诉你，在十六号。"

云萍似乎感到十分失望的样子，深长地叹了一口气，眼皮也不免有些红润了。志清知道她是怨恨自己没有情义的意思，心中很为抱歉，只好含了笑容，偎着她身子，说道：

"姊姊，现在我再也不会忘记了，群和坊十六号。"

"我看你在什么路只怕也忘了吧？"

"不会，不会，在四马路群和坊，我早已记住了。"

志清一面说，一面挽了她的脖子，吻着她小嘴儿，柔情绵绵地温存了一会儿，方才把云萍逗过笑脸来。两人叫茶房进来，付了房金账目，一同走出大东旅社，遂握手分别，各自坐了人力车匆匆走了。

志清到了美丽公司经理室，见罗大军已坐在写字台旁了，于是小心地叫了一声爸爸你早。大军连忙问道：

"我刚才打电话到医院里去问你们，他们说畹芬已出病院了。我又打电话到家里，不料翠琴告诉我，说你们都没有回家去过。我心里真有些奇怪，你们到底都在什么地方呢？"

"爸爸，这事情说来话长，我今天到来，也是要请爸爸给我一个办法。只要爸爸吩咐一句话，我就什么都没有话说了。"

罗大军听志清这样说，知道事情又起变化了，心中倒是别别地一跳，皱了眉毛，很生气地问道：

"怎么啦？难道你们真的闹得决裂了吗？"

"畹芬太没有情义，她完全变心了。"

"这是什么话？我想畹芬绝不会这样无理取闹的。志清，不是我埋怨你，你也应该知道畹芬的脾气，她是吃软不吃硬的。你要一味地和她争吵，事情自然弄糟了。你为什么不肯认错说两句好话呢？你不见我做爸爸的对她也忍耐三分吗？"

志清听大军还这样埋怨自己，一时脸上含了说不出痛苦的苦笑，叹了一口气，低声下气地说道：

"爸爸，我和畹芬也做了三个多月的夫妻了，她的脾气我如何还会不晓得？她说月亮是西方出起来的，我也不敢说她一句不字。最近她态度变了，时常说我不好，就是昨夜争吵，也是她自己先动手打我骂我，结果还要吞服香水自杀，她是借此可以说我虐待她的意思，所以她口口声声要和我离婚。昨夜爸爸走后，我好好在病房中服侍她，她却一定叫我滚开，并且不许我住到家里去，还说以后一刀两断，完全将我赶出的意思。我只恨自己没有能力，所以遭到这样侮辱，虽然向她百般苦求，她却像铁石心肠，毫无一些爱怜之心。我没有办法，昨天夜里只好住到小客栈里去。现在我来问爸爸，畹芬和我这样不明不白地分手了，爸爸是否也赞成的呢？假使爸爸认为她应该抛弃我的，我就是死了也甘心了。"

志清说这一番话的表情，做作得特别伤心的样子，差不多要流下眼泪来的神气。罗大军听了，一时倒也嗔怪女儿的不是了，遂忙说道：

"志清，你不要难过，这也许是畹芬气头上的话，其实她心里不会有这种意思的。因为你们到底不是姘姘搭搭同居的夫妻，也曾经堂堂皇皇的结婚典礼，况且我是社会上有地位的人，也绝不肯给你们糊里糊涂地分手。倘若被外界批评起来，我还有脸在社会上做人吗？"

"爸爸倘然肯给我们调解，那当然是再好也没有了。万一畹芬一定不肯和我到老了，爸爸预备怎样办呢？"

罗大军被志清这样一问，他倒是呆呆地沉吟了一会儿，不禁皱了眉尖，连连地吸着雪茄，暗自想道：畹芬这妮子一定另外又有情人了，她所以会把志清这样讨厌起来。于是望着志清说道：

"你们若真的难以偕老，我也没有办法，只好给你一点钱你另外再去娶一个妻子吧……"

"那么，爸爸是不是还要我在这儿办事呢？"

志清听了，假意显出难受地默然了一会儿，方才抬头望了大军一眼，低低地问。大军把雪茄烟灰弹了一下，正经地说道：

"自从你在我身旁担任秘书之后，我一切都省却许多麻烦，这当然也是因为你办事能力很不错。所以公管公，私管私，我绝不因私事而牵涉到公事的，那你倒只管放心是了。"

"承蒙爸爸这样抬爱，我总可以一切遵从您老人家的吩咐是了。"

志清听大军这样说，心中暗暗欢喜，他就把畹芬丢在脑后，一面感激地回答，一面照常安心办公。单等下午一点半的时候，他便托故向大军请假，匆匆地坐车来赴花明的约会了。

第七回

故剑吐哀曲　不堪回首话当年

　　梅志清急急坐车到复兴公园门口跳下，付去了车资，先向四周打量了一下，见花明还没有到来，心中不免暗暗地焦急，连忙伸手看了一下手表，见还只有一点五十分，觉得两点还没有到，那总不能怪我误了时间的，大概花明就可以到来了。梅志清自己安慰着自己，一面又暗自想道：我在她没有到来之前，我肚子里应该先起个对她要诉说的草稿，不至于临时感到恐慌。虽然照我们过去两人的交情而论，实在可说心心相印，见面的时候，一会儿吵，一会儿好，原是无话不谈，大家亲热得像兄妹一样。不过事到今日，倒反而和过去大不相同了。我对她说话当然要小心不可，万一露了什么马脚，她对我的印象不是更加要恶劣了吗？志清低了头儿，只管想得出神，所以他对于四周倒一些也不顾及了。正在这个时候，忽然有人低低唤道：

　　"梅先生，你已经来了吗？"

　　"哦！哦！花明，我也刚来了才不多一会儿哩。"

　　志清抬头一看，原来花明已走到了自己的身旁。听了这一句陌生的梅先生的呼唤，志清心中感到一阵莫名的惆怅。因为花明从来也不叫自己先生的，今天实在还是第一次，显然我们的交情是退步到这一份样儿普通的了，一时由不得涨红了脸，很局促的表情向她低低地回答。两人没有再说什么，便一前一后地步入复兴公园里去了。

在走进公园的门口之后，志清心里又有一个难受的感觉。想起在宁波的时候，我们也常常约在中山公园里游玩的。那时候一见面，必定先亲亲热热地握了一阵手，花明粉脸好像花朵一般地笑意生春，我们相倚相偎地并肩而行，大家的心中是多么快乐呢。但现在呢，花明脸上连笑容都没有了，哪还谈得到再有什么握手的举动呢？志清越想越悲哀，越想越难过，他深深地叹了一口气，几乎要流下眼泪来了。倒还是花明又说道：

"梅先生，我们找个地方谈谈好吗？"

"好。"

志清只回答了一个好了，他似乎连多说一句话的勇气都没有。花明这第二声梅先生好像是一个催泪弹，志清只觉得有股子辛酸，他眼皮真的有些润湿起来了。两人很快地找到了一张亮眼长椅子，遂一同坐了下来。因为已经是深秋的天气，所以公园里的游人并不多。虽然秋阳也暖和和地照着整个的宇宙，但在他们两人不如意的心境上感觉着，总仿佛有阵说不出的凄凉。

志清回头见花明穿了一件元色细呢的夹大衣，在大衣领子上可以见到她里面穿了一件黑绿呢的旗袍，脸上虽然不施脂粉，但却愈觉清秀脱俗，只不过两颊似乎清瘦一点，这当然是因为她一度曾受到刺激的缘故。花明这时的人在志清眼睛里看起来，似乎更加妩媚动人，真有说不出的可爱。云萍固然是及不来她万分之一，就是畹芬和她相较，也差得多多的了。

其实说呢，花明也未必会比云萍、畹芬美丽到一万分的。因为云萍和畹芬也是人间尤物，她们假使不是风流妖艳的话，志清也不会被她们迷恋得神魂颠倒。不过大凡一个人，喜新嫌旧的多，没有想到手的总当她像夜明珠一般看待，已经是自己怀抱中的人了，好像也觉得并不十分可贵的了。志清在当初虽然确实是个爱情纯洁、心田良善的青年，但是环境移人，志清到了上海被这繁华都会的熏陶之后，因此他也变成一个爱不专一滥用其情，见这个是这个好，见那个是那个好的青年了。

花明见他呆呆地出神，好像在想什么心事的样子，这就淡然地望了他一瞥，对待一个初会朋友那么的态度，低低地叫道：

"梅先生……"

"哦，不，花明，请你不要叫我梅先生吧。"

梅志清不等她再说话，就显现出无限痛苦的样子，向她哀求似的口吻回答。他伸过手去，似乎要去拉花明的手，花明却把纤手抬上头去掠着被风吹乱的云发，当然是拒绝他来握手的意思，一面冷冷地一笑，俏皮地问道：

"你这话倒奇怪了，不叫你梅先生，叫什么呀？"

"从前不是叫我名字吗？你就仍旧叫我志清吧。"

"这可是太笑话了，从前是从前，现在是现在，从前你怎么没有太太？现在你是有太太的人了，我不叫你梅先生叫什么？哦，哦，你现在身份高了，我该叫你一声梅大少爷吧？"

花明这句话是极尽讽刺地向他讥笑，好像一枚尖利的箭直戳穿了志清的心坎。因为志清知道自己和畹芬结婚后的情形，仿佛是个寄人篱下的可怜虫一样，所以听了"大少爷"三字，更觉疼痛万分，把脸涨得血一般通红，大有羞愧得无地自容的样子，叹了一口气，说道：

"花明，我所以跟她结婚，完全是听到你嫁人了消息的缘故。因为我是个孤苦伶仃的人，在上海无亲无戚，既然你负心我了，我不找一个安慰的人，难道我就这样活活地气死吗？"

"我本来原也不预备跟你多说，因为你要冤枉我负心你，所以我才不得不跟你来表白一下……"

花明听他话中好像还十分气恨自己的意思，这就笑了一笑，低低地回答。说到后面，又顿了一顿，咽了一口唾沫，方才又接下去说道：

"你的来信，我虽然已经接到，但在我未接到之前，先被我爸妈拆看了。他们看了你的来信，认为我和你有了什么暧昧之情，所以心中大为愤怒，爸爸曾经把我痛打，还叫我去寻死，说我败了他的门坊，又骂我是个淫荡不要脸的女子。我为你蒙受了这样的委屈和侮辱，我虽有百口，也难辩清，因为你信中写的字句确实是太以肉麻，太以亲热了。不过，我受了爸爸的痛打，我并不怨恨是你累害我的。因为我知道我们的爱情是真挚的，是纯洁的，你所以这样写，也无非表示你心中爱得我深刻的意思。"

志清听到这里，心中像刀割一般地痛苦。他觉得自己对于爱，实在毫不真挚一无纯洁可言，所以羞愧激起了他的悲切，这就把久熬住的热泪滚滚地落了下来，低低地说道：

"花明，这的确是我害了你，早知这封信会落在你父母的手里，我也悔不该写这样一封信给你了。"

"我后母有一个内侄，他本来也向我追求过，曾经被我拒绝，所以他趁此机会求爸爸要想跟我结婚。爸爸以为我嫁了表哥，那么我的丑史就不会外扬了，于是父母就用强迫的手段，要我答应这一头婚事，否则，就叫我去死。我在这一个专制的家庭之下，又有什么反抗的能力呢？左思右想，竟是一筹莫展。我也几次想死，但我觉得不明不白地死，似乎太不值得，幸亏这时候我的妹妹，她给我想了一个办法，并且设法帮助我盘费，叫我逃到上海来寻找你。"

"啊呀！那么你……难道到美丽百货公司来找过我吗？可是，为什么我竟一些也不知道呢？"

花明见他流泪，自己倒反而一些也不伤心了，而且是更觉得万分的气愤。因为她知道这个姓罗的不要他了，他才假痴假呆地向自己装腔作势了。此刻虽然听志清向自己惊慌地问，但花明却理也不理他的依旧管自地说下去道：

"我那时到上海来，除了随身衣服之外，别的一些也没有带，所带的只有两眶子晶莹莹的热泪。可怜我孤单的一个人到了上海，因为船到得很早，天还没有大亮，我若等在船里，又怕被人起疑，知道我是个漂泊之女，岂不是更要受人的欺骗吗？所以在这样为难的情形之下，我只好硬着头皮，跳上了码头，但码头上黑漆漆的，还亮着闪闪烁烁的路灯。唉，我难道徘徊在街头等天亮吗？这到底也不是一个办法，于是我心中一急，总算被我急出一个主意来，只好讨了一辆人力车，拉到一家东方旅社。因为我一夜没有睡，此刻神倦人疲，遂倒在床上，昏昏沉沉地睡了一觉，直到午时才醒，方才吃了客饭，坐车到美丽百货公司来找你了。"

花明一口气说到这里，她心中才觉得有些悲哀起来，抬头望到志清的脸上，谁知他倒比自己哭得更伤心般地流泪不已。因了志清的淌泪，花明倒又把眼泪忍熬住了，满面显出悲愤的样子，恨恨地说道：

"这真是做梦也想不到的事情，我跳下人力车，正欲入内的时候，忽然见梅先生和一个富贵人家的小姐，挽了手，一同从美丽公司走出来，跳上一辆簇新的自备汽车，威风凛凛地开去了。唉！这在我心中是多么刺激啊！我方才知道你写给我的信，无非是敷衍我罢了。而实际呢，你到底见了新的，忘了旧的了。不过这也怪不了你，人家贵族小姐有的是金钱呀。本来爱情原建筑在金钱上的，像我这样一个穷姑娘，根本就没有恋爱的资格呀。当时我想着自己千辛万苦地到了上海，原预备跟知心人诉诉苦，得一些暖意的安慰，不料安慰没有得到，反而流浪异乡，将来难免还要求乞街头。唉，我前生作了什么孽，所以今生遇到的都是如狼如虎吃人不吐骨的恶魔鬼。我觉得茫茫大地，何处是安身之所？渺渺人海，哪个是知音之人？于是我就想到了死。死虽然是人人害怕的事，然而那时的我，却相反地把死认作唯一的安慰者了。我觉得死可以消灭我心胸中的愤怒，死可以忘却我终身的痛苦，死可以了我毕生的遗恨，死在我脑海里形成了一个美丽的梦。我糊糊涂涂地想，我急急匆匆地奔，我一直走到黄浦江头，我望着这浑浊的江水，觉得社会上的一切都

228

和江水一般地龌龊。大时辰钟的鸣声，好像在催促我快些跳江了，于是我含了满眶子痛恨的眼泪，我鼓足了勇气，我就预备着葬身在江底了……"

花明说话的声音是带了哽咽的成分，说到这里，她是悲痛极了，这就再也忍熬不住的，两行辛酸的热泪扑簌簌地直掉到粉颊上来了。志清听完了她这一番痛心疾首的话，他情不自禁地向花明跪了下来，含泪泣道：

"花明，我该死，我太对不住你了。但我也并不是故意地负心你，我是因为接到你爸爸这一封骂我的信之后，我方才去接受这个姓罗的爱。花明，那么你……你后来又被谁救起的呢？"

"梅先生，对不起，请你站起来，被人家看见了，这还算什么意思呢？你要拿这样演戏一样的态度来对付我，那么我马上就走。"

志清这种可怜的神情，却并不能打动花明曾经一度刺激和失望的心弦。她觉得这种近乎戏剧性的表演，是太以使人可笑了，所以她还是冷若冰霜的态度，一面说，一面猛可地站起身子来，表示要走的样子。急得志清惊慌爬起身子，拉了她的衣袖，哭里带笑地说道：

"哦，花明，我起来，我起来，你千万不要走啊！"

"我跳下江里之后，我就一切知觉都消失了……"

花明方才仍旧坐下，她拿手帕拭干了粉脸上的泪痕，逗了他一瞥冷笑的目光，遂继续地说下去道：

"等我醒转来的时候，我却是睡在广福医院的病房里了。原来是警察把我救起，送到医院的。医务主任鸿大夫是个慈爱之神，她知道了我的身世之后，非常同情，而且也非常地可怜我，于是收留我做女儿了，并且就介绍我在医院里做看护了。梅先生，你不是疑心我先另嫁别人了吗？今天我约你到此，就是向你表白一下，现在事情既然完全地明白了，那么我要走了……"

花明爽爽快快地说到这里，她就又站起身子，向他一点头，匆

229

匆又要走了。志清忙着拉住她，苦苦哀求着说道：

"花明，请你再坐一会儿，让我也说些痛苦给你听吧。"

"哼！你还有什么痛苦可说呢？你不是已有一个美满的家庭了吗？"

"美满？花明，我们已决裂了，我们已离婚了。"

"离婚？这也许是贵族小姐的脾气吧，我想你可以跪在地上求她呀，她一定会可怜你的。"

"我不需要她来可怜我，我决定和她离异了。这个不要脸皮的贱女子，她把我也侮辱得够了。我……非起来反抗不可！"

志清想到畹芬泼辣得可恶，他咬牙切齿地显出痛愤的表情，恨恨地说。花明听了，只有感到暗暗的好笑，遂俏皮地说道：

"其实你们离婚也好，不离婚也好，和我根本没有什么关系。"

"花明，在过去，我们都是因为误会而发生裂痕的，现在我们都说明白了，我们能不能恢复过去的感情呢？"

"哼！今生是再不能够了，恐怕只有待来生吧。"

花明听了，冷笑了一声，秋波斜睨了他一眼，轻视地回答。志清红了脸，呆呆地木然了一会儿，忽然说道：

"花明，莫非你现在也已找到一个对象了吗？"

"这似乎不用你来管我，而且你也没有管我的权力。"

"那当然啰，不过我想知道你一些近况，你的爱人，是不是那天在舞厅里和你坐在一起的青年吗？"

"是的。"

花明因为要死去他一条再来追求自己的心，所以直接地回答。志清听了，心中是真有说不出的痛苦，遂又低低地问道：

"不知这位先生姓什么叫什么名字？"

"告诉你也不要紧，他就是鸿大夫的儿子鸿雁宾，其实你也不用问详细，我们结婚的时候，总有一份喜帖会送给你的。"

花明很俏皮地回答，她微微地一笑，完全是故意气气他的意思。

志清灰白了两颊，微微地叹了一口气。他低下头来，一阵阵悲酸，泪水又涌了上来。花明第二次又站起身子，说道：

"我要走了。"

"花明，慢些走。"

"为什么？你还有话说吗？"

"我想我们今生虽然是没有结合的希望了，但我们过去的交情到底不浅。承蒙你看得起，你结婚的时候会送一份喜帖给我，那么我们总算还有一些友谊的缘分。今日既已约在一起，我们就不妨再谈一会儿，让我想想过去我们的情分，也总算给我一些空洞的安慰。"

志清拉住花明的手，一面凄凉地说，一面眼泪像断线珍珠地滚下来了。花明对于他这两句话，心中也勾引起无限的惆怅，脑海里浮现了过去种种的恩爱之情，她也不免心软下来，遂在长椅上坐下，望着志清，默不作声。志清泪眼模糊地望着天空，只见一朵一朵灰白的浮云漂泊无定，这就低低地说道：

"人生好像是浮云一样，一会儿东，一会儿西，变化得太以可怕了。唉！在四个月之前，我们还是一对多么亲热的情侣啊！谁知到了今天，我们就生疏得像个陌路之人了。回忆吧，中山公园临别的一幕，江静轮上临别的一幕，这是我生命史中一页不可磨灭最宝贵的印象啊。"

"人生本来像戏剧一样，台上是对夫妻，下了台说不定是对冤家。所以我把过去的事，只当是演一幕戏。事过境迁，在我脑海里所留的印象却觉得平淡无痕了。梅先生，我们多坐在一起，也觉得没有什么滋味，倒还是从此不见面比较干净。你的年纪还轻，你当然还有无限的希望和幸福，我们再会吧。"

花明被他一提往事，心中自然也万分地难过，这就故作毫无情感地表示，一面回答着说，一面第三次起身，向志清一点头，便急急地走了。志清没有再拉住她，泪眼模糊地望着她走远了，他非常难过地叹了一口气，遂收束了眼泪，呆呆地想了一会儿心事。这次自己兴冲冲来赴花明的约会，原预备向她求饶，希望我们能够言归于好，依然能成一对美满良缘。谁知花明已另有情人，这叫我还有什么话可以跟她说好呢？志清一面想，一面十分失望。偶然抬头向前一望，这倒出乎意料之外，原来花明又急匆匆地走来了。志清惊喜地起身相迎，连忙问道：

"花明，你怎么又回来了？莫非你还有什么话要跟我说吗？"

"我一只皮包忘记带去了。"

"你皮包在什么地方呢？"

"喏，不是好好儿地放在椅子上吗？"

花明把手一指，低低地回答。志清回头去看，果然见那只黑漆皮包动没动地放在椅子上，一时暗暗懊恼，觉得自己太以糊涂，皮包放在自己身边，却是一些也没有知道。否则，我不是可以偷窥一下里面到底有什么秘密吗？志清呆呆地悔恨着想，但花明取了皮包，立刻又匆匆走了，志清方才如梦初醒般地追了上去，说道：

"花明，你此刻到什么地方去呀？"

"我回家去了。"

"你府上在哪儿呢？"

志清紧紧地跟在她的身旁，还是不肯死去一条心地向她搭讪着问。花明这回却装作没有听见一般的神气，并不回答他。就在这个时候，只见迎面走来一对青年男女，挽手而行，意殊亲热。志清和花明仔细一望，都不由"呀"了一声叫起来。原来这一男一女不是别人，正是畹芬和万昌。所以志清、花明都十分惊骇，顿时心头别别乱跳。那时畹芬和万昌也已看见了志清和花明，他们当然同样地感到吃惊，也不约而同地失声叫起来。志清在吃惊之后，第一个先愤怒满面，他向畹芬戟指着骂：

"好，你这个不要脸的贱货！你……还说我在外面交女朋友，原来你自己也在找野食吃了吗？"

"放你的狗臭屁，你是什么人？胆敢来管教我吗？好啊！你这靠女人吃饭的奴才，你……又和这个烂腐货在一起了吗？"

　　畹芬被志清一阵大骂，她如何肯甘心受辱，这就柳眉倒竖，杏眼圆睁，也向他娇声地喝骂起来。花明见那女子就是昨夜那个喝香水自杀的，那么算来就是志清的妻子了。原来她是有了外遇，所以她口口声声地要和志清闹离婚了。花明正在想着，忽然听她骂到自己的头上来了，一时又急又气，血红了脸，正欲有所辩白，谁知志清这时候像疯狂了一般的举动，握了拳头，就狠命向旁边的万昌打过去。万昌猝不及防，挨了一拳，心有未甘，遂也勃然大怒，不管三七二十一地扑向志清，两人扭作一团，就大打起来。畹芬心中狠毒十分，她俯下身子，在地上拾起一块石头，就向志清头顶上掷去。志清冷不防受此打击，不由痛得"喔哟"了一声，两手抱着头，跌倒地下去了。万昌还想把脚去踢志清，却被畹芬伸手一拉，两人匆匆地向树蓬内逃逸无踪了。

　　这时站在旁边的只有花明一个人，她眼瞧着畹芬、万昌两人逃去之后，虽然也想自管走开，不过仔细一想，人类应该有互助的义务，假使是个并不相识的过路人，我也应该帮助他一下，何况志清到底是我的同学呢？于是蹲下身子去，意欲去扶他起来，不料发现志清按在头上的手都是鲜红的血水，这就吓了一跳，"呀"了一声，叫道：

　　"怎么？你……你……满手是血呀？"

　　"这……淫妇的心太毒了，她……竟用石头来伤害我。花明，对不起，请你扶我出去，快到医院里去吧。"

　　志清虽然是痛得发昏，但他咬紧了牙齿，还二十万分痛恨地骂着，一面向花明逗了一瞥可怜相的目光，低低地恳求。花明点头答应，遂扶他出了公园，急急坐上三轮车，送他到广福医院里去。经过医生的检验之后，幸亏没有伤及脑部，遂敷上了伤药，用纱布把头包扎起来。医生说不用住院，好好儿回家去休养两天就会好的。志清含了眼泪，无限伤感地望着花明，低低说道：

"花明，多蒙你陪我来此医治，我心里真是太感激了。"

"别说这些话了，你回去休养休养吧，时候也不早了，我要在医院里接夜班了，不送你出院去了。"

"花明，你能不能送我到医院门口呢？"

志清听了，又苦苦地哀求的样子。花明到底是个心软的姑娘，她口里虽然没有答应，但身子却和志清并肩地走出医院外来。志清边走边叹息：

"最毒淫妇心，这句话真是太不错了。唉！只恨我梅志清意志薄弱，以致弄到今日这样地步，社会太黑暗了，涉世未深的青年啊，一不小心，失足是多么容易啊！"

"梅先生，你知道你太太身旁那个青年是什么人呀？"

花明听他这样悔恨着，遂微微地一笑，向他俏皮地问。志清听她好像话中有骨子似的，遂惊奇地问道：

"怎么？莫非你是认识他的吗？"

"嗯，不但认识他，而且还是我所不喜欢这头婚姻的未婚夫。"

"啊！这么说来，他就是你的表兄吗？"

"是的，我们俩过去的爱情，也是他破坏而拆散的。"

"什么？就是他？他叫什么姓名呀？"

"他姓丁，名叫万昌。"

"好，丁万昌，丁万昌，你是我的大仇人。你拆散了我的爱人，到今天又破坏我的家庭，我今生若不报仇，叫我怎么能消心头之恨呢？"

志清方才恍然明白了，他满面含了杀气，眼睛里更好像要冒出火星来的样子。花明却包含了安慰的语气，轻声儿说道：

"梅先生，我劝你这也不必了，一个青年，在社会上只怕事业没有成就，难道还讨不着一个好太太吗？我今日以同学的地位，向你劝告，希望你认清人生的目标，从今以后，多干一些有益于国家的事业吧，我不送你了，再见。"

"花明，多承你金玉良言来劝告我，我心里真有说不出的感激你。只恨我志清福分薄，今生得不着你这样一个贤德的好妻子。已经是到手的了，谁知又会放弃了你，这还有什么可说呢？唉！难道我前生作了什么孽，所以今生才会如此的结局……"

花明见他边说边流泪，话声是颤抖着包含了凄凉的成分，一时也不忍再听下去，遂点点头，回身入医院里去了。志清没有办法，黯然神伤地拖着沉重的脚步，慢慢地走出了医院的大门。抬头见天空，暮霭已笼罩了大地，他叹了一口气，暗想：我到什么地方去好呢？除了云萍的家，还有何处是我的归宿地呢？于是他跳上一辆人力车，叫他拉到四马路去。志清坐在车上，一面又暗暗地想：畹芬这贱人这样毒辣，我们当然难以偕老，而且她把我轻轻地赶出了，从此罗公馆我是没福再去住了。不过我还有许多衣服在那边，假使此刻我不去拿取，恐怕这贱人也会给我卖了呢。志清这样一想，他便立刻改变初衷，吩咐车夫又拉到罗公馆去了。车到罗公馆，天已全黑下来了。志清匆匆地入内，三脚两步奔进房中。这是梦想不到的事情，万料不到畹芬和丁万昌却在卧房里饮酒作乐哩。志清一见，脸孔顿时铁青起来了。

第八回

新欢入怀抱　血流闺房情天劫

　　畹芬见志清被自己用石子击中头顶，倒在地上，这就拉了万昌，急急地奔出公园去了。她还唯恐有人追出来，遂跳上三轮车，叫车夫快些驶回家中去。万昌坐在车上，方才望了畹芬一眼，用了怀疑的口吻，低低地问道：

　　"畹芬，这个男子到底是你什么人呢？"

　　"是……我的表兄……"

　　畹芬因为在万昌面前还冒充是一个姑娘，所以此刻有些支支吾吾的口吻，只好圆了一个谎话回答。万昌也是个很会鉴貌辨色的人，他却摇摇头儿，微笑着说道：

　　"有些不大像……"

　　"什么？照你说，像我什么人呢？"

　　"恕我冒昧，照这情形看起来，他倒有些像你的丈夫。否则，你是一个小姑娘，你的身子自然很自由，就是在外面交一个男朋友，那也值得做表哥的来管束吗？这也未免太以岂有此理了。"

　　万昌先用了抱歉的态度，然后向她一本正经地说，说到后面，还表示十分愤怒的样子。畹芬觉得事到如此，也不能再瞒着他，于是红了脸，低低地说道：

　　"万昌，我老实地向你说吧，这个混账东西，确实是我的丈夫哩。"

236

"啊呀！真的吗？那你的胆子可也太不小了啊！我们此刻如何还能回到家里去呢？万一他寻到家来，他肯罢休吗？"

万昌当初也不过是一种猜想而已，谁知畹芬回答的果然是她的丈夫，一时吃惊不小，心头立刻别别地乱跳，忍不住"啊呀"了一声，急急地说。但畹芬却显出毫不介意的样子，淡淡地一笑，说道：

"你放心，他不敢回家的，你何必胆这样小呢？"

"不敢？你这话是打从哪儿说起的呀？"

畹芬回答的话，自然叫万昌感到有些莫名其妙，因此两眼瞅住了畹芬的娇靥，倒是怔怔地愕住了。畹芬笑道：

"你不要奇怪，这其中当然有一个缘故的。"

"是什么缘故呢？能不能说出来给我听听吗？"

"因为他本来是个穷小子，原是我一手提拔他的，他才能在我们公司里做秘书。后来我们结了婚，一切费用，也都是我拿出来的，就是新房，也做在我们现在这个罗公馆里。那么说一句笑话，根本是我讨一个雄媳妇，他的情形，完全是只能属于女性一面做新娘一般。你想，他对我还敢强一强吗？"

万昌听她这么告诉，心中方才恍然有悟，暗自想道：原来畹芬也是一个风流成性的浪漫女子，怪不得和我一见倾心，再见就一同开门间去幽叙了。而且我也觉得她根本不是一个姑娘的身子，显然和她发生关系过的青年也不知多多少少了。不过她有的是钱，外面白相，一切都不必自己开销。常言道，嫖能倒贴，世间乐事无双。我今天碰着了她，也真是艳福不浅哩！万昌一面想，一面又说道：

"虽然你是不会怕他，不过你们在没有离婚之前，他到底总是你的丈夫，他自然仍旧也回到家中来做主人的，所以我的意思，你一定得先和他离婚不可。"

"离婚的手续，当然慢慢儿也要实行。不过昨天晚上他也没有回家来，我想他是不敢再来的了。就是回了，我难道怕他吗？哼！你瞧着，我会把他骂出去的。"

"我倒要看看你的颜色了。"

万昌想不到她有这样大胆的作风，一时倒忍不住暗暗好笑，拍拍她的肩胛，鼓励她似的说。畹芬把秋波斜乜了他一眼，却显出无限娇媚的神色，笑道：

"你不是叫我跟这个死乌龟马上离婚吗？"

"是的。"

"那么离婚之后，叫我孤零零一个人怎么办呢？"

"咦，不是有我在和你做伴吗？"

"难道你愿意来做候补的雄媳妇吗？"

畹芬是泼辣地向他问着，一面却哧哧地浪笑起来了。万昌虽然觉得她这句话完全把男子有视作玩物的意思，但一时里却也只好苦笑了一下，故意偎紧了她的身子，一手覆到她的胸部去，无非也是把她当作玩物的意思，说道：

"我当然非常愿意给你做雄媳妇，只要你不讨厌我，我还愿意给你做丫头一般地服侍你。比方说六月里洗浴，我给你擦背，十二月里外出去，我给你穿大衣。不过，我就怕你会把我玩得厌了，又像你丈夫一样被你抛掉了。"

"你这是什么话？难道把我当作见花爱花的花蝴蝶看待吗？老实说，只要你不再和外面女子去搅七念三，我是绝不会来抛弃你的。"

畹芬俨然像一个男子般的口吻，向他一本正经地回答。万昌听了，忍不住笑出声音来了，遂点点头，表示答应的意思。三轮车到了罗公馆，畹芬付了车资，和万昌一同入内。翠琴见小姐回家，便连忙倒茶，因为见万昌是个陌生男子，一时不知称呼什么是好，但畹芬早已先说道：

"翠琴，这位就是姑爷，你以后就叫他姑爷好了。"

"哦，姑爷，请用茶吧。"

翠琴听了，横眸一笑，一面招呼，一面便走出房外去了。万昌望了畹芬一眼，心头似乎有说不出惊喜的样子，低低地说道：

"怎么？我马上就在这儿做姑爷了吗？"

"哎！你难道不欢喜吗？"

豌芬拉了他的手，一同在沙发上坐下，扬着眉毛，也笑盈盈地回答。万昌向四周打量了一下，见房中全堂红木家具，真是富丽堂皇，一时乐得不知如何是好，遂搂住豌芬的脖子，笑道：

"喔，天哪，我真是太欢喜了。豌芬，今天晚上，我就可以住在这儿不回去吗？"

"小鬼，你倒真是猴急啊！算你有福气，你今夜就开始做我的雄媳妇吧。"

豌芬听他这样问，两颊立刻娇红起来，秋波逗给他一个媚眼，把身子整个地靠到他的怀抱里去了。万昌乐得心花怒放，只觉奇痒难抓，遂低下头去，凑过嘴，把她殷红的嘴唇皮子上紧紧地吮吻住了。

豌芬天生是个淫贱的女子，她还把小舌尖儿吐到万昌的嘴里去，万昌为了要竭力奉承她的缘故，所以自然用尽功夫地去讨她的好。两人好似干柴烈火，几乎要在沙发上接触起来了。就在这时，翠琴匆匆地走进房来，一见两人这种神态，羞得她连耳根子都红了。要想回身退出，但是也来不及，万昌早已站起身子，很不好意思地走到窗口去了。豌芬似乎有些嗔恨的意思，向翠琴瞪了一眼，说道：

"你冒冒失失地有什么要紧事情吗？"

"我看天色快夜了，所以来问问小姐，晚饭怎么样？在家里吃，还是在外面吃呢？"

"我们自己到了家里，自然在家里吃了，那还用得了问吗？"

翠琴听了，只好忍气吞声地答应出去吩咐厨房了。豌芬望了万昌一眼，还很生气地说道：

"这小妮子太不识相了，人家正在玩得有趣呢，谁知却叫她来撞散了，你想气人不气人？万昌，快过来，我们再继续地玩下去吧。"

"你也太性急了，正经的，我心里倒有些感到害怕。"

239

万昌见她淫得这个样子，心里实在感到她的可爱，一面走到沙发上去坐下来，一面却又故意这么回答。畹芬奇怪地问道：

"你心里害怕些什么呢？"

"我还没有问清楚，你这个家里到底还有些什么人呀？万一这丫头去报告了他们，我不是要被他们当作风流贼办吗？"

"哈哈！你的胆子也太小了，家里倘然还有别的人，我也不会领你到来了。老实说，这个家除了皇帝是我大，谁敢来管我的闲事呢？"

畹芬一阵子大笑，扬着眉毛，得意万分地回答，万昌听了，似乎有些将信将疑的样子，怔怔地问道：

"那么你爸爸难道也不能来管教你吗？"

"我爸爸不是住在这儿的，这里住着的就是我一个主人，你想，我还用得到有些顾忌吗？"

"这样说来，我们尽管可以大着胆子游玩了。"

万昌说着话，扑向畹芬身子上去，两人抱在一起。正欲热吻的时候，忽然房外有人咳嗽了一声，急得万昌连忙又站起身子，只见翠琴端着一盘饭菜已走进房中来了。她向万昌斜乜了一眼，还盈盈地一笑。畹芬也站起身子，说道：

"你把那瓶白兰地去拿来。"

"这酒太凶一点，我们喝绍酒吧。"

"我们可以少喝一些，那就没有关系了。"

万昌听她这样说，一时也不敢违拗了。这时翠琴倒好两高脚杯的白兰地，然后悄悄地退出房外去。畹芬举了杯子，笑道：

"我们今夜就算喝个合卺酒，从此我就算为娶你进门了。"

"那么你是我的丈夫，我是你的妻子了。"

"不错，不错，你只要听从我的话，我一定爱你到底。亲爱的，来，我们喝酒吧。"

畹芬吃吃地笑着，便把杯子凑在嘴边喝了一口。两人本来是对面坐着地吃喝，喝到后来，便成了并排坐了。再喝到后来，万昌索性坐到畹芬的怀里，还装出女子的声音，娇娇滴滴地向畹芬叫着哥哥我爱你。畹芬得意万分，忍不住咯咯地笑出声音来了。

不料就在这个时候，忽然见一个西服青年，头上扎着纱布，匆匆地奔进房中来。仔细一看，正是志清。畹芬、万昌都不觉吃了一惊，立刻分开了身子，预备着大家一场争斗的样子。志清这次到罗家来，原是想拿取自己所有的衣服，不过突然见了这一幕恶形恶状的丑态，简直把这一个卧房当作了妓院一样，他心中这一气愤，如何还能忍受得了？于是不管三七二十一地抢步上前，伸手先把那张百灵桌一抬翻，桌子上的菜碗和杯筷，早已乒乒乓乓地打碎了一地。志清同时还气呼呼地骂道：

"这……还成什么世界？你们这一对狗男女，简直是无廉无耻，和畜生都差不多的了！"

"好，你敢闯到我家来横行不法吗？你是不是预备来做强盗抢东西吗？不要脸的奴才，你快给我滚出去！"

畹芬见志清像疯狂般的神态，似乎要把自己咬几口还不甘心的样子，她心头也不免感到有些害怕，虽然口里是向他娇声地叱骂，但她全身却瑟瑟地发抖得厉害。志清哪里还管得了许多，早已拔拳向万昌打了过去。万昌也有了预备，还手招架，同时举拳相击。两人一来一去，打得房中东西好像落花流水一般。畹芬见了，又气又急，遂奔到房门口，大叫道：

"翠琴，翠琴，快去叫警察来吧，说我家来了强徒了。"

翠琴在外面听小姐这样吩咐，遂答应了一声，匆匆地奔出去了。这里畹芬回过头去见志清已把万昌打倒在地，拳头像雨点一般地打到万昌腰眼里去。畹芬心疼万分，她恐怕万昌被志清打死，所以急欲设法帮助，回眸见茶几上放着一只花瓶，她很快地取过，向志清头顶上又狠命地猛击下去。这一下力量不轻，况且志清头顶已经有伤，所以被她打得眼睛里金星直冒，顿时头晕目眩，便立刻昏厥过

241

去了。万昌见志清跌倒，遂勉强挣扎着从地上翻身爬起，结结实实地把志清也打了一个痛快。就在这个当儿，翠琴已经叫了四名警察到来，拔出手枪，连喝不许动。万昌、畹芬只好举起手来。警长向翠琴问道：

"哪一个是强盗？"

"这是我家小姐，强盗不知逃到什么地方去了。"

翠琴见房中并无什么强徒，一时倒也急得血红了脸，只好害怕地回答。畹芬心生一计，遂指了指地上的志清，说道：

"这个人就是强徒，已被我们打倒了。"

"快把他抓住了。"

警长听了，遂向部下吩咐，两个警士立刻把志清从地上抓起，不料见志清满头满面都是鲜血，他还有些昏沉的样子，连脚都站不住了。警长见这情景心中便起了无限的疑窦，暗想：既然这人是强徒，怎么反而会被他们打得这样惨不忍睹的神气呢？遂命警士把志清弄醒过来，向他喝问道：

"你是强盗吗？"

"不，不，我……是这儿的主人。"

志清睁眼一见这许多警士，他虽然痛得发晕，但还颤抖地回答着说。畹芬不等警长说话，便匆匆地插嘴道：

"胡说，胡说！你是强盗，你是强盗！"

"我没有问你，你不许开口，你说是这儿的主人，那么你叫什么名字？"

警长听志清居然说是这儿的主人，觉得事情有些曲折离奇了，遂喝住了畹芬不许开口，一面又向志清低低地问。志清怒目切齿地望着畹芬，恨恨地说道：

"我叫梅志清，是美丽百货公司经理室内的秘书，这个淫妇是我的妻子，她仗了她父亲罗大军的有财有势，不但把我们男子当作玩物，而且还不守妇道，竟然公开地带了奸夫来家中饮酒作乐，如今

242

被我撞破，他们便狼狈为奸，把我害成这个样子。警长，我恐怕不能活命了，请你给我报仇吧。"

志清说到这里，身子便又倒向地下去了。畹芬和万昌听了，却竭口地称冤，但被警长走上前去，伸手啪啪地打了他们两个耳刮子。一面吩咐把志清车送附近的广福医院，一面把畹芬、万昌、翠琴三人押到警局里去审问了。

志清被送到广福医院的时候，他的神志已入昏迷状态。经医生诊视之下，知道脑部受了重大的打击，恐怕十分危险。这时花明正在另一间病房里服待病人，她走出病房的时候，齐巧遇见同事张玲玲走过来。她见了花明，便匆匆地告诉道：

"花明，你刚才陪来医治的那个病人，现在又被人打伤了，打得非常厉害，恐怕连性命都十分危险哩。"

"什么？你……说的是哪一个呀？"

花明一听这个消息，不由吃了一惊，遂慌张了神色，急急地问。玲玲说道：

"就是头上被人击伤的那个青年呀！"

"啊！他……他……又被人打伤了吗？此刻他睡在哪一个病房呢？"

"在三号二等病房里，此刻神志都昏迷不醒哩。"

花明听了，也不及说话，遂三脚两步地奔到二等三号病房，只见志清的头上好像印度人似的包扎着，闭了眼睛，直挺挺地躺着，好像已经死过去了样子。一时想到过去种种的恩深情重，虽然他是负心了我，今日弄到这样的下场，也是自作其孽。不过，此刻见了他那样惨不忍睹的神情，自己到底也不免辛酸悲伤起来，悄悄地走到床边，向他叫了一声梅先生，她的眼泪却先夺眶而出了。

志清在昏沉之中，忽听有人叫他，他便慢慢地睁开了眼睛。当时见了花明含泪站在床边，他再也想不到自己在万分孤零零之余，还有花明不忘情地来看望自己，他觉得花明到底是一个多情的姑娘。

一时心里的悔恨和痛愤一阵阵地涌了上来，不由悲伤欲绝，忍不住放声大哭。花明被他这样一哭，心中自然明白他的意思，因此也泪如雨下，哽咽着说道：

"你刚才好好儿地出院去了，怎么又被谁打得这个样子呢？"

"花明，这……一对奸夫淫妇，他们谋害了我，我……的性命看起来是很危险了，你千万要给我做一个证人，报了这个大仇才好啊。"

志清断断续续地回答，他的神情已惨白得令人很可怕了。就在这个时候，警长也从外面进来，一见花明也泪人似的伤心着，遂奇怪地望了她一眼，低低地问道：

"你这位小姐也认识他吗？"

"是的，他是我从前的同学。"

"你知道他的身世吗？"

"我知道的。"

"那么他的妻子是什么人呢？"

"是美丽百货公司经理的女儿，姓罗，叫什么名字，我不详细。"

"那姓罗的行为很浪漫吗？"

"今天下午在复兴公园里，我曾经见梅先生和姓罗的情夫争吵打架，姓罗的掷伤梅先生头部，和那情夫逃逸了，还是我把梅先生送到医院里来医治的。但此刻忽又被他们谋害了，这经过情形，我却没有知道。"

警长拿了铅笔把这些话都在日记簿上记下来了，一面又问了花明的姓名。然后望着志清又问道：

"你和罗小姐是姘居的，还是正式结婚的？"

"正式结婚的。"

"那么你如何住在罗公馆呢？据罗小姐在局里所述，她是上了你的当，你是拆白党，靠她吃饭。你威胁她，压迫她，她所以反抗的。"

"警长，她完全是诬告我，我们堂堂正正结婚的，而且还有结婚证书，更有证婚人。只不过，我贫穷一点，所以就把她家作为新房了。"

"证婚人是谁？证婚书在什么地方？"

"证婚人是海上闻人徐达生，证书在大衣橱里藏着。"

"既然你是一个贫穷之人，她一个贵族小姐怎么会爱上你呢？其中有没有特别的缘故吗？"

"警长，我本来是美丽公司化妆部里的职员，因为她看中了我，所以把我升到经理室做秘书，同时由她父亲主办，给我们成婚。婚后，她根本不是处女，我已证明她是一个浪漫的女子，不料没有两个月，她就慢慢把我讨厌起来，我才知道她是一个玩弄男性的尤物。警长，可怜我实在是受她的欺骗，上她的当。今天我被他们谋害，千万请贤明的警长给我报仇。"

志清把话说到这里，已经是上气不接下气的样子。警长又在日记簿上一一地记载下来，一面安慰他一番，一面便到罗公馆去搜抄结婚证书去了。志清等区长走后，他又向花明哀求地说道：

"花明，最后我要托你一件事情，请你打个电话给我表姊好吗？"

"你的表姊叫什么名字呢？"

"她……叫陈云萍，她家电话是三五六九四，你告诉她，我在医院里快要死了，叫她快来见最后一面吧。"

花明听他这样说，心中很难受，遂点头答应，匆匆出房去了。大约半个钟点之后，花明陪了云萍一同进房。但这时志清已口不能言，望着云萍，唯有流泪而已。云萍一面也伤心地淌泪，一面还莫名其妙的样子，向花明细问缘故。花明遂约略地告诉了她一遍，并且问她说道：

"梅先生说，你是他的表姊吗？"

"是的，唉，想不到他竟受人欺侮，弄到这样悲惨的地步。"

云萍知道这是志清冒称表姊弟弟，但事到如此，也只好将错就错地承认了，一面叹了一口气，怨恨地回答。就在这个时候，志清眉头一皱，两眼一翻，他就一瞑不视地长逝人世了。云萍想起两度恩爱之情，不禁呜呜咽咽地哭了一场。花明连忙报告医务处，由负责人打电话报告警察局。这里移尸太平间，预备次日车送验尸所去了。

过了几天，报上就有一则谋害亲夫的新闻，奸夫淫妇判罪入狱，志清尸体由罗大军负责料理等语。花明看了，非常感伤，觉得为人在世，真像春梦一场。其时忽然鸿雁宾来了一封信，说战事甚为激烈，在该地颇为需要救护伤兵人员，倘花明能组织救护队即日北上，则赐予千万健儿的造福无穷矣。花明接到这封来信之后，遂拿给鸿大夫观看。鸿大夫问她说道：

"花明，那么你心中的意思怎么样呢？"

"妈，我非常地赞成，我愿意组织救护队，立刻动身北上。唉，上海太万恶了，一切情形我都看不惯，我很想为人群去减少一点痛苦啊。"

"好的，孩子，你就准定这样……去吧。"

鸿大夫颤抖着语气，低低地回答。她想着一切一切不如意不称心的事，目睹种种这畸形的怪现状，她的眼眶子里也流下泪来了。花明一面向鸿大夫安慰了，一面便开始组织救护队。经过半个月的筹备，决定于十二月二十日动身北上。届时鸿大夫在火车站送她们启程，火车呜呜地长鸣，轧隆轧隆地前进了。鸿大夫目送着火车消失了影子，她望着天空中仅仅留下的那火车头上吐出来的一抹长烟，忍不住深长地叹了一口气，暗自地想着：这世界什么时候才会太平呢？她拖着沉重的步子，当她回到医院的途中，在彤云层层的天半际倒又落起密密的细雨来了。

附　　录

从鸳鸯蝴蝶派谈到冯玉奇小说

裴效维

《民国通俗小说典藏文库·冯玉奇卷》将收录冯玉奇的百余种小说作品，此举极其不易。现在，我愿以这篇文章给出版者呐喊助威。尽管我人微言轻，但我毕竟是一个中国文学的研究者，为鸳鸯蝴蝶派说些公道话是我的责任。

冯玉奇是一位鸳鸯蝴蝶派作家，因此我们要想了解冯玉奇，必须首先厘清有关鸳鸯蝴蝶派的一些问题。

一、何谓鸳鸯蝴蝶派

鸳鸯蝴蝶派作家平襟亚在《关于鸳鸯蝴蝶派》（署名宁远）一文中对鸳鸯蝴蝶派的来历说得很清楚：

> 鸳鸯蝴蝶派的名称是由群众起出来的，因为那些作品中常写爱情故事，离不开"卅六鸳鸯同命鸟，一双蝴蝶可怜虫"的范围，因而公赠了这个佳名。

> ——载香港《大公报》1960 年 7 月 20 日

可见鸳鸯蝴蝶派并不是一个有组织有宗旨的小说流派，而是因为当时流行的言情小说多写一对对恋人或夫妻如同鸳鸯蝴蝶般相亲相爱，形影不离，因而民间用鸳鸯蝴蝶小说来比喻这种言情小说，那么这种言情小说的作家群当然也就是鸳鸯蝴蝶派了。这种说法应该是可信的，因为民间常用鸳鸯和蝴蝶来比喻恋人或夫妻，很多民间文学作品中不乏其例。这一比喻非常形象生动，但并无褒贬之意，因此不胫而走。

传到新文学家那里，便加以利用，并赋予贬义，作为贬低对手的武器。但新文学家对鸳鸯蝴蝶派的界定并不一致，大致有两种看法。

一种看法认同民间的比喻说法，即将鸳鸯蝴蝶派小说局限为通俗小说中的言情小说，将鸳鸯蝴蝶派局限为言情小说作家群。鲁迅是这种看法的代表，他在 1922 年所写的《所谓"国学"》一文中说："洋场上的文豪又作了几篇鸳鸯蝴蝶派体小说出版"，其内容无非是 "'卿卿我我''蝴蝶鸳鸯'"（载《晨报副刊》1922 年 10 月 4 日）。又于 1931 年 8 月 12 日在社会科学研究会做了《上海文艺之一瞥》的长篇演讲，其中对鸳鸯蝴蝶派小说更做了形象而精辟的概括：

> 这时新的才子 + 佳人小说便又流行起来，但佳人已是良家女子了，和才子相悦相恋，分拆不开，柳阴花下，像一对蝴蝶、一双鸳鸯一样。

——连载于《文艺新闻》第 20、21 期

此外，周作人、钱玄同也持这种看法。周作人于 1918 年 4 月 19 日在北京大学文科研究所小说研究会做《日本近三十年小说之发达》的演讲中，就说现代中国小说"还有《玉梨魂》派的鸳鸯蝴蝶体"（载《新青年》第 5 卷第 1 号）。次年 2 月，周作人又发表《中国小说里的男女问题》（署名仲密）一文，认为"近时流行的《玉梨

魂》，虽文章很是肉麻，（却）为鸳鸯蝴蝶派小说的鼻祖"（载《每周评论》第5卷第7号）。与周作人差不多同时，钱玄同在1919年1月9日所写的《"黑幕"书》一文中也说："人人皆知'黑幕'书为一种不正当之书籍，其实与'黑幕'同类之书籍正复不少，如《艳情尺牍》《香闺韵语》及'鸳鸯蝴蝶派小说'等等皆是。"（载《新青年》第6卷第1号）这种看法后来被人称之为"狭义的鸳鸯蝴蝶派"看法。

另一种看法却将鸳鸯蝴蝶派无限扩大，认为民国年间新文学派之外的所有通俗小说作家都是鸳鸯蝴蝶派，他们的所有通俗小说都是鸳鸯蝴蝶派小说。这种看法的代表人物是瞿秋白和茅盾。瞿秋白从小说的内容方面来扩大鸳鸯蝴蝶派小说的范围，他在《财神还是反财神》一文中说，"什么武侠，什么神怪，什么侦探，什么言情，什么历史，什么家庭"小说，都是鸳鸯蝴蝶派小说（见人民文学出版社1953年10月版《瞿秋白文集》）。茅盾则从小说的形式方面来扩大鸳鸯蝴蝶派小说的范围，他在《自然主义与中国现代小说》一文中认定鸳鸯蝴蝶派小说包括"旧式章回体的长篇小说""不分章回的旧式小说""中西合璧的旧式小说""文言白话都有"的短篇小说（载1922年7月《小说月报》第13卷第7号）。这种看法后来被人称之为"广义的鸳鸯蝴蝶派"看法，而且逐渐成为主流看法，以致后来的文学研究者都接受了这种看法。

新文学家不仅在鸳鸯蝴蝶派的界定问题上分成了两派，而且在鸳鸯蝴蝶派的名称上也花样百出。如罗家伦因为徐枕亚等人好用四六句的文言写小说，便称其为"滥调四六派"（见署名志希的《今日中国之小说界》，载1919年《新潮》第1卷第1号），但无人响应。郑振铎因为《礼拜六》杂志为鸳鸯蝴蝶派的主要刊物之一，便称其为"礼拜六派"（见署名西谛的《新文学观的建设》一文，载1922年5月21日《文学旬刊》第38号）。这一说法得到了周作人、茅盾、瞿秋白、朱自清、阿英、冯至、楼适夷等人的响应，纷纷采用，以致使用频率越来越高，知名度越来越大，终于成为鸳鸯蝴蝶派的别称了。于是"鸳鸯蝴蝶派"和"礼拜六派"两个名称便被新文学家所滥用。如郑振铎在《新文学观的建设》一文中称"礼拜六派"，而在《〈文学论争集〉导言》一文中却称"鸳鸯蝴蝶派"（见上海良友图书公司 1935 年 10 月出版的《新文学大系·文学论争集》卷首）。还有人在同一篇文章里既称鸳鸯蝴蝶派，又称礼拜六派。如阿英在 1932 年所写的《上海事变与鸳鸯蝴蝶派文艺》一文中说：张恨水的所谓"国难小说"，与"礼拜六派的作品一样，是鸳鸯蝴蝶派的一体"，"充分地说明了鸳鸯蝴蝶派的作家的本色而已"（见上海合众书店 1933 年 6 月出版的《现代中国文学论》）。

茅盾在 20 世纪 70 年代觉得统称鸳鸯蝴蝶派或礼拜六派都不合适，于是提出了一个折中的看法，他在《紧张而复杂的生活、学习与斗争（上）——回忆录（四）》中说：

> 我以为在"五四"以前，"鸳鸯蝴蝶派"这名称对这一派人是适用的。……但在"五四"以后，这一派中有不少人也来"赶潮流"了，他们不再老是某生某女，而居然写家庭冲突，甚至写劳动人民的悲惨生活了，因此，如果用他们那一派最老的刊物《礼拜六》来称呼他们，较为合式。

——载 1979 年 8 月《新文学史料》第 4 辑

事实是该派在"五四"前后没有根本变化，都是既写言情小说，又写其他小说，将其人为地腰斩为两段，既显得武断，又无法掩盖当时的混乱看法。

这些混乱的看法导致后来的文学研究者无所适从：或沿用"鸳鸯蝴蝶派"的说法（如北大本《中国文学史》和《中国小说史稿》、

复旦本《中国文学史》和《中国近代文学史稿》等）；或沿用"礼拜六派"的说法（如山东师院本《中国现代文学史》等）；或干脆别出心裁地称之为"鸳鸯蝴蝶—礼拜六派"（见汤哲声《鸳鸯蝴蝶—礼拜六小说观念的价值取向及其评价》，载《苏州大学学报》1992年第2期）。这可真算是中国小说史上的一出有趣的滑稽戏了。

二、如何评价鸳鸯蝴蝶派

鸳鸯蝴蝶派的开山作品是1900年陈蝶仙的言情小说《泪珠缘》，因此鸳鸯蝴蝶派应该是指言情小说派，这也就是后来的所谓"狭义的鸳鸯蝴蝶派"，但被新文学家扩大为"广义的鸳鸯蝴蝶派"，实际上也就是民国通俗小说派。

鸳鸯蝴蝶派与同时期的"南社"不同，既没有组织，也没有纲领，而是一个在思想倾向和艺术风格上大体相同或相近的小说流派，连"鸳鸯蝴蝶派"这一招牌也是别人强加给它的。然而客观地说，鸳鸯蝴蝶派确实是一个产生过巨大影响的小说流派。在"五四"以前的近二十年间，它几乎独占了中国文坛；在"五四"以后的三十年间，虽然产生了新文学，但新文学只是表面上风光，而鸳鸯蝴蝶派却一派兴旺发达景象。我对"广义的鸳鸯蝴蝶派"做过不完全的统计：该派作家达数百人，较著名者有一百余人，所办刊物、小报和大报副刊仅在上海就有三百四十种，所著中长篇小说两千多种，至于短篇小说、笔记等更难以计数。在此前的中国文学史上，还没有哪个文学流派有过如此宏大的规模，产生过如此巨大的影响。

鸳鸯蝴蝶派由于规模宏大，又处在历史的一个巨变时期，其成员的确鱼龙混杂，其作品也良莠不齐，但总体来说，它形象地记录了中国二十世纪前五十年的历史，为中国读者提供了丰富的精神食粮，对中国小说的传承起过积极作用，因此应该给予充分的肯定。

鸳鸯蝴蝶派小说已经不是中国传统通俗小说的复制，而是一种改良的通俗小说。在形式方面，它既采用章回体，也采用非章回体，甚至采用了西洋小说的日记体、书信体等，至于侦探小说则更是完全模仿自西洋小说。在艺术手法方面，受西洋小说的影响非常明显，如增加了人物形象和景物描写，结构与叙事方式也趋于多样化，单线和复线结构并用，第三人称和第一人称叙述法兼施，还采用了倒叙法和补叙法。在内容方面，鸳鸯蝴蝶派小说已经扩大了描写范围，反映了当时社会生活的各个方面，甚至已经紧跟时事，及时反映当前的社会现实，被称为"时事小说"。如李涵秋的《广陵潮》描写辛亥革命，而他的《战地莺花录》则描写五四运动，这种及时反映当时发生的重大政治事件的小说，与多写历史故事的古代小说完全不同，显然是一大进步。鸳鸯蝴蝶派的言情小说，也不同于古代的才子佳人小说，而是一种新才子佳人小说。古代的才子佳人小说因面对森严的封建礼教，只能写才子与佳人偶尔一见钟情，以眉目传情或诗书传情的方式进行交流，最后皆是有情人终成眷属的大团圆结局。而这种大团圆结局完全是人为的：或出于巧合，或由于才子金榜题名，皇帝御赐完婚，这就完全回避了封建包办婚姻的问题。而民国年间的封建礼教已经在一定程度上松绑，尤其像上海、北京等大城市得风气之先，恋爱自由和婚姻自主思想已经渐入人心。因此有些鸳鸯蝴蝶派的言情小说也突破了古代才子佳人小说的窠臼，才子佳人已经敢于"相悦相恋，分拆不开，柳阴花下，像一对蝴蝶、一双鸳鸯一样"。其结局也不再全是有情人终成眷属的大团圆，而是"有时因为严亲，或者因为薄命，也竟至于偶见悲剧的结局……这实在不能不说是一个大进步"（鲁迅《上海文艺之一瞥》，连载于1931年7月27日、8月3日《文艺新闻》第20、21期）。言情小说由大团圆结局到悲剧结局的确是一个大进步，因为前者是回避封建包办婚姻礼制，而后者是控诉封建包办婚姻礼制。而这一进步的开创者是曹雪芹和高鹗，他们在《红楼梦》里所写的婚姻差不多都是悲剧。因此胡适称赞《红楼梦》不仅把一个个人物"都写作悲剧的下场"，而且最后"作一个大悲剧的结束，打破了中国小说的团圆迷信"（《〈红楼梦〉考证》，见1923年亚东图书馆版《胡适文存》）。可见鸳鸯蝴蝶派的言情小说在一定程度上继承了《红楼梦》开创的爱情婚姻悲剧模式，因而具有相当的反封建意义。我们可以徐枕亚的《玉梨魂》为例加以说明，因为该小说被新文学家指为鸳鸯蝴蝶派的代表性作品。

《玉梨魂》的故事很简单——清末宣统年间，小学教员何梦霞与年轻寡妇白梨影相爱，但两人均认为他们的这种行为是不道德的。为了得到感情的解脱，白梨影想出个"移花接木"的办法，即撮合何梦霞与自己的小姑崔筠倩订了婚。然而何梦霞既不能移情于崔筠倩，白梨影也无法忘情于何梦霞，结果造成了一连串的悲剧——白梨影在爱情与道德的激烈冲突下郁郁而死；崔筠倩因得不到何梦霞之爱而离开了人世；白梨影的公公因感伤女儿、儿媳之死而一病身亡；白梨影的十岁儿子鹏郎成了孤儿。何梦霞为排遣苦闷，先赴日本留学，继又回国参加了辛亥武昌起义（即辛亥革命），壮烈牺牲。

《玉梨魂》不仅描写了一个爱情婚姻悲剧，而且不同于一般的爱情婚姻悲剧。一般的爱情婚姻悲剧都是由封建势力造成的，即由包办婚姻造成的；而《玉梨魂》所写的爱情婚姻悲剧，其原因却是何梦霞和白梨影自身的封建道德。他们既渴望获得恋爱自由和婚姻自主的权利，又不能摆脱封建道德和封建礼教的束缚，两者激烈冲突，造成三死一孤的惨剧。从而揭露了封建道德和封建礼教的影响力是多么巨大，它已深入人们的骨髓，使其不能自拔。因此，它的反封建意义比一般的爱情婚姻悲剧更为深刻。

其实，新文学阵营也不是铁板一块，虽然大多数新文学家对鸳鸯蝴蝶派全盘否定，但也有少数新文学家态度比较客观，他们对鸳鸯蝴蝶派也给予一定的肯定。鲁迅是其中最突出的一位，他不仅认为某些鸳鸯蝴蝶派的悲剧言情小说是"一大进步"，而且不同意某些新文学家对鸳鸯蝴蝶派消极影响的夸大其词。他说：

至于说他流毒中国的青年，那似乎是过虑。倘有人能为这类小说所害，则即使没有这类东西也还是废物，无从挽救的。与社会，尤其不相干，气类相同的鼓词和唱本，国内非常多，品格也相像，所以这些作品也再不能"火上添油"，使中国人堕落得更厉害了。

——《关于〈小说世界〉》，载《晨报副刊》

1923 年 1 月 15 日

这种客观的观点与前述周作人无限夸大鸳鸯蝴蝶派作品能使国民生活陷入"完全动物的状态"乃至"非动物的状态"的观点形成了鲜明对比。当抗日战争爆发后，鲁迅更提倡文学界的抗日统一战线，主张团结鸳鸯蝴蝶派一起抗日。他说：

我以为文艺家在抗日问题上的联合是无条件的，只要他不是汉奸，愿意或赞成抗日，则不论叫哥哥妹妹，之乎者也，或鸳鸯蝴蝶都无妨。但在文学问题上我们仍可以互相批判。

——《答徐懋庸并关于抗日统一战线问题》，

载《作家》月刊第 1 卷第 5 期

鲁迅不仅提倡团结鸳鸯蝴蝶派一起抗日，而且主张新文学派与鸳鸯蝴蝶派在文学问题上"互相批判"，这种平等对待鸳鸯蝴蝶派的度量，也与那些视鸳鸯蝴蝶派如寇仇，必欲置诸死地而后快的新文学家形成了鲜明对比。

对鸳鸯蝴蝶派给予肯定的不只鲁迅，还有朱自清和茅盾。朱自清认为供人娱乐是中国传统小说的特点，因此不赞成将"消遣"作为罪状来批判鸳鸯蝴蝶派小说。他说：

> 在中国文学的传统里，小说……更是小道中的小道，就因为是消遣的，不严肃。不严肃也就是不正经，小说通常称为"闲书"，不是正经书。……鸳鸯蝴蝶派的小说意在供人们茶余酒后的消遣，倒是中国小说的正宗。

> ——《论严肃》，载《中国作家》创刊号

茅盾也承认鸳鸯蝴蝶派小说也"写家庭冲突，甚至写劳动人民的悲惨生活"。他还从艺术性方面对鸳鸯蝴蝶派小说给予一定肯定。他认为鸳鸯蝴蝶派的有些长篇小说"采用西洋小说的布局法"，如倒叙法、补叙法，以及人物出场免去套语、故事叙述"戛然收住"等等，这一切是对"旧章回体小说布局法的革命"。还认为鸳鸯蝴蝶派的有些短篇小说学习了西洋短篇小说"截取一段人生来描写，而人生的全体因之以见"的方法："叙述一段人事，可以无头无尾；出场一个人物，可以不细叙家世；书中人物可以只有一人；书中情节可以简至只是一段回忆。……能够学到这一层的，比起一头死钻在旧章回体小说的圈子里的人，自然要高出几倍。"（《自然主义与中国现代小说》，载1922年7月10日《小说月报》第13卷第7号）

鲁迅、朱自清、茅盾毕竟属于新文学派，因此他们对鸳鸯蝴蝶派的肯定是有限的。我们应该摆脱成见与束缚，从中国文学史的角度，对鸳鸯蝴蝶派做出客观公正的评价。

三、如何看待冯玉奇的小说

我们澄清了以上有关鸳鸯蝴蝶派的三个问题，等于为介绍冯玉

奇的小说提供了一个坐标，也等于为读者提供了一把参照标尺。读者用这把标尺，就可自行评判冯玉奇的小说了。

冯玉奇于 1918 年左右生于浙江慈溪，笔名左明生、海上先觉楼、先觉楼，曾署名慈水冯玉奇、四明冯玉奇、海上冯玉奇。据说他毕业于浙江大学（一说复旦大学）。1937 年九一八事变后寄居上海，感山河破碎，国事蜩螗，开始写作小说以抒怀。其处女作为《解语花》，由上海春明书店出版。出版后旋即由东方书场改编为同名话剧，演出后轰动一时。那时他才十九岁。由此一发而不可收，至 1949 年 7 月《花落谁家》出版，在短短十来年时间里，他创作的小说竟达一百九十多种，平均每年近二十种，总篇幅应该不少于三千万字，只能用"神速"来形容。这时他只有三十一岁。近现代文学史料专家魏绍昌先生（已去世）所编《鸳鸯蝴蝶派研究资料（史料部分）》（上海文艺出版社 1962 年 10 月出版）开列的《冯玉奇作品》目录只有一百七十二种，也有遗珠之憾。不过我们从这一目录中仍可确定冯玉奇是一位以写言情小说为主的通俗小说作家，因为在一百七十二种小说中，言情小说占有一百二十二种，其他小说只有五十种：社会小说三十四种、武侠小说十四种、侦探小说两种。

冯玉奇不仅是一位写作神速且极为多产的通俗小说作家，还是一位热心的剧作家和剧务工作者。早在他二十六岁（1944 年）时，就担任了越剧名伶袁雪芬的雪声剧团的剧务，并为之创作了《雁南归》《红粉金戈》《太平天国》《有情人》《孝女复仇》五大剧本，演出效果全都甚佳。在他二十七到二十八岁（1945～1946）时，又与他人合作，前后为全香剧团和天红剧团编导了《小妹妹》《遗产恨》《飘零泪》《义薄云天》《流亡曲》等二十多个剧本，演出效果同样甚佳。可见冯玉奇至少写过十几个剧本。

冯玉奇一生所写的小说和剧本总计不下两百五十种，总篇幅可能达到四千万字以上，是名副其实的"著作等身"，是当之无愧的中国最多产的作家，号称多产的同派小说家张恨水也难望其项背。当时的文学作品已是一种特殊商品，冯玉奇的小说如此畅销，其剧本演出又如此轰动，这足可以证明其受人欢迎，这就是读者和观众对冯玉奇的评价，它比专家的评价更为准确，也更为重要。遗憾的是，我们无法看到他的剧作和三十岁以后的作品，也不知其晚景如何，卒于何年。

从冯玉奇的生活年代和创作时段来看，他显然是鸳鸯蝴蝶派的后起之秀，所以尽管他作品如此之多，影响如此之大，而同派的老前辈却很少提到他，这也是"文人相轻"的表现之一。

按说要介绍冯玉奇的小说，应该将其全部小说阅读一遍，但我没有这么多时间，也没有这么大精力，因而只向中国文史出版社借阅了《舞宫春艳》《小红楼》《百合花开》三种，全都是言情小说。因此我只能以这三种言情小说为例加以介绍，这可能会犯以偏概全的错误，因此只能供读者参考。

《舞宫春艳》写了两个纠缠在一起的爱情婚姻悲剧故事：苏州富家子秦可玉自幼与邻居豆腐坊之女李慧娟相恋，由于门第悬殊，秦可玉被其父禁锢，二人难圆成婚之梦。不幸李慧娟生下了一个私生女鹃儿，只好遗弃，自己则郁郁而死。鹃儿被无赖李三子收养，长大后卖到上海做伴舞女郎，改名卷耳。中学生唐小棣先是爱上了姑夫秦可玉家的婢女叶小红，不料叶小红失踪，于是移情于卷耳，但无钱为卷耳赎身，两人感到婚姻无望，于是双双吞鸦片自尽。

《小红楼》的故事紧接《舞宫春艳》：曾经被唐小棣爱过的叶小红的失踪，原来也是被无赖李三子拐卖为伴舞女郎，小棣、卷耳自杀后，小红才被救了回来，并被秦可玉认为义女。经苏雨田介绍，与辛石秋相识相恋而订婚。同时石秋的姨表妹巢爱吾也爱石秋，但石秋既与小红订婚在先，便毅然与小红结婚。爱吾为了摆脱难堪的地位，离家出走，下落不明。石秋奉父命赴北平探望二哥雁秋，在火车站被人诬陷私带军火，被军人押到司令部。可巧爱吾此时已成为张司令的干女儿兼秘书，便设法救了石秋一命。但张司令强迫石秋与爱吾结婚，二人既不敢违命，又固守道德，便以假夫妻应付。后来石秋回到家里，终于与小红团聚。

《百合花开》写了两个紧密相关的爱情婚姻故事：二十岁的寡妇花如兰同时被四十二岁的教育家盖季常和十八岁的革命青年盖雨龙叔侄俩所爱，而盖季常的十六岁侄女盖云仙又同时被三十六岁的银行家杨如仁和十九岁的革命青年杨梦花父子俩所爱。经过许多曲折后，终于两位长辈让步，盖雨龙与花如兰、杨梦花与盖云仙同场结婚。

由以上简单介绍可知，冯玉奇的这三种小说共写了五个爱情婚姻故事，其中两个是悲剧结局，三个是有情人终成眷属。这正如鲁迅所说："有时因为严亲，或者因为薄命，也竟至于偶见悲剧的结局……这实在不能不说是一个大进步。"其次，这三种小说的五个爱情婚姻故事，倒有四个是三角爱情婚姻故事，但它们的情况并不雷同。唐小棣、叶小红、卷耳的三角恋是一男爱二女，辛石秋、叶小红、巢爱吾的三角恋是两女爱一男，而盖季常、盖雨龙、花如兰和杨如仁、杨梦花、盖云仙的三角恋更为异想天开，竟然都是两辈嫡亲男人（叔侄、父子）同爱一个女子。可见冯玉奇极有编故事的才能，从而使作品更具吸引力和娱乐性。又次，这三种言情小说的描写极为干净，没有任何色情描写。除了秦可玉与李慧娟有私生女外，其他人都非礼勿言，非礼勿行。如辛石秋与叶小红因婚礼当天石秋之母去世，为了守孝，新婚夫妻在百日之内没有圆房。而辛石秋与姨表妹巢爱吾为了对得起叶小红，虽被张司令强迫成亲，却只做了几天假夫妻。

从表现形式和艺术手法来看，我觉得冯玉奇的小说与当时新文学的新小说都受了西洋小说的影响，基本相同。譬如：两者都突破了传统小说书名的套路，不拘一格，尤其采用了一字书名和二字书名，如冯玉奇有《罪》《孽》《恨》《血》和《歧途》《逃婚》《情奔》等；而巴金有《家》《春》《秋》，茅盾有《幻灭》《动摇》《追求》。两者的对话方式也突破了传统小说的套路，灵活自如：对话既可置于说话者之后，也可置于说话者之前，还可将说话者夹在两句或两段话之间。至于小说的结构法、叙述法与描写法，更是差不多的。譬如人物描写不再是"沉鱼落雁""闭月羞花""倾国倾城"之类的千人一面，景物描写也不再是"落红满地""绿柳成荫""玉兔东升"之类的千篇一律，而加以具体描绘。这里随便举一个例子：

> 小红坐在窗旁，手托香腮，望着窗外院子里放有一缸残荷，风吹枯叶，瑟瑟作响。墙角旁几株梧桐，巍然而立。下面花坞上满种着秋海棠，正在发花，绿叶红筋，临风生姿，可惜艳而无香，但点缀秋色，也颇令人爱而忘倦。

这是《小红楼》对莲花庵一角的景物描绘，虽然算不上十分精彩，但作者通过小红的眼睛描绘了院中的三样东西——风吹作响的"枯荷"、巍然挺立的"梧桐"、正在开花的"海棠"，从而衬托出莲花庵幽静的环境，曲折地表明了时在秋季。频繁使用巧合手法是冯玉奇小说的显著特点，可以说把所谓"无巧不成书"用到了极致。巧合手法有助于编织故事，缩短篇幅，增加作品的吸引力等，但使用过多则时有破绽，有损于作品的真实性。冯玉奇的某些小说也采用了章回体，但只是标题用"第×回"和对偶句，"却说""且听下回分解"之类的套语已不再经常出现，因此并非章回体的完全照搬。况且章回体并非劣等小说的标志，它在我国小说史上发挥过巨大作用，产生过杰出的四大古典小说。因此用章回体来贬低冯玉奇的小说，也是毫无道理的。

冯玉奇的小说也有明显的缺点。它们与其他鸳鸯蝴蝶派小说一样，主要注重小说的娱乐性，而忽视小说的社会性和艺术性，因此没有产生杰出的作品。他是南方人而小说采用北方话，加之写作速度太快，无暇深思熟虑，导致语言不够流畅，用词不够准确，还有

261

许多错别字和语病。还有使用"巧合"法太多，有时破绽明显，这里不再举例。

总而言之，冯玉奇既不是"黄色"和"反动"小说家，也不是杰出小说家，而是一位勤奋多产、有益无害的通俗小说家，他应在中国小说史尤其是中国现代小说中占有一席之地。

2017 年 6 月 4 日于北京蜗居

图书在版编目（CIP）数据

花溅泪·情天劫／冯玉奇著. — 北京：中国文史
出版社,2018.3

（民国通俗小说典藏文库·冯玉奇卷）

ISBN 978 - 7 - 5205 - 0011 - 1

Ⅰ. ①花… Ⅱ. ①冯… Ⅲ. ①长篇小说 - 中国 - 现代

Ⅳ. ①I246.5

中国版本图书馆 CIP 数据核字（2018）第 010528 号

点　　校：清寒树　旷　野

责任编辑：牟国煜

出版发行：**中国文史出版社**

网　　址：http://www. chinawenshi. net

社　　址：北京市西城区太平桥大街 23 号　邮编：100811

电　　话：010 - 66173572　66168268　66192736（发行部）

传　　真：010 - 66192703

印　　装：廊坊市海涛印刷有限公司

经　　销：全国新华书店

开　　本：720×1020　1/16

印　　张：17　　　　字数：216 千字

版　　次：2018 年 3 月第 1 版

印　　次：2018 年 3 月第 1 次印刷

定　　价：49.80 元